The Memory of Spring

吟风轩的春天

常凌乾 著

敦煌文艺出版社

图书在版编目（CIP）数据

吟风轩的春天 / 常凌乾著. -- 兰州：敦煌文艺出版社，2019.5（2022.1重印）
ISBN 978-7-5468-1741-5

Ⅰ.①吟… Ⅱ.①常… Ⅲ.①长篇小说—中国—当代 Ⅳ.①I247.5

中国版本图书馆CIP数据核字（2019）第100696号

吟风轩的春天
常凌乾 著

责任编辑：田 园 杜鹏鹏
装帧设计：孟孜铭

敦煌文艺出版社出版、发行
地址：（730030）兰州市城关区曹家巷1号
邮箱：dunhuangwenyi1958@163.com
0931-8121698（编辑部）
0931-8773112（发行部）

三河市嵩川印刷有限公司印刷
开本 710毫米×1000毫米 1/16 印张 16.75 插页 1 字数 220 千
2019 年 7 月第 1 版 2022 年 1 月第 2 次印刷
印数：501~2 500

ISBN 978-7-5468-1741-5
定价：62.00元

如发现印装质量问题，影响阅读，请与出版社联系调换。
本书所有内容经作者同意授权，并许可使用。
未经同意，不得以任何形式复制。

自 序

1

我家堂屋右侧的耳房,在我上大学之前,一直都是我的卧室兼书房。每年到春天,坐在窗前,便能看到邻居家院子出墙的桃花。我在这里读《诗经》,也读《红楼梦》。夏日里有微风抚过窗台的时候,本来寂静的院子,总是隐隐感觉有人在轻轻吟唱,这让我不由得想起潇湘馆里的"幽僻处可有人行?点苍苔白露泠泠"。后来学着文人墨客,给小屋起了个名字——吟风轩。

我从小学一年级,读第一篇《小学作文精选》上的美文《三江吟》开始,就特别喜爱文学,梦想着有一天成为鲁迅、路遥那样的作家。终于在初二的时候,看到一则征文大赛广告,于是给一个叫《北方文学》的杂志投了一篇散文。投出去的时候,以为如此大作,一经发表,必定轰动世界文坛。最次也得是奖励和稿费。没曾想还真收到回信,只是信里不但没有一分钱,反而要交十五块钱的"特约小作家费"。盛怒之下,将那几页信扔到废纸堆里,从此放弃写作。高中时,深受新概念文学的影响,为《萌芽》里面很多愤世嫉俗的小说折服，于是又兴致大增，尝试此类写作风格，并参加《萌芽》举办的新概念作文比赛，做起因一篇大作保送北大的美梦。最终音讯全无，黯淡收场。

我曾经想过这一生写四部小说，以吟风轩的春、夏、秋、冬为题，分别描写自己人生中的四个阶段。初中、高中阶段，几乎每次考试都徘徊在年级第一名，自信人生，傲气过重。冥冥中，高考志愿卡填涂出现问题，阴差阳错地被一个不是自己报考的学校录取，读一个不是自己报考的专业，成了小城当时的一则闹剧新闻，沸沸扬扬。因此，刚去这所大学时，觉得自己不属于这里，不认真读书，也不交朋友，每天坐在自习室里自怨自艾地写第一部小说，憋了半本素材后，无奈文字水平太差，只好停笔。现在回想，只隐约记得当时为小说写的几句序言：

这座城市坐落在世界东方，每天下午四点多，已经伸手不见五指——好可笑！突然听到手机呜哩哇啦地响起音乐，我从郁闷中爬起来，看到自习室已灯火通明。人们都在奋笔疾书，看样子都对生活充满信心。而我最近名落孙山，孤苦伶仃形影相吊肝肠寸断寸步难行悲观绝望。面前的路且有两条，一是"且享乐，且为声色"。不过想想行不通，声色是没有的。哪有女生会喜欢像我这种有意做和尚道士的？第二条则是学习伯夷、叔齐首阳山采薇，隐遁山林。后来发现这条不但不现实，还不能实现。逃逸个人义务，就是躲雪山上也会被家长揪出来。

然而，一切都淹没在时间中。之后的几年，我慢慢接受现实，把所有的愤懑都发泄在理工科学习中。同时，经历了很多，回头再想这些文字，觉得那时的自己好幼稚，为谱新词强说愁。不过转念一想，经历不正是一段又一段的幼稚拼接的吗？

　　四年本科结束后，保送到一个听名字像名校的研究所读硕士。后来脑子一抽风，风风火火地跑到大洋彼岸读了个叫生物医学工程的伪高大上专业的博士。博士期间发表了一些玄之又玄的文章。三十岁成了美国某大学的教授，并入选国家某青年计划项目，从某种程度上讲也算是苦逼理工男中的少年成名。尽管跟北京三套拆迁房，一出生就在终点线上的土豪完全无法相提并论。

2

　　今年夏天，因国内开会，有机会再次回到小城。这座小城历史可追溯到汉武帝时期，曾是黄河与丝绸之路的交汇点，也是历史上著名的渡口和驿站。如今辉煌早已不在，唯有河水依旧平静地流淌东去。刚到家没几天，居然被当成杰出校友，受邀给二中的高中生做讲座。我在南大街熙熙攘攘的人群中穿梭，思考要跟学生分享什么。快走到二中校门口时，一大批学生和家长刚从校门口涌出，背着大包，拉着行李箱，拎着包裹，大汗淋漓地上了不远处的一辆大客车。

　　校门大开，我独自走进去，终于意识到一年一度的高考结束，刚才的一幕是毕业生离校。我沿着校园正中一条熟悉而陌生的小路走到高三复读班教学楼门口，在台阶上坐下来，静静地凝视对面逸夫教学楼。这就是当年我高中三年生活过的地方，渐渐地，一些模糊影像浮现在脑海中。

3

两个学生从身边经过。男生长得瘦瘦高高，穿着校服；女生个头有点矮，短头发，粉色的眼镜，非常淑女，颇有灵气。

女生对男生说，你知道李校长今晚安排每班的正副班长开会吗？咱俩赶快吃晚饭，等会儿在逸夫楼门口汇合。

男生说，李明瑞？他一个物理老师，又不是管教学的副校长，叫我们干什么？

女生说，听说是了解老师讲课情况什么的。管他呢，你快吃饭去！

看着两个人远去的背影，突然，那几句谈话闪电一般穿过我。我想起了多年以前，就在那个地方，那个时间，我和班长明清同学也曾参加过那样的会。

4

这本书就叫《吟风轩的春天》。

目 录

001　第一章　　转学

004　第二章　　运动会

023　第三章　　期中考试

047　第四章　　张渐渐家的林思源和关小伟事件中的萍儿及其他（上）

079　第五章　　张渐渐家的林思源和关小伟事件中的萍儿及其他（下）

114　第六章　　求医记（上）

138　第七章　　求医记（下）

161　第八章　　开挂的张同飞

197　第九章　　横竖总来由定数，迷人何用求全误（上）

222　第十章　　横竖总来由定数，迷人何用求全误（下）

242　第十一章　终章

第一章　转学

初中阶段让我真心佩服的人只有两个。其中一位便是中考全区第二名，初三五班的传奇女生明清。她曾经被传是美丽和智慧的化身。诸多情窦初开的男生的传纸条、送花等行为，都是从伊人开始。我和她唯一一次邂逅，是在初二年级期中考试表彰会现场。在此之前，虽早有耳闻，但无缘一见。我当时因为紧张，只微微地用眼睛余光扫了一眼，顿时吓了一跳——旁边站着的是一个又胖又高的大姐！

我心里有些崩溃——难道我城关中学男生都眼瞎吗？哪里来的美丽智慧化身？这给我造成的严重视觉冲击，使我幼小的心灵留下难以磨灭的印象。

此刻，我站在市二中一年级一班的讲台上，紧张地环顾四周——第一排右边靠窗户的小女生，正面无表情地盯着我。她戴一副粉红色眼镜，皮肤白皙，有一种说不出的玲珑之美和满身的傲气。

全班寂静一片。班主任老刘吼道，明清呢？

靠窗户的那个小女生站了起来。这是我高中第一次吃惊：这个明清跟上次见到的胖大姐比，至少脱水一半以上。这是怎么回事？

很明显，"明清"这个名字到了高中依然好使，很多男生立刻投去异样的目光，尤其是中间一排犄角旮旯的一个傻大个，表情极其夸张，似乎比我看到缩水版明清还吃惊。

老刘叽里呱啦地介绍明清长达十分钟，最后说，新学期开始，明清同学暂定为班长，从开学到国庆节前这段时间里负责全班事务。等国庆结束以后，我们正式选班干部，同学们有什么不满可以提，以便我们另行安置。

老刘忽然想起了我，伸手示意道，差点忘了，同学们，这是从三中转学过来的林畅同学！好了，你先找个地方坐吧！

说着指着第四排靠门的座位。我走过去，发现我的同桌正是刚才流口水的那个傻大个。

我刚坐下，就听老刘在台上说，哦！刚才这位林畅同学是本届中考全学区第三名，这说明我们二中已成为尖子生趋之若鹜、卧虎藏龙之地！

两个成语冒出三个动物，老刘对自己的文化修养十分自豪。无奈的是，台下依然一片死寂，气氛尴尬。

我坐定之后，依然吃惊地盯着前排缩水版的明清，疑惑当年站在我旁边那个大胖子是谁。

过了几天，老刘感觉明清当班长，不给我个官我可能不服，强行塞给我一个副班长的官职，给明清打下手。

副班长这个职位，纯属为解决"一山不容二虎"困境而虚设的，没有半毛钱权力。但是作为一名基层社团领导，我努力发展壮大自己的势力，并有了两个党羽：陈大福和王昊。陈大福是从一中来的逃兵，他的叛逃陈词简明有力：同桌每天索烟，给他造成极大的经济负担，他又打不过人家。陈大福很明显没有大福，长得很瘦，像刚从古墓里出土的，一头卷发，笑起来很淫荡。王昊这个名字俗到刚才打字时用微软输入法就可以直接打出，可见一斑。近来有一篇文章《微风吹过》中讲一个叫王昊的地痞流氓，吃喝嫖赌，无恶不作。以后很多年，每次说起王昊，我就在想这俩人是不是同一个人。

我们班已征帆起航多日，值得回忆的两件大事，莫过于校运动会和第一次期中考试。

第二章　运动会

喂，同学们注意一下，我说个事情！

不知从何处发出的怪声，吓得我一个激灵，从熟睡中爬起来，观望许久，才定位到是明清发出来的。这小姑娘长得可真是短小精悍，站着说话，还让我辛苦寻找声源。与此同时，由于寂静中突然传来的怪声，全班骚动起来。

明清站在自己的桌子前，一本正经地说，学校秋季运动会开始报名，一共有十八个运动项目，学校要求在每个项目上每班必须派出两名选手。有乐意参加的到我这里报名，如果不主动，最后人数不够，那我只好点名啦！

我心想，开学没几天，居然把老刘的"点名"作风全盘学习，真是上梁不正下梁歪。但是周围几个"高大壮"应声而动，大声喧哗。我本来准备治理一下，转念一想，我这个二把手就是个屁！经过深思熟虑，自己也跟着喧哗起来。

明清大声喊，大家别吵！有愿意报名的来我这里，其他人专心自习！

有男生听到能和明清单独接触，兴奋不已，摩拳擦掌。可一听要报名参加运动会这种"不文明活动",擦了擦手掌,默默地埋头伏案。

我本来冲动地想报个名怔这小姑娘一下,自我打量一番得出结论:自己两条大腿拼起来也没一年级十班体育特长生的小腿粗,何况田径比赛又不牵扯任何智力因素,我上场只能将那些体育生衬托得更加飞快。不得奖不要紧,在女生面前丢了面子那多惨。

明清的眼睛像探照灯一样四下扫视,看到所有的男生低着头,做"天灵灵地灵灵"状,哀叹一声,你们男生怎么这么熊?

很明显,这也包括我——我此刻正低着头,看我同桌,人称"王老大"。

咦?这家伙居然抬着头,目不转睛看着明清,俨然要报名啊!

我悄悄问,老大,你要干什么?

老大依旧像在欣赏名画一样入迷地看着明清,完全没理睬我。

老大,老大!

不料这下声音没掌握好,一下子划破长空,明清的声音立刻响起,林畅,看来是要准备报名吗?

我一惊,抬起头看着她。不料明清一改平时冷峻作风,微笑着说,林畅,你这么修长的两条腿不报名,对得起班级吗?

我使出"以彼之道,还施彼身"绝招,反问一句,班长大人报名了吗?因为我早已料定以明清的身材和两条小短腿,这句话必然让她闭嘴。

当然,你们都不报,我就只好报啦!女子一百米和两百米!她高傲地说。

这话一出,比姚明扬言改跑一百一十米栏更具爆炸性,连我前面坐的两个不食人间烟火的女生都大吃一惊,虽然这俩小姑娘未必知道姚明是谁。男生更不用说，下巴都快合不上了。

我诧异地打量着明清：一米六不到的身高，两条小短腿，瘦弱得简直就像和陈大福一块儿挖出来的，开始设想她一百米取胜的可能性：

第一种情况，一年级女子组一百米决赛，八名选手分列跑道上，有七名选手来自体育班，清一色几十块肌肉、身高一米七以上那种。剩下一名选手"鸡立鹤群"，不用说是来自我们班的明清。周围的闪光灯聚在明清身上，无法相信她是如何跑进一百米决赛的。于是乎，发令枪一响，观众席上的目光一惊，体育班的七名女生一个箭步冲了出去，而我们班明清则不慌不忙大叫一声，变身！说着伏下身子，顷刻间，乌云密布，风云际会，电闪雷鸣，当人们傻眼的一瞬间，明清变成了一只小白兔，于是乎，明清就跑了个第一名。

第二种情况，这次女子一百米比得血雨腥风，除明清外，所有人在预赛中均告残废。于是乎，决赛中，第一名是明清，第八名还是明清。

当然还有个可能性，学校认为我们重点班学生都是四肢简单的那种，为了与奥林匹克精神——公平公正原则——保持一致，学校暂行规定，其他选手跑一百米，我们班明清跑十米。于是，明清不负众望，艰难地跑进前三名，为班级争光。

正当我出神时，流言蜚语已弥漫开来，认为我给男生丢脸。

林畅同学别发愣，想好了吗？明清充满挑衅意图地问我。

我想好了，我报名！

这句话不是我说的。

我同桌老大突然站起来，表情淡定地说，班长，我报名参加长跑。

哇！女生们投来崇拜的目光。

老大的几个马仔在混乱中鼓掌叫好。突然有人作表率，三三两两都开始报名。有说参加跳高的,有说参加百米的,有说参加长跑的,有说老大牛的。

老大,你真牛!我竖起大拇指。

老大狰狞一笑,脸蛋红扑扑的,似乎已经热血澎湃地在伯罗奔尼撒平原上跑了一圈。

这时,一大群人涌过去打着报名的幌子表达对明清的爱慕之意。明清不瘟不火,照单全收。不一会儿,报名表已漆黑一片。我迫于舆论压力,纠结半天,报了四乘一百米接力。我想这个项目的好处是,即使跑倒数第一也不是自己一人丢人。报名结束后,个别人一下子成为班级明星。例如,报名表首页赫然醒目着:女子一百米,明清;男子一百米,李乘风;女子两百米,明清;男子二百米,李乘风。

听到"李乘风"如此霸气的名字,我一直在遐想此人可能是我们班男生里最有希望冲击金牌的选手。事后证明,我只是在遐想。

后一日,明清又事无巨细地给不参加比赛的同学分配任务。任务分为两种,第一种是后勤组,主要负责运动会期间操场上摆放桌椅板凳、打热水、慰问运动员、搀扶以及满足运动员各种不合理要求等。按常理,他们还需要负责购买矿泉水和小零食这样的美差,不过,他们忘了是我负责管理班费。第二组是一个人人都恐惧的组。被选上的人直后悔没去报名跑三千米。这个令人毛骨悚然的组叫作稿件组,负责在大赛期间向广播台发稿件。发一份稿件并被广播,可使班级总积分加一分。本班的同学都是来自全区各初中的优等生,惜脑细胞如金,一想到好几万个脑细胞会死亡在写这种无聊的文章上,生怕高考少考几分,一个个苦苦哀求明清不要被分配到稿件组。明清很给面子,将不参加比赛还求情者,统统分配至稿件组。一些没来得及求情的人暗暗称幸。

比赛前最后一个晚自习，没有作业，教室乱成一锅粥，变成前段时间爱恨情仇的结算日，有仇报仇，没仇结仇，一时间狼烟四起。桌子摆得横七竖八，打牌打电话打架干什么的都有，后排时而传出"六六顺，八匹马"的声音。

我的座位在班里位置奇差无比：一面临水，七面环山。除了老大还坐在同桌位置，前后左右七个全是女生。老大现在已经是偶像派人士，本班男子一千米二号种子——我们班就俩人参加。他把自己搞得神龙见首不见尾，跟谁都不说一句话。我怕我话太多引起这帮极端恃才傲物的才女厌恶，好几天都闷着，今晚实在熬不住，推了推老大，问道，老大，你老家是哪个村儿的？

这家伙自从上次被明清表扬了一下，几天以来见谁都是一言不发，神秘发笑。

没趣！刚要伏案睡觉，前排一个女孩转过来。这个女生叫孟雨，胖乎乎的，一米六五，一百六十五斤。起初我就把她误认为是明清。

喂，林畅同学，问个不成熟的问题，你们家为什么起这么个名字给你？

果然是个不成熟的问题。我很鄙视地瞟了一眼，不耐烦地说，我怎么知道？又不是自己注册的名字。你父母给你起名字时估计也没征求你的意见吧？

孟雨得意地一笑，说，哼，你挺厉害啊！开学这么长时间，除了睡觉，没见你好好看过几页书。怎么看都不像是城关中学传说的林畅啊！

啊？我来了兴致，从桌子上起来，问，你们那时还传说我呢？夸我什么？

嘿嘿！你想多啦！她推了推眼镜，说道，你再厉害，也比不过我好朋友——明清！

原来又是明清的觉羽！

何以见得？我中考可是发挥失常才……

废话！明清考试时还中暑了呢。这个第二我都认为亏了点，按说应该高你们这些人好几十分。我们明清很现实的目标是清华大学，啊不，哈佛大学。你听过吗？

没听过。研究佛学的？

我被这小女气到无语，居然问我听没听过哈佛！意图明显，不出意外，料定是明清派来嘲讽我的。

哈佛大学都不知道，那你念书为了什么？

长大！

孟雨捂着嘴狂笑，哈哈，那你再混三年，长到十八岁，打算毕业结婚生子吗？

和你吗？我决定要和她斗气。

去死吧！你这种连哈佛都不知道的人，只配娶鼓楼前街心花园那儿躺着的疯女人！

行啊！你去说说，我觉得还不错！

孟雨看出来我不打算调停，脸色不愠，大声说道，不跟你开玩笑了，林畅同学，我说真话呢，你难道没想过考大学吗？

我确实没想过啊。如果非要问的话，我觉得复旦大学挺好的。这个名字很有文化底蕴。我记得是从《尚书》上来的。

原来如此！这么看来，你的志向没有我们明清远大，更说明你还是不如她！你俩在初中时认识吗？

不认识！

初中时咱们都是一个学校的呀，她和你们班有个叫张什么的都是考过全级第一的风云人物，你竟然不知道？而且除了学习，她钢琴已经考过八级，电脑也很精通，而且……说得唾液横飞，只觉得当时这小城里所有能学的不能学的技能明清全会。

我心想，这家伙一定是下午拿了明清好处，准备学诸葛亮，把我当王朗活活说死在教室里。

孟雨说得大快己心，别看她个头小，初中时追她的男生可是一大群一大群的！有一次，一个男生喝醉酒，拿着一束玫瑰花在我们班门口，大吼大叫她的名字。她说那家伙跟动物没什么区别！

当时这件事引起了全校轰动，连超然世外不谙人事的我都听说过。但是听孟雨用"动物"形容男生，我反感地说，我们学校不会有这么没出息的男人的，你说的是城关中学吗？

怎么不会？估计也就你不食人间烟火。嗯，纠正一下，是你没福分见过明清而已，如果当时见到，你还不如那人呢！难道你真没听过明清吗？

我当时满脑子不屑一顾，在她开口前就猜她肯定会问，难道你没追过明清吗？

不待她说完，脱口而出，废话！我当然没追过她！于是犯下弥天大错。

这下人丢大了，不但孟雨笑到要哭，周围女生也全都好奇地围过来。坐在我后边的一个很漂亮的女生叫杜丽，整天斯斯文文，沉默寡言，此刻像红卫兵抓"牛鬼蛇神"一样，立即瞪着大眼睛问，你刚才说你要追谁？

追什么追？刚才孟雨——

孟雨不等我辩解就嚷，我刚才可什么都没说！你做贼心虚，有不可告人的秘密，抓紧招吧！

快说快说，不说的话……

威逼利诱加要挟，窘迫不已，为了平息这帮百姓，我只好编瞎话，说，你们猜对了！我有一个关系很好的女朋友，我们小区的，这下总可以了吧！

快说，叫什么名字？

小林，跟我一个姓。

这名字是我脑子瞬时过电蹦出来的。

杜丽努着嘴，林小林？这是人名吗？不说实话算啦，没劲！就算真有，你这么二，你女朋友也悲剧！

就是！孟雨装出一副没劲的样子，转头不说话，抱着一张周杰伦照片端详起来，边看边摸。

杜丽也低头看书不语。

这是我高中开学以来第一次和女生闲聊，长吁短叹道，难怪有人说一个女生抵五百只鸭子，今儿差点被几千只鸭子给吃掉。看来我坐的这个环境，闲的没事干真是件恐怖的事——言多必失！

以后的时间，我们都渐渐明白，我们上高中就是为高考而上——不论何时何地，这场考试如影随形！虽然那是怎样的一场考试，我们不知道，但心里遗留下的"高考"这一名词的抽象意境，再也挥之不去。

比赛的第一天，学校的操场上张灯结彩。标准的四百米跑道，看上去比平时更加广袤，最适合禁闭好长时间的体育特长生如同脱缰的野马奔驰，吸引观众席上妹子的眼球。

跑道四周空地上布满桌子和学生。分配给每个班级的空地前，站着的一定是后勤组同学，神态安然；课桌前坐着的便是令人敬仰的稿件组同学，神态痛苦，坐卧不宁，抓耳挠腮。有的嘴里叼支笔发呆；有的仰望苍穹；有的瞪着后勤组同学；有的瞪着明清。

天气相当不错，晴空万里无云。

我看到老远处，肖校长正站在主席台上，一动不动，思绪万千，估计在想：普天之下，莫非王土，都是我的！

我站在稿件组的课桌前，一动不动，思绪万千：刚才买来一盒三块钱的糖果该上报多少钱呢？四块？五块？

喂，傻啦吧唧地站着干什么呢？

有人拍了我一下。

我扭转头，平视四周——没有人，俯视——原来是明清！她此时神采奕奕，趾高气扬。我心想什么事值得这么骄傲，突然发现，原来这小姑娘背后贴了片小破白布，上面写着：98号。

厉害嘛！马上要登场献丑？我恍然大悟。

她一脸神气，一百米！怎么样，牛吧？

太牛。为尊重你的形象，我都不敢看！不忍心看到你回来时尴尬的表情！

你等着瞧！她愤愤地瞪了我一眼，一溜烟向跑道跑去，背后的号码飘起来，向我示威。

起点处已经人头攒动。后勤组的同学全部站在那里为明清加油，我也赶过去不忍直视。

几分钟前,刚刚结束的男子百米的飞人大战,使我领略到体育特长生带给人们的视觉震撼:我们班两大飞人,白明明,在第一轮预赛中就明明白白地遭淘汰;而李乘风的名字并没有给自己带来额外能量,梦游到第二轮也出局了。体育班与我们班的百米成绩差距,估计比我们班和他们班的中考成绩差距还大。决赛中,广播里响起男子百米决赛的人员名单:第四道,郭靖;第五道,欧阳剑虹!

我心想,难怪连李乘风都淘汰了!金庸小说里的人物都出来了?

这八个在孟雨看来就是那种所谓"动物"的运动员,在起点处活动显摆片刻,各就各位。

砰——

接下来就怎么夸张怎么跑,十二秒零一,郭靖撞线;十二秒一,欧阳剑虹撞线。

……

往事不堪回首,我清醒了一下,思绪回到女子飞人现场:果然,在明清旁边站的就是一位短衣短裤、扎大马尾、全身黝黑的像琼斯妹妹的女人。再看明清竟然是T恤+牛仔裤。那琼斯妹妹左右摇头晃脑,扭头摆尾,全身各处关节都可以全方位转动,整个一机械公敌;明清就安静地站在跑道边,示意性地轻舒猿臂。个头上,明清比之矮了大半个头。

唉!实在不忍心再看下去。我失望地看着明清,这还比个屁呀!之前还奢望其他人跑百米,明清跑十米,差不多还可以拿冠军。现在有这琼斯在,十米也未必赢。

我穿出人群,准备离开现场。

砰!发令枪响——

十几秒后，有人告诉我明清是第一名。

……

我脑子有点懵圈，但是有点印象，这群人在主席台前飞过的时候，第一个出现在视野中的是牛仔裤。

有锣鼓鞭炮哨子声响起，本班的人围成一圈在终点处不知干什么，我走了过去。远处广播声吼道，第一名：明清！

然后后勤组的男生簇拥着，把这个中考全区第二名、钢琴过八级、精通电脑，如今又跑了百米第一名的女人搀扶回本班休息处。

老刘闻讯赶来，如获至宝，心花怒放。

本班男生有笑疯的，有吓坏的——但没有波澜不惊的。

在场的后勤组都候在桌子旁，送水送茶，作被明清使唤状。有男生激动地说非此女子不嫁。

这次事件来得太突然，虽然我之前设定许多明清夺冠场景，但打死也没有考虑到这个女人竟然彪悍到不需要场景夺冠。现实生活中还有这种女生？

……

往事不堪回首。

下午三点，阳光明媚，却并不热，时而凉风丝丝。我站在稿件桌前，思量着生物进化过程中果真会有这种进化不完全的哺乳动物：长相超常、思维超常、艺术超常，居然连运动也超常的女生。

喂，你怎么一站在这儿就发呆？有人又拍了我一下。

不用问，我低头俯视：明清正神采奕奕地站在阳光下，穿着一套鲜红的运动装，短短的头发，粉红色的眼镜框后面一双灵动的眼睛。

我笑着说，你该不会要告诉我下午是你的两百米吧？

Of course！她高傲地说。

那我真的不看了，上午对我的视觉冲击太大，飞人！

她得意地一笑，随便你！但你上午小瞧我，这笔账还没算呢！

没有！我只是认为正常人哪有你这样的，叫别人怎么活呀？

这还差不多！也不知道你是在夸我还是在讽刺——不过，你得赔礼道歉，最好请我吃顿饭，最后接受惩罚！

我说，赔礼道歉可以，其他惩罚条件不接受！除非罚我娶你。

她扑哧一笑，红着脸说，你别犯二！我要罚你给稿件组写一篇稿件，不过要是不能在广播台播，就得重写。让我看看你的文笔如何。

我一听头大了，那我还是选择请你吃饭。我早上被你吓得一点灵感都没有，别说写文章，恐怕连刚学的数学题都不会做了，你这不是草菅人命吗？

不成！本班长现在改主意，请吃饭也没用，必须写稿件，你看人家稿件组写得多吃力，你一闲人，操场上到处转悠，也不说帮同学写写稿件，做件好事。你以前在初中不是向来以大才子自居的吗？

谁说的？我向来以大混混自居的。

别耍贫嘴，你今天写定了！我现在命令你写一篇稿件，改天给你个请我吃饭的机会。

她迅速把旁边座位上的人赶走了，让出来桌子让我坐着写。刚才坐这里的是班里唯一一位十三岁上高中的小神童张锋。因为太小，自然分配到稿件组，因为这些成人运动，比如一百米、跳高、跳远、跳大绳等都与他无关。此刻正绞尽脑汁找灵感，冥思苦想写稿子，憋得脸通红。

我一边找纸笔一边纳闷地看着张锋，说道，一篇文章至于憋成这样吗?

话音刚落,就看到张锋猛地站起来,一溜烟飞奔去厕所。

我才恍然大悟,原来真是憋的!

大师一般写文章都是站着的。我拿起旁边桌上的笔和纸,刷刷点点,一挥而就。当时我的思想境界还停滞在"我们是祖国的花朵""爱祖国、爱人民"状态,写出的稿件还是比较积极向上,不像现在如此之消极,例如:

致失败者:

若没有群山环抱,珠穆朗玛便不会显现出它的伟岸;若没有白云朵朵,晴空便不会显现出它的高远。

今天,你们虽然失败了,我想说的是,只要你们在赛场上顽强拼搏,依然是英雄。

以上是大概意思,我当时写的那篇虽然比上面艺术点儿,但还是清楚记得也用了"珠穆朗玛"之类俗不可耐的比喻。

写完后刚准备拿起来自我陶醉一番,谁知一只小手不知从哪儿伸过来,一把抢走。我回过头,明清不知什么时候已经站在后面,正捏着这张纸,边看边笑,哈哈,看着挺俗,不过字写得倒挺秀气!

她拿起桌上刚收集的稿件组其他苦难同胞的作品。这些作品是稿件组痛苦地怀了整天的胎,刚刚诞出来的。有的人文笔差,只诞出独生子,有的是双胞胎,当然也不排除那些感情泛滥的,一诞一窝。她粗略地翻了几篇,冲我努嘴说,都比你写的那篇好!好啦,改天请你吃饭!

说着把所有的稿件叠起来，像只小兔子，一溜烟向广播站跑去。

我穿着我那件蓝白色相间的高中校服和一条破牛仔裤，漫无目的地游走在操场的每一个角落，无所事事，东张西望左顾右盼。

操场最右侧有一大块儿空地，一群男生正在那里踢足球。当时米卢带领中国队越战越勇，韩日世界杯出线指日可待。小青年更是视郝海东为偶像，认为他可以帮助中国队世界杯夺冠，一时间竞相模仿。那个时候，我们都还无法预测中国队后来在韩国惨不忍睹，三场比赛一球未进，却连丢九球，从此以后，一蹶不振。至于中国队世界杯夺冠，那已经是2006年的事情了——在一个网络导演拍的恶搞电影《中国队勇夺世界杯》中。

这帮人球风纯朴，踢得很带劲，应该说是踹人很带劲。说话间，一个哥们已经中脚，中的还是裆部。那家伙看见有女生在周围走动，怕有伤大雅丢面子，不好意思抱那儿，只好捂个肚子嗷嗷叫疼。旁边跑过来一个很漂亮的女生，看来是这家伙的女友，关切地问寒问暖，这家伙只好痛苦地叫，肚子疼，肚子疼！

我心想，哥们儿你捂错地方，远水救不了近火吧！

广播这时候又响起来：请一年级男子四乘一百米的同学到赛场上集合！

我无意听这破广播，不料却一遍一遍地吼，令人心烦。我准备离开操场回教室，从后边传过来一个粗犷的声音，林畅，你怎么还在这儿？四乘一百米！

回头原来是白明明，上气不接下气地怒吼。

我这才意识到，我自己还有比赛！立刻飞驰到跑道那边，站在原定的第二棒的位置上，大口喘气，牛仔裤湿漉漉地滴水，双腿既而发麻发酥发软——我想我已经处在歇菜边缘。

妈的，这还跑个屁！心想。

只能寄希望于第一棒的王昊发飙一下，挽回败局。回头看，王昊已经跪在起跑线上，屁股撅得老高，比其他七个人动作都夸张。我身边一名选手穿条长裤，戴一副很厚的眼镜，一看就是和我一样的业余选手。他眼下正虎视眈眈，决意要与我一决雌雄，保一争二——保倒数第一，争倒数第二。

短短几秒，这家伙已经在我身上打量了一百次，如果把"量"字去掉，这会儿我已经在医院了。

突然，枪声响起，加油声响彻长空，我的心脏泵血愈发猛烈——果然是男子组比赛，这边还正预备呢，第一个人已经飞奔过来！

嗖嗖嗖，体育班的三个第二棒已经飞了出去。

嗖嗖嗖，三个普通班的野人也飞了出去。

现在只剩下我和刚才虎视我的家伙等着各自班的拖拉机，少安毋躁……

王昊终于到达，而旁边的跑道始终没动静。

慢慢等着吧。我想对这家伙说句话再走。

我接了接力棒冲出去，风从耳边刮过，很快就看见第三棒白明明，这说明我的速度是值得肯定的。

传递完接力棒，我不由自主地瘫倒在跑道边上，腿莫名的酸痛。

那边比赛已经结束，也没心思知道结果，估计是第二名，倒数的。我坐在晴空夕阳下，开始幻想按理应该也有个美女跑过来，把我给搀回去，然后夹道欢迎。许久，等到腿也不疼、不用搀扶时，才无奈地发觉别说是杜丽、明清这些美女，就连孟雨的影子也未出现，只好拍拍屁股上的土，回到自己班的驻地。

我看到王昊、白明明和最后一棒的李乘风全都正襟危坐在小板凳上，披着自己的衣服，接过女生送来崇拜的纯净水一饮而尽。再看明清，在这三个家伙面前晃来晃去，大肆夸奖道，这倒数第二来之不易，你们三人真是功不可没！

我心里很生气，难道刚才进行的比赛是三乘一百米？

还有孟雨这厮，一个劲拍着王昊肩膀直夸强壮。

后勤组男生下午得寸进尺，集体造反，稿件组和运动员只好自己给自己端茶送水。这帮闲杂人等正聚成一伙，观察操场上哪个班有美女，指点评价，乐此不疲。我加入其中也没人在意，都在聚精会神听着班上个头最高的关小伟讲成人笑话。

广播这时公布成绩，果然是倒数第二。

老关讲成人笑话同时还不忘夸奖两句，很牛嘛，林畅，跑那么快！

总算是有人还记得我的贡献，像是遗忘千年的文明重见天日，心情一阵小感动。我笑着说，没什么，随便跑的。你们传授知识要紧，请继续！

我穿出人群，准备继续进行我未尽的游荡生活。前面有个人走过来，看来也是同我一样在周游列国。走过去一看，原来是我们班的门璐。

门璐和我初中同班，上高中又很有缘分地分到同班。她是浙江宁波人，但从小随家里搬到这里，口音却还是浙江口音，"人"和"棱"不分。第一眼看上去，就是特有的浙江女孩长相，和我们这里的女生很不一样，眉宇间透着水乡的神韵——小桥流水人家，油亮的青石板街道和环绕水乡的河，清且涟漪，小雨中，淅淅沥沥，拍打着白墙黛瓦，烟雨朦胧，真是令人向往。

……

我才意识到我走神了。

她一边往这走，一边笑道，喂，又在愤世嫉俗？

我是那样的人吗？仄江棱（浙江人）！

当然了，要不怎么经常被老师批评呢？这完全是属于反社会倾向。这小姑娘与众不同之处是天生金色头发，阳光下闪闪发亮。

拜托，我那是贪玩好不好。给你留下的是这么个印象吗？洋娃娃！

初中时，门璐有个外号叫洋娃娃，可能是因为她一头金发和一张憨憨的娃娃脸。

门璐故意提高嗓门，表示抗议说，以后你不许这么叫我！对了，你一个站这儿干什么？

等人。

你等谁呢？

戈多！

戈多？

她想了半天，说，什么意思？

就是戈多。

讨厌！我是虚心请教的！不开玩笑。

戈多真的就是戈多，荒诞派作家贝克特的《等待戈多》。它可以是任何一个人嘛，比如，我可以在这等死，也可以是等——你！

那你慢慢等着，就当我没来过，神经病！

我笑着说，别啊！我刚跑完四乘一百米，在这休息呢，刚才没看吗？

第二章　运动会

看啦，你这么文弱，没想到跑得还不慢——不过我可没说你跑得快，只是说跑得不慢。你们男生运动会真丢人，看来咱们班要得奖就得指望女生喽——包括我在内。

门璐讲话的时候，特有的浙江普通话，而且透着一种傻乎乎的可爱气息，不像明清说话那般盛气凌人，说一通话下来就会累死。我心想着，看来聪明的女生种类真是多种多样！

我说，你臭美吧，难道你也有比赛，我今天受到的惊吓太多。

明天下午，女子四百米！哼。

门璐！

这时，从后面传来一声粗犷的叫声。我不由得扭头，原来是白明明的身影从我旁边闪过。留着小平头，眉清目秀，标准的城市小白脸。他拍了拍我的肩膀，就走近门璐耳朵边神秘地嘟哝了几句，亲密得像要贴在一起。

说完，两人也不跟我道别，匆匆往校外走去，很快就消失在晴空下，将我一个人傻傻地晾在原地。

经历了一天的比赛，我和陈大福拖着疲惫的步子往家走。

我们这座小城市很破烂，曾经是明清时代卫戍屯垦的驿站。市二中门前最繁华的南大街纵穿全城，两边店铺林立，每家店门上挂着比门还大的招牌，名牌专卖店点缀其中。街的北边尽头便是百年老校——市一中。时值放学高峰期，街上车流涌动，全是穿校服的学生。场面宏大，整条大街步履难行。

大福一脸郁闷地说，我感觉高中生活挺恶心的。运动会，国庆节，然后回来直接期中考试，那还考个屁！

我说，你可不要自暴自弃。好不容易上了重点班，考不上好大学，你老爹老娘不知该多伤心呢。

他说，我又没什么要求，不像你一定要气壮山河地考第一名。

我反驳说，我啥时候气壮山河要考第一名？我一直不都是被你影响的要当混混的吗？

他不屑地说，你别扯！我还不了解你？虽然外表冷漠，内心却始终放不下你的第一名。但我妈可是想管我也没机会，我快解放啦。

我不解地问，什么意思？

他说，我妈下岗了，现在古城墙那儿摆个小摊儿卖早点。还谁管我？连午饭晚饭都得自己想办法解决。我这么个条件考个狗屁大学。先混着吧！

一席自我调侃的话，说得我心里很不是滋味。辛弃疾在一首诗中写道："少年不知愁滋味，爱上层楼，爱上层楼。如今识尽愁滋味，欲说还休，欲说还休，却道天凉好个秋！"

我只好继续激励他，你说的屁话，你妈就算卖早点，不也是为你和你弟读书吗？你要放荡才对不起你妈呢。

他不再言语，一路无话。

回到家里，我看到满桌子丰盛的晚饭，还留着一张字条：

儿子：

　　晚上七点有会，晚饭自己先吃，碗放着我回来洗。

第三章　期中考试

　　在陈大福家境变迁的强烈刺激下，我思绪万千，感觉自己前段时间实在太过放纵，开学到现在都没有好好看过一小会儿书。于是下决心痛改前非。后两日的运动会，完全与自己无关，也没心思去看，很多时候都是一个人漫无目的地在操场上走来走去，思考着一些课程内容。

　　本班男生最终不孚众望，荣获全年级倒数第一；女生却大放异彩：明清又取得女子两百米第二名；门璐获得四百米第三名。我吃惊地看到，我们班这些女生，真是什么事情都能干得出来。然而，我现在已经不关心这些虚幻的东西，保持一颗平和的心，目标期中考试。

　　其次，我又感觉必须评价一下所谓的"十一"黄金周。这几年为拉动国民消费，充分激活前几年传统的"赚钱就往银行存"的后消费观念，国家开始搞黄金周。出发点很好，可以使老百姓摆脱传统消费观念，增强国民经济的稳定性。然而，暴露出很显眼的弊端，一年这许多黄金周再加上寒暑假，对高中学生来说极度痛苦，旅游这样的事与高中生无缘，在家长逼迫下上书山下题海，名义上的这种假，其效果反不如狠心点直接别放。有些人认为这种说法有些自私，你不放假，法定节假日还得留给老师休息休息呀？说这话的人真是不了解高中老师，前些年放假，哪个老师不是全天候私人补课？比平时上课更加精神，乐此不疲。现在不许老师私人家教，所以除语文和政治老师之外，没有哪个老师不期盼假期补课的。

作为全区中考第三名，我对自己的学习效率还算自信，在假期七天内把落下的功课全部补了回来。

考试那一日，电闪雷鸣大雨滂沱湖光山色海市蜃楼。——这都是我幻想的。实际情况，没有任何异常天象，很平淡，不知不觉就稀里哗啦考完了，安静地让我感觉自己要考砸。

第三天早上，最后一科物理试卷发下来后，外面才出现零星小雨。突然，我发现门璐坐在我前面，这有点影响我的情绪。我坐着闭目养神，等她把试卷传给我。虽然那天她和白明明一对儿在我面前的举动，让我觉得很难堪，但大人不记小人过，宰相肚里能撑船，何况考试时最忌讳把情绪带入考试，激动势必会使灵光发散，灵光发散势必思维卡壳，思维卡壳势必血压升高，万一心肌梗死怎么办？

我这样想，说明此时此刻情绪很稳定，思维很敏捷，逻辑很严密，外部表现是强装神情冷峻。我考虑当她递给我试卷时，我就很冷峻地接过去，也不打招呼。没想到这家伙居然连头也没转过来，把试卷往后面一扔，手触电般收了回去。我接过试卷，抽出自己的一份后，盯着她的背影，随手把试卷往后一扔。不想手感不佳，没扔到后面桌上，只听哗啦一声，撒了一地。

责备声立刻响起，呀！你干什么？

我只好立刻捡起来，惭愧地说，对不起，对不起。

然后递过去一看是杜丽，后悔刚才说对不起。

讲台上监考老师传来雄壮的吼声，那几个干什么呢？是不是想作弊！

尴尬！只好埋下头。被这小小风波一折腾，脑子里刚记住的力学公式集体回到自己故土英国，看到试卷上有题目，是一个小木块摞一个小木块上，让求摩擦力为几牛顿，顿时顿住，始终想不起来这经典"牛二公式"（牛顿第二公式）怎么写。闭上眼睛，使劲想牛顿，眼前却浮现出一头牛。

东拉西扯地终于答完，再看看卷面，如同缺钙孩子，面色青一块黄一块的，惨不忍睹。监考老师收卷时，我实在不舍，眼睁睁看着这倒霉孩子远离我这无能的娘亲，而且这孩子发育还这么不完全，这么丑。

监考老师步出教室后，不知从哪个角落传出一声，妈的，这物理试卷太难了！

喂喂喂！后边有人使劲捅我。

我要是不转身，腰必定被捅坏。

不用说，又是杜丽。我不耐烦地说，有什么事吗？

看你是不是考得很爽呀？

爽！整张试卷我提出了很多物理学的猜想。

她笑着说，你老是东张西望，是不是想回头看我的试卷？

我说，你不看我，怎么知道我看你？

我很富哲理的言语终于封住杜丽的嘴。她话题一转，严肃地说，喂！林畅，最后一题解出来没有，好像很难的样子，我连题目也没读懂。

我心想，废话！那可是我，不是别人！但是嘴上"谦虚"地说，大概也许可能估计吧，也不知道对不对。

她说，哇！厉害啊。你小子不是一直诋毁物理老师名誉，发誓这上半学期不学物理的吗？不学还能做题？不会真的搞猜想吧。

我心想，我诋毁物理老师名誉她怎么知道？连忙反驳，你胡说！

李老师多好的老师，我啥时候诋毁人家了？

她神秘兮兮地说，你还装？我那天无意中都看到你笔记本上画了头猪，还特意标记李老师的名字。哈哈！

我去！这么隐私的事情，居然被她看到了。我面红耳赤地说，好啊你！偷看我笔记本，以后不给你抄作业了！

她说，你给我好好讲讲最后这道题，我就保证这学期不说出去。

因为这件事情是真的，被要挟的我实在无可辩驳。周围看我要开坛讲学，黑压压把我座位围得水泄不通。我拿着杜丽的笔，在白纸上乱涂乱画推导公式。她听得一头雾水，紧锁眉头，很迷茫。

明白不？我怕理论太深，停下笔，看了看她。

停顿一下，她抬起头，扑哧一声笑了出来，看样子是茅塞顿开。

她说，哈哈笑死我了，还以为你多牛呢，原来是在瞎掰。

我很纳闷，说，何以见得？

她指着我刚做的步骤说，这步的计算就已经错了，后面还用说吗？

不会吧！我刚要说怎么可能，便发现果然算错了，尴尬到很尴尬十分尴尬。

她说，是不是呀？哈哈。

周围一听，立刻表达各种不屑一顾，继而一哄而散。

我心情顿时崩溃。满分情节才保持了数十秒就流产了，我开始担心我的卷子能不能及格。

杜丽一听，拍着我的肩膀，高兴地说，没关系！喂，我也没做出来。

旁边一个长得很幼稚、像刚从幼儿园跑出来的男生张渐渐，俯下身，在我做题的那张纸上写写点点，说道，林畅，你看是不是这么个做法？

于是稻花香里说丰年，听取"哇"声一片。张渐渐一跃成为学术明星，接受各狗仔队采访。与此同时，刚才站在旁边的明清也一边劝说我没事，一边满足地背着书包离开教室。杜丽也和几个好朋友蹦蹦跳跳地消失在视野中。

周末度日如年。同时我在想象，张渐渐肯定在被其老爹狠狠表扬的基础上，对物理学产生了浓厚兴趣，发誓做爱因斯坦第二。不过，就他目前情况来说，只有长相能做爱因斯坦第二。明清跟我说自己没考好，我猜她肯定郁闷得待在家里上一天网或者谈一天钢琴，或者修一天电脑，或者跑一天一百米；而老关等人，肯定又伙同兄弟们在某网吧或洗浴中心做一些他们自己吹嘘的事情。我因为物理考试的种种心酸，郁闷地跑到附近的公园里打桌球，由于分神严重，被一个我经常鄙视的摆台球桌的小青年虐到嘴里喷火、眼冒金星。

十月的早上六点，天还灰蒙蒙的，要是明朝，还有人正打着梆子喊天干物燥，小心火烛呢。到现代，此刻街上无外三种人：乞丐、环卫和高中生。

我住的这条小巷子的路灯很别致，大概装了光敏电阻的缘故——而且正负极反装，在黑夜里死活不亮，太阳一出来立刻发光。维修人员说是美国进口产品，国内技术人员还没技术拆开修理。我们小区的人简直要骂娘，盖楼修桥你不采用先进技术，装个破路灯买进口的，城建脑子里也装了这种电阻吧？我走在黑暗中，路漫漫其修远兮，深一脚浅一脚的上下求索。七拐八绕终于出了小巷，走到本城市最繁华的南大街，幸好这里光敏电阻没装反，灯火通明，许多骑自行车上学的高中生，跟我一样风尘仆仆地往一中和二中奔。

突然有人从背后闪出来拍了我一下，我吓了一跳。还好自己是无神论者，我大喊一声，鬼！

一个熟悉的声音笑起来。原来是明清不知从哪里窜出来，穿着一套时尚的运动装闪到我面前。

我惊奇道，又一套新衣服，土豪啊！

她说，我乐意！你小子是不是考得很好啊？虽说中考你比我差点，但这次我不再和你争第一名，因为我发挥极度失常。最近又准备钢琴十级考试，又是参加运动会，又是经常上网聊QQ。不过，主要都怪这运动会，每天光顾着玩！

我说，你跟我解释这些乱七八糟干什么？我俩又没打赌谁考第一名。

那个年代的我，听到钢琴、运动会这些词语时，多少还能理解。但一听QQ，敬仰得五体投地，以为是十分高深的电脑用语。

我安慰她说，你智商这么高，肯定没什么问题，你那姐们儿孟雨在我面前一个劲贬低我，夸您老人家智商多高。

她摆出一副高傲的姿态，说，她夸我没错啊！我本来就比你聪明嘛。

我在许多年以后，曾经在科学院读过研究生，周围有一群盛气凌人的女博士，我才明白为什么当一个人在你面前表现很骄傲，你自己却不能生气的原因。明清自始至终都是那种出身好，自带光环，又恃才傲物的女生，时间久了，她要是谦虚一点，反而让我觉得不适应。

我只好竖起大拇指说，我就是个混混，你是女博士。

她不屑地说，那是当然！Of course！不过，一提运动会就心痛。

要不是运动会，能有你小子这么得意！

你不会这么看重考试吧，我怎么没一点感觉。小小的考试而已，离高考还早得很。

你难道没有紧张的感觉吗？你们家难道就没期望你考大学？我老妈可是一直希望我考清华北大呢。

我说，我妈说，你上不了本科就去读技校，以后出来当个技术工人，比那些烂大学强一百倍。

她想了想，点头说，如果真是这样，其实你妈的做法是对的，所以你没有压力多好。

快走进教室时，她突然说，我有个想法，换座位，做你同桌，这样就可以互相监督，怎么样？

我连忙说，你不要吧。我跟陈大福、王昊、老关几个学习当混混呢。

她撇着嘴，不屑地说，既然这样，那我过一段时间非得换过来看看你是如何混的。考技校？你就骗我吧！你要考技校，我也考。

回到自己座位上，才意识到这是第一次和明清一路同行，有些兴奋。突然，老刘大步流星走进来，抱着一大沓试卷。教室里嘈杂的背书声立刻消失。

老刘把试卷丢在第一排同学的课桌上，冷冷地说，发下去！

那几个小孩儿拿着试卷满教室跑，竟准确无误地将试卷对应到每个人手里。想到平时他们从不与后面有任何交流，还能知道每个人叫什么，着实惊叹不已。正思考着，一张褶皱的试卷传到我面前。卷头是我的名字和鲜艳的成绩：一百三十分。

我终于长舒一口气：这个成绩我绝对接受！甚至怀疑是不是老刘

计算错误，多给了一百分。

所有人都抱着自己的试卷端详，也包括本班最大的流氓恶棍——老关。

老关上文说到过，班里所有的成人笑话均出自此人之口。以他的情况基本是与重点班无缘的，但据说其叔叔是学区副主任，因此所有的事情都变得那样的合理。此人之前公开吹嘘自己是小城黑恶势力团伙"一刀会"成员，并且是小头目，管理一个排的人和负责收取整个西大街的保护费。他在本班的作用只有一个：帮助担忧自己考不上大学的同学早日实现这一理想。他对成绩很麻木，这张满分一百五十分的试卷，九十分及格。而在他看来，莫说考九十分，就是九分他也不屑一顾。

老关此时和白明明同桌，坐在杜丽后边。

白明明在老关这种天才的熏陶之下半年，语文居然考了一百二十分，反而把老关给改良了。他此刻拿着自己试卷，紧锁眉头，望着上面一百一十分的数字，心里真不是滋味。担忧自己现在学习这么好还有没有资格混在"一刀会"里打家劫舍、暴殄天物，因为这次一百分以上的同学都有可能成为三好学生。

孟雨的试卷终于跋山涉水翻山越岭飘过来。我迫不及待地想看到她的成绩。孟雨这个人在初中时也有一些小传奇故事。她每次语文考试都是全年级最高的，而且经常参加校级、市级的作文大赛，写一些"我们的祖国是花园，老师是辛勤的园丁"之类的必加分的句子，于是拿过很多大奖。

然而，此刻时过境迁，上了高中，孩子们都长大了，孟雨那一套拍马屁手段应该不好使。所以我急迫想知道我的惊天高分是否令她黯

第三章　期中考试

然失色。果不出所料，她鬼鬼祟祟地偷看自己的试卷。发现我有看其试卷意图，迅速收起来，说道，就不让你看！同时脸上红一块紫一块，生怕我看她试卷会脸红。

但我听着非常满意，因为我从她尖锐的声音和脆弱的回答中听出来这家伙必然考了个惊天低分。

等众人回到自己座位上，老刘走上讲台大笑道，果然是重点班，这次没令我失望！本次期中考试是我们高中以来第一次大型考试，也是……

后面是一大通废话，此处忽略。

他接着说，这次考试中，我们班的语文成绩相当优异。全班五十人仅有三名同学不及格，平均成绩达到一百零一分，这还是我们二中历史上第一次！

这句话说得大家很愕然，居然在不经意间改写了历史。

老刘又说，同时也涌现出许多高分的同学。

我心下暗暗自喜，林畅，一百三十分。继而全班愕然。

老刘款款地说，例如，王佳霖同学，一百四十分；孟雨同学，一百三十六分……一连十来个人，成绩全部徘徊在一百三十五分以上，丝毫没有向一百三十分靠近的趋势，一度让我怀疑我这成绩难道排在倒数？最可恶的是，第二个名字居然就听到孟雨。这家伙之前遮遮掩掩，还让我白乐了半天。

名单过半，才顺带提及我的名字。老刘说，一百三十分以下的同学就不说了，下面我们进行作文鉴赏。这次考试作文题目是以"美丽"为话题，写不少于八百字的散文。散文的要义是什么，同学们知道吗？就是形散神不散。下面我把两篇优秀作文给同学们读一读，看看作者是怎样写"美丽"的。明清，把你的试卷拿上来。

接着呜里哇啦地读起来。

我趴在桌上好不容易把明清的散文听完，感觉自己都要散架。

老刘说，这篇文章是我亲自批阅，给了满分六十，因为……

我打开自己的试卷——呃……只有四十分！

孟雨突然凑过来，瞅着我的试卷，笑道，这么烂的作文，哈哈！

这时候教室外铃声响起。

老刘戛然而止，走出教室。孟雨放声大笑，直到流出眼泪才开始抱着肚子伏案养神。我重新客观审阅自己的作文，越看越觉得精辟，笑老刘文化水平太低，没福气享受佳作。

我气不忿地看着孟雨，怨念地说，老孟，你这烂作文也能得五十分，我的作文起码得五百分。

她说，切！你就是个十足的愤青。愤青的作文给你分就不错了，换我直接试卷给撕了！

我只好说，你狠！

中午，一中、二中同时放学，充分体会到"南大街全是人头"的意思。此时向人群中投一块板砖进去，至少可以砸死一名党员外加四名共青团员，运气好的话还可能砸死一名"一刀会"成员，为民除害。

以上是王昊挤在人群中，自感没有生命危险后大放厥词，"一刀会"的事是陈大福补充的，我和王昊的堕落思想也是他传授的。

陈大福跟老关一样，不时回忆他初中时候打群架的飒爽英姿，音容笑貌如在昨日。有时候讲一些诸如"一刀会"英雄座次表，说什么，"一刀会"中的老二李大牛赫赫有名，报纸上屡见不鲜。最后一次见报是半年前"近日,一男子李某某,因为强奸罪被判处有期徒刑十年"。

大家说得仿佛时间停滞,日月不分,天地万物化为虚有。我边走边崇拜。我初中时年轻气盛,曾经也打过群架,有一次在我们班教室门口,看到一个小胖子鬼鬼祟祟在偷窥,作为班长的我一定要保护班级安全,于是二话不说,上去就是一拳,正中鼻梁,那家伙还没反应过来,两股喷泉从鼻孔应声而出。一年后,做好事健忘的我都忘了有这么回事,他却混出名堂,而且君子报仇一年不晚。

当时的场景是,这家伙找来一个听说牛得一出手学校也得抖三抖的人物,要替自己报仇。我们班的好事分子在我的怂恿下,聚在操场一个拐角处等待约架。过了一会儿,远处显现出几十号人物,我扭扭头数了一下,周围只有十个人不到,大叫一声完蛋了。一年前被我揍的那家伙首先快马驾到,淫笑道,小子,你完蛋啦!我大哥几年都不出手,一出手便要见血的,现在给我道歉我也不接受,你等着!说完快马赶回自己的阵营。我们几个束手无策,等着被见血时,传说中的大哥终于亮相,他从这四十号人物中间走出来,上前一步,摘下墨镜,刚要说话,我却愕然了,喊道,宁宁!

此人正是我们小巷子里一块长大,小时候总是反穿着裤子,掉着两条鼻涕,一干坏事就被他妈拿根八尺长棒追得满城跑的宁宁。

事情急转直下,宁宁一边嬉笑着说,自己人自己人,一边狠狠骂了自己小弟几句,然后羞愧地消失在人群中。四十几号人,估计最后面的几个都没明白发生了什么就散了。这小弟郁闷得恨不得当场喷血。

我们几个人长舒一口气,暗自庆幸,这幸福感来得比福利彩票中奖概率还低。这件事的戏剧性对我产生巨大影响，让我觉得在黑道混，不受伤的概率基本等同于在全城人里面找宁宁当老大的概率。因此，事后我发奋图强学习科学文化知识，最终变成一个好学生，一不留神中考考了全区第三名。

陈大福还在搜肠刮肚地找资料说，无奈王昊除了色情故事什么都不喜欢听，他一路不停地东张西望，陈大福不解地问，究竟有什么好看的？

王昊笑着说，哇！走了这么几步，已经发现十三对情侣。看来我也必须在三个月之内找一个女朋友，聊以慰藉。

陈大福说，就你？

王昊说，怎么？比你帅多了好吗？瞧你那抽象的脸。

三人一路走到南街尽头分道扬镳，我和陈大福继续顺路，我俩对于王昊感兴趣的事完全不感兴趣，又继续探讨打架斗殴的细节问题。约莫一场群架的时间，走到陈大福妈摆的早点小摊。一辆绿色的三轮小车，在古城墙下显得十分渺小。车上架着个案板，上面杂乱地摆着许多油酥馍和油饼。刘妈妈很和蔼地跟我们打招呼。我馋得想买一个油饼，但又不好意思，担心会伤害陈大福的自尊心。

下午两点多，我睡眼惺忪地回到教室，看到很多人三三两两聚在一起拿着一些白纸讨论——这说明已经有很多试卷出了成绩。我的心怦怦跳，阿门、阿弥陀佛地乱叫，走到桌前一看，化学，九十六分，离满分只差四分——这是对我半学期从没看过化学书的最好回报。

孟雨没来，桌上的试卷安静地躺着，我抓起一看，六十六分。

哈哈！我心想，必须立刻将这个好消息亲口告知孟雨本人。

门外一阵笑声，孟雨簇拥着明清破门而入。与此同时又是数学试卷传过来——一百零六分，折合成百分制只有七十分，这怎么可能？

我抬起头刚欲开口，前排一个小女生又把孟雨的数学试卷传过来，说时迟那时快，孟雨一个健步跨过来抢到手里一看——一百一十分。

哈哈，你又比我低！孟雨偷看一眼我的数学成绩开怀大笑。

这时候明清走过来，夸奖孟雨，哇！老孟厉害啊，这次数学据说几乎没有及格的。说着又瞟了我的试卷一眼，淡淡地说，林畅，你嘚瑟什么？

我问，你考砸了？

明清把自己的试卷递给我，说，自己看。

她这几门理科考得很烂。不过一观明清写的这种幼稚的方块字，倒是很可爱。明清边看我的试卷边叫，你不会吧，你一个考技校的人考这么好干什么？说着把我的试卷拿走了。

明清走后，孟雨问，你知道谁是全年级第一名吗？

我想了想，问，是我不？

孟雨叹气道，唉！这真是全班的不幸！不过你别得意，其实好几个人成绩和你差不多，比如白明明，马腾。

我说，马腾？不是早在《三国演义》里就死了吗。

孟雨吃惊道，二班的传奇人物，你不知道吗？

下午第一节课上物理。物理老师很年轻，叫李明瑞，三十不到，但老学究派头十足，讲话时恨不能之乎者也。而且讲课十分烦琐，每次讲万有引力都恨不得从苹果讲起。最大的缺点就是过度谦虚，说自己普通话不标准，要拿方言讲课。我们很纳闷，人家老刘那样的普通话都好意思讲的，你有什么资格说不好意思讲的？

李明瑞站在讲台上第一句话就是，班上哪一位同学叫张渐渐。

张渐渐正从睡梦中惊醒，以为自己被发现了，擦擦口水，脸通红地站起来。

李老师看一眼道，这次高一物理考试题目特别难，张渐渐同学是全年级物理最高分，一百一十四分。还有一位同学林畅，一百一十二分，提出表扬。接着开始分析这张试卷，满口的牛二定律、二牛定律的，令人厌烦，一直啰唆到下课。

第二节体育课是班里球星们集体在操场上亮相、展开手脚大战的时候。球星主要有王昊、白明明、王新宇等人，诸如我完全是加入其中浑水摸鱼者。

白明明无疑是足球踢得最好的一个，他娴熟的技能令人佩服，也让门璐佩服。以白明明的实力完全可以加入校足球队打主力前锋，可老刘坚决反对，他认为"中国足球"这四个字，简直就是世界上字数最少的笑话。校队踢球的，都是文理科全部都歇菜的人才。

王新宇无疑是足球踢得最彪悍的一个，他强健的身体和疯狂的飞奔令人恐怖，也让门璐恐怖。以王新宇的实力完全可以加入"一刀会"当主力打手。

所有人分成两组，白明明开始带球前进，有两名诸如我之类没有技术也没有意识浑水摸鱼者被轻松过人，一时间如入无人之境。王新宇大喝一声"抢"就冲了上去，吓得白明明立刻弃球而逃，就这样足球被我方抢断。

几个回合后，球终于到了王昊脚下。他很激动，挑衅王新宇，你这头笨牛，过来抢啊！

这话如同一块红布，彻底激怒了王新宇，他发疯似的冲上去。说时迟那时快，欲知后事如何，请听下回分解。

……

就这样，王昊小腿骨被王新宇分解了。我们开始给王昊准备后事。他被搀扶下场，疼得嗷嗷叫，噙满热泪，用各种方式问候王新宇的家人。

球又经过相当长一段时间，偶尔传到我的脚下。王新宇激动地大喊"传传传"。与此同时，对方的石头上来逼抢，我没办法只好随便飞起一脚。这一脚开得很大，球在空中绕出一道完美弧线，划破长空，如长虹贯日，如瀚海雄风，如空中惊雷，如天外飞仙。

——后面四句话是我自己加的，当时的情况是，这球严重偏离轨道，飞了很长一段距离，不偏不倚地砸到几十米外的人群里。几秒后，人群散开，隐约看到一个人抱着脑袋坐在地上。

白明明说，去看看，好像是个女同胞！

我很尴尬地跑过去，气愤自己的脚力不该来时瞎来。走近一看果然是个女生，短短的头发，乍一看还以为是明清，等抬起头才看出来不是，但是却有几分相似。

我说，不好意思同学，你没什么事吧？

旁边一个女生先讲话，凶神恶煞地质问，你说有没有事！下脚这么狠？

我无奈地说，我真的不是故意的！

刚才被砸得女生捂着头，正靠在旁边女生怀里，显出很痛苦的样子。看了我一眼，缓缓地说，知道你不是故意的，故意能踢这么准吗？

我蹲下来，看着她问，你好点没？要不要去校医院看看？

她说，没事，你把球拿走吧！然后在凶神恶煞女生护送下离开操场，消失在教学楼里。

许久我抱着这砸过美女的身价百倍的足球回到场上。

王新宇说，怎么这么长时间，不会砸死了吧？

白明明说，该不会是缠着你要医疗费吧？

陈大福说，哈哈，该不会是不让你走，一脚踢过去成绣球了吧？

比赛最终以我方惨败告终。当然这些对我已经没有任何意义，一路往回走，脑海里充斥着女孩儿的形象，后悔刚才应该脚力再大点直接把她砸晕，这样就可以无可争议地送去医院了。

喂，你小子想什么呢？

被人猛拽一把，我才回过神来。好险！什么时候进了教室都没注意，若不是陈大福，刚才就直接对着黑板面壁了！

回到自己座位，看到孟雨正拿着一张英语试卷看得入神，上书巨大的一百二十六分。这可是西部大开发之前的西部！老孟这么大胆，敢将英语考一百二十分以上。

我说，老孟，你这个汉奸，无耻！英语居然敢考这么高！

孟雨眼睛瞪得跟猫头鹰似的，把试卷扔过来说，谁是汉奸自己看。

接过试卷，赫然两字：林畅。原来我才是汉——族同胞。

我看着自己的"孩子"，一时间难以接受这个事实，说，没想到我有生之年英语还能考个一百分以上。

所有成绩揭晓后，我最终有惊无险地获得全年级期中考试第一名，总分比传说中的西凉马腾、球星白明明等人高出几十分。老刘周三班会上热情洋溢地讲道，我们重点班的期中考试总体成绩傲视群雄，总分高得夸张，几乎每一科都高出普通班级几十分。年级十六个班一共一百人上光荣榜，我们班占六十人。连老关也差点上光荣榜，大呼惊险，这要一不留神上榜，还不被"一刀会"成员们笑死？

……

第二周周三下午自习室里，我正静坐着，没有观察周围环境，被人从后边凶悍地打了一拳，这下打得我眼冒金星。

我摸着后背痛苦地说，老孟，能不能提前谢谢你，以后有什么事温柔点，我的脊椎断了，一定在你家吃一辈子。

孟雨说，不用谢不用谢。明清让我通知你，晚上七点在学校教务处办公室开会。每班正副班长参加，小子，和我们明清这样的大美女在一起开会，这是你几世修来的福。通知到了啊，不去后果自负。

晚饭时，我脱下衣服一看，后背上居然一块紫色的瘀痕，老妈边看边生气，你们班哪个男生这么大手劲，少林寺的吧？

说得我无名烈火腾腾升起。

十月的晚上，天幕在这个时区很早就拉下来。六点四十从家里出来，街上路灯已经照亮，一路游荡到学校，看到学校操场上到处是背历史、地理的人流，一路走过去，又是毛泽东怎么了蒋介石，又是蒋介石又怎么了毛泽东，不过最多的还是叽里呱啦背英语的。这些人口语说的让老外听着以为是外语。

正想得入神，广播上喊道，一年级各班正副班长到教导处开会——不说差点忘掉，快步上到办公楼二楼，眼珠子都快掉出来了：教导处门口人山人海，估计里边已经进去不少人，余下的这些估计是没进去的。我心想别的班到底多少班长，或者说选出来几个不是班长的。

明清正站在人群外围。我走过去说，你怎么不进去？

明清说，你怎么才来？我在等你呢！

我说，我在操场上视察学生背书。

前排几个同学猛地转过身，还以为教导处主任从后边冒出来了。

明清尴尬地说，你这家伙口无遮拦，以后必然惹祸！

我说，知道晚上的会是干什么的吗？

明清小声说，主管教学的肖校长找班长谈话，说说这半学期学习情况和期中考试的情况。你小子年级第一名，很风光吧。

我说，您老人家以前经常考第一，我这第一次考第一名，别取笑我！

明清满意地说，弟弟这话说得我爱听！我可不承认你比我强。

门吱一声打开，一个没几根头发的头伸出来喊道，都进来！

里面果然已经横七竖八地坐着许多人，都穿着高一校服。会议室中央放着一方形的办公桌，三个老头正围坐三面——貌似刚搓完麻将走了一个。这些老头在官场上摸爬滚打多年，头部发光，一脸褶皱，再过两年头上就能戴光环了，实属不易。

其中一个是主管教学的副校长姓肖，最擅长削人。在操场上穿奇装异服、留奇怪发型、走路肆无忌惮的学生经常被肖校长削。不过我爸在联系将我从三中转学时，就是其慷慨收留，对我爸说，人才没有学校界限。这算是除了削人，做的不多的好事之一。

肖校长说，同学们快坐好，我点个名。一年级一班！

明清说，到！

肖校长笑呵呵地说，原来是明清同学呀，快坐快坐。这个同学也坐。

周围的人很惊奇，明清身份暴露，被众人看得脸通红。

老肖点完名，发现除了没来的都来了，说道，同学们，这次的会，主要是叽里咕噜叽里咕噜……

后面的话对我来说完全是废话。只好郁闷地忍受着听，内容忽略不计。

这时，我惊异地发现前几天在操场上被球砸的女生正坐在不远处的沙发上。与此同时，她可能也看见了我，有点羞涩，估计在猜我为什么会出现在这种场合。

这次奇遇让我终于明白小说就是这么写成的，我觉得写小说的人可以是小学五年级没念完就插队最后当了作协主席，也可以是作文六十分得六分，也可以是认为《水浒》中被武松杀死的淫贼叫西门吹雪，也可以是站在柏拉图铜像前说这个孔子像塑得有点高。中国作家无论是哪一种，只要是小说写得让读者觉得在这个时间这个空间和这个情况下这个人不应该出现却出现了，这就是小说的真谛。

……

我都不知道自己在想什么，明清用胳膊怼了我一下，问，看什么呢？看到美女啦？

我说，你怎么知道，看到一个你的双胞胎妹妹。

明清说，是吗？在哪儿？

我说，不便指给你，因为那人我认识。

明清开始左顾右盼，直到老肖再次点到"明清"名字时还问我，在哪呢？

老肖说完废话后，接着说，下面我向每个班长副班长征求意见，有什么对自己班的任课老师不满意的畅所欲言……大家不用拘束嘛！有什么说什么，对谁不满意都可以提。我们老师和学生是朋友，你们也是老师的老师，你们也是校长的校长嘛！

说完很满足自己刚才这句话，认为充满哲理，看来又是一篇教育学论文。

全场一片死寂。

老肖说，大家都不敢说，那只好每个班轮流说，首先是一班，明清，你说说。

明清态度冷淡，说，我们班挺好的，所有的老师都挺好的。

老肖问，有没有感觉老师讲课不适应，我听说你自己这次考试没考好，是不是与老师有很大关系？

明清说，不是，这次考试完全是自己没有好好复习的缘故！

老肖"龙颜大悦"，哈哈笑道，很好！其实主要还是要靠你们自己学习。不过一次小考试说明不了问题，期末考试好好考。这个同学，你是一班的？

我说，副班长。

老肖说，你对你们班的老师们有什么意见吗？比如上课听不懂，下课作业不能按时完成。

我说，还行，上课勉强可以听懂，下课作业也还勉强。这主要和自己有关系。

老肖一听一班学生觉悟高到把责任往自己身上揽，高兴地对周围同学说，哈哈，刚才这两位同学说得很好——主要还是得靠你们自己，老师仅仅是辅助性的，所谓师傅领进门，修行在个人。一定要自己控制好自己，听不懂没关系，一定要从自己身上找问题，多学多问，我们的老师都是选拔的最优秀的老师——话说到这里，这位同学，有没有哪位老师讲课很烦琐，你们觉得方式不好的？

我向来反感物理老师李明瑞，每次上物理课都是自己复习自己的。听肖校长这样说，我突然天真地想借这次机会把这人换掉，说道，物理……

老师两字还没讲出来，老肖立刻激动地说，啊！李老师可是最优秀的青年教师，师大毕业的高才生。这位同学说得很好，我听说李老师上课特别仔细，每个细节都能给同学们讲到，很多同学反映，是个难得的好老师！

我竟没想到老肖是武当山出来的，太极玩得出神入化。在场准备上折子参自己老师的人一听全部泄气，默默地低下头。

老肖很高兴。

这位同学，你叫什么名字？

我犹豫一下，说，白明明！

明清立刻眼睛铜铃大，瞪着我。

老肖说，哦，原来是这次全年级第三名的白明明同学，不错不错，随口夸了几句我扮演的白明明，然后继续开会让大家提意见，每个班都纷纷热烈发言说没意见，于是会议在一片祥和的气氛中结束，肖副校长做总结讲话说这次会议是一次团结的大会，是一次胜利的大会。

走出教导处，我刚要说话，明清"嘘"了我一下，小声说，你是不是要愤青？里面隔音不好，小心被听到。

这时那个女生正好从里边走出来，看到我还没走就微笑着走过来，我迎上去说，你好，上次的事情真是不好意思，你没什么事吧？

那女生微笑着说，没什么事。你们那点脚力根本不算什么。原来你是一班白明明呀。真厉害！

明清走过来笑着说，哈哈，小孩儿眼力不错嘛。

我说，不错什么不错，我上次踢足球不小心砸到人家，正在道歉。

你看，这就是我说特像你的女生，没说错吧。

明清没理睬我，微笑着说，你好，我是一班的明清。你别说，我们俩还真的有点像哎。

那女生也笑着说，相形见绌啊！大名鼎鼎的明清，很早就知道啦，全校有名的大才女，幸会幸会。我叫林思源，是十二班的班长。

我一听这姑娘居然是我们本家，刚要开口却被明清打断了，她笑着说，你也姓林？拿足球砸你的这家伙也姓林，这么巧！

这个女生愕然，指着教导处大门说，刚才——你——你不是白明明吗？

明清说，这家伙瞎说的，白明明是我们班另一个同学。

林思源愈发疑惑，不会吧，你连校长都敢骗，可真牛！白明明我当然听过，你们班的名人，名字傻里傻气的，学习确实厉害。我们班主任一开班会就夸一班多厉害，还特意提到你们班传奇色彩的林——

说着眼睛一亮，吃惊地问，你不会就是那个林畅吧？

明清笑道，你以为呢？敢在校长面前装蒜的人能有几个。

林思源说，原来真是你！看不出来，我还以为你真是因为虚荣才冒充白明明的。而且，说了别生气呵，我们班的同学传说，你是个头矮、戴一千度眼镜的胖子。哈哈，真没想到……

明清说，思源，这家伙就是个混混，我们班同学很难和他交流。林畅，以后你说话可得改，不然大家觉得你很难接触的，忠言逆耳啊。

林思源笑着说，班长训斥副班长，要不我先回避一下？

明清说，我哪敢训他呀。

我看着林思源，问，咱俩一个姓，这么巧啊！你是什么地方的？

明清连忙打断说，你们两个回家慢慢对家谱吧。九点半，我该回教室了。认识你真高兴，以后有什么事常联系，这是我家的电话——

说着拿出笔在一张纸上写下来，递过去。

林思源也看看表说，是啊！我也该回去了。今天可真有收获，居然认识了两位传奇人物，而且这第二名这么漂亮，这第三名——明清，这是我家的电话。

说着在刚才的白纸上撕下一块，写下号码递给明清。我示意性地凑过去，明清触电般把手一缩，说道，哼，就知道你要看，这是思源给我的，想看的话自己要！

林思源笑着说，你要干什么，我妈可不允许男生打电话。

我说，不会吧，你父母是孔夫子的入室弟子？

林思源说，我开玩笑呢。像你这样的大才子我爸妈肯定欢迎。

我和明清往教室走，我说，明清，那个号——

明清说，啊！突然想起来有件事忘了，抱歉先走一步。

一溜小跑消失在楼道里。

等我回到教室，明清俨然失去记忆的样子，埋着头苦读圣贤书兼武侠。今天的晚自习完全被打乱计划，而且我发现许多人都没来，老大没来，老关也不在，莫非"一刀会"今天晚上有什么活动？心里暗自为今天晚上又要不幸住院的同胞可惜一番。孟雨拿着一本周杰伦专辑画报翻来覆去地看，一本崭新的物理参考书寂寞地躺在一边。回头看，杜丽正拿着一本厚厚的语文书在看，我心想，这姑娘还真是刻苦。凑过去一看，语文书后面藏着本小书，书名《狂侠天骄魔女》。

我去，现在作弊能力都这么厉害？对了，杜丽，你怎么不看金庸，尽看一些乱七八糟的武侠？

杜丽抬起头说，好好复习你的功课，别烦我！

我笑着说，这次，咱俩总算扯平啦！我以后不告发你看武侠，你也不要用物理课威胁我好吧？

她头也没抬，说，你爱告就告去吧，居然敢要挟我。

这不是出于人道主义提醒一下嘛，再说，你这次考这么烂，我应该监督你复习功课。

杜丽说，这种小考试我可不在乎，而且我始终不承认你有多厉害。说不定哪天，本姑娘就超过你啦。

我心想，我们班女生怎么都是这种说话风格？在重点班都需要这么装吗？

我又象征性地回敬了孟雨一记重拳，以报下午之仇。没等她回头，我笑着对杜丽说，不过你看小说还好，比某些周杰伦伪歌迷强百倍，整天拿个海报捉虱子！

不料，杜丽抬起头说，周杰伦怎么了？人家大才子一个，不懂别瞎说，讨厌！

我傻眼——又是周杰伦的粉丝！于是迅速在杜丽、孟雨等人彻底愤怒之前及时闭嘴，否则就得闭眼了。

第四章　张渐渐家的林思源和关小伟事件中的萍儿及其他（上）

写这么长个题目，是为了鼓劲自己坚持将这部小说写完。最近几年内，曾多次尝试写一部长篇小说。可悲的是，以我巨差无比的文字驾驭能力，总是写到半路有人瘫痪、有人死亡、有人蒸发，以至于在一万字之后，不得不改写议论文。我想到，达尔文在写自己那篇世纪名著"贝格尔"号考察笔记时，好像就用的是一个长得吓人的题目，然后胡侃海扯好几千页，可见标题的厉害之处。

行文至此，窃喜于本文依然保持小说题材，虽然已经偏向意识流，不禁由衷赞叹弗吉尼亚·伍尔芙的创作能力。

在教导处邂逅林思源之后，我再也没有见过她。但是明清却换到我前面，和孟雨成为同桌，两人每天以嘲笑我为生命乐趣，而我的同桌老大则被老刘换到最后一排真出了家。现在的同桌是从另外一个城市转学来的男生，叫魏晋南。现在我的周围，再填上一个叫秦汉和一个叫唐宋元的，年代就齐全了。这让我不禁慨叹现代家长的懒惰，给孩子起有历史文化涵养的名字的心情可以理解，但总不至于懒到查历史书只看年代目录吧。

这年冬天，天气格外寒冷。我又在全班"爱咋咋地"的反应中屈居第一，但是这次考试让我想不通的是，后半学期我兢兢业业扎扎实实认真刻苦勤奋务实，结果却只比第二名明清高出十分，情况岌岌可危，按照这种趋势，下次考试我将比第二名低二十分。

回到家后，老妈说今天张渐渐家搬迁新房，作为张渐渐老爸的莫逆之交，我爸带着全家出动，过去送礼。

张渐渐小学和我同校，本来不叫张渐渐，而叫张渐仁，后来其父发现这名字居然谐音"贱人"，大吃一惊，立刻改为张渐渐，所以从张渐渐老爸给儿子改名字表现出的文化水平和智商，我推算张渐渐父亲是不是叫张渐。张父也是政府部门一小吏，古代称为衙内，芝麻大小，让人不由得联想起高衙内。张父另一个特点，是一个不折不扣的酒坛子，整日醉得不成人样，为事业做出不可磨灭的贡献。人送外号"小酒仙"。据此我们几个在班里给张渐渐起的外号叫"小睡仙"，与其父齐名。性质与什么戊戌六君子、竹林七贤、八仙过海什么的类似。张父常年为事业积累甲醇乙醇，工资不高职位不高血脂高；政绩不突出业绩不突出椎间盘突出；大会不发言小会不发言前列腺发炎。在我记忆中，此人从来没有清醒过，每次到我家做客时不是醉得被人搀进来，就是醉得直接被人抬进来。

……

以上是我一边走一边对小吏张父的思考。

我父亲小时候得过小儿麻痹，走路很慢，几十分钟后，我们终于走到对面张渐渐家楼前。这幢楼住的大部分是官员，小院里挤满各种小轿车。

张家住在四楼，四楼的意思是比头头职位低，比职位低的头头牛的头头的官邸。刚走到三楼，大人小孩已经堵塞楼梯，好不容易挤到他家客厅，有个长得很像张渐渐的人立刻春光灿烂地走出来握手说，老林，你快点！大家都等半天啦！

我心想，喝酒搓麻等半天了吧。

这人看到我说，老林，这就是你儿子林畅？哎呀！一表人才，是我们渐渐学习的榜样啊！

这时客厅走出来一个黝黑皮肤络腮胡的中年男子，肥硕的身体，很有法制节目中经常见到的嫌疑人的形象。我爸一边握手，一边对我说，林畅，这个叔叔和我们一个姓，在北京开公司，可是大有来头！

那人笑道，岂敢岂敢！

我爸说，你们学习近代史，有位林长民先生知道吗？

我想了想，好像是林徽因的父亲吧？

我爸神秘地说，这位叔叔和林长民可是一个林家！

胖子哈哈笑起来，说是那么说，却从来没有走动过的远房。这位是令公子吧？叔叔虽然在北京工作，不过我的两个女儿可是你们一个学校的，小女儿经常还说起你了不起呢。你俩是一个年级的，叫林思源，你认识吗？

听完之后，脑袋嗡一声，居然遇到如此巧事。我点点头，说，原来您是林思源父亲！

好！这就更加亲近啦！要知道我和你父亲关系好得像结拜过的兄弟，以后我们思源就是妹妹，啊不，好像思源比你大，是你的姐姐。你可得在学习上多帮助她啊。

我终于想起来，林长民是民国教育总长，这人如此夸张的来头，在我们这种鸟不拉屎的地方出现，听得我腿有些发软。

我爸说，林畅，你别再这儿傻站着啦！去找渐渐玩吧。说着，被一些人簇拥进了客厅。我远远看去，客厅桌上已经横七竖八地躺着各种酒瓶，沙发上横七竖八躺着好几位。

左侧卧室的门虚掩着，我轻轻推开，看到里边有很多孩子嬉闹，但是不见张渐渐的踪影。对面电脑桌前的一个女生突然转过头，却是林思源！

她看到我，吃惊地站起来，眼睛睁得很大，说，不会吧，你怎么来了？

我笑了笑，说，我刚才已经吃惊过了，你爸说你在这。

林思源说，啊？你已经见我爸啦？

我说，嗯！而且才知道原来你们家居然是皇亲国戚，看来我得请安才行。

林思源很诧异，什么意思？

我说，刚才听你爸这么说，你是林徽因先生的亲戚呀，真是不可思议。

林思源扑哧一声笑出来，说，哈哈！这你也信，现在很多人都喜欢攀名人亲。我们班还有人说副总理是他舅爷爷呐！

我说，这么说，你们不是？

林思源说，我们家确实是有家谱可查的，不过都是几代以前的事啦。到我们这一辈根本算不得亲戚，好像叫什么"出五服"。我只听说过我们祖籍也是福建，却已经多少辈土生土长在这里，在我看来都八竿子打不着的事儿。对了，你怎么会在这儿？

我说，我爸带我来的，不过现在很后悔，准备蹭点饭就离开。

林思源说，为什么？

我说，腐败！

第四章 张渐渐家的林思源和关小伟事件中的萍儿及其他(上)

林思源反驳道，张叔搬个家也算腐败吗？又没有搬公家的，小心渐渐哥扁你哦！

我想起张渐渐"考拉"一样的形象，再听到"要扁我"，差点笑出声来，说道，渐渐哥？你们很熟的吗？

林思源说，当然，我经常来找他玩，不过刚才被他妈叫出去打酱油。说句实话，在不认识你之前，张渐渐是我最佩服的好学生，成天睡觉居然能考那么好。但是认识你之后，才发现——

我一边心想，这小子真是傻人傻福，有这么漂亮的妹妹，真是死不足惜，一边连忙意欲阐述我的技校思想，说，你可别这么说，我准备考——

没想到被林思源打断了。她嘲笑地问，考技校是吧？

我很吃惊地说，你怎么知道？

林思源说，有一次和明清聊天时听说的。

我说，原来你和明清经常聊天，这家伙却没有告诉我你的电话。

林思源说，当然！我们有时间就上网聊聊，我向她请教问题。我们现在是好朋友好姐妹双胞胎，这件事还得谢谢你！

我说，你的哥哥姐姐可真多！

林思源忽然想起什么，指着电脑前一个胖子说，介绍一下，啊！对了，这是我亲哥，长安大学读大二。然而，那胖子居然连头都没回，聚精会神地玩一款电脑游戏。

胖子长得很像林思源爸，估计是学食品营养的。

我想了想，说道，你不是还有个姐姐吗？

她说，对啊！不过我姐没来，她上高二，每天忙着在学校补课呢。

我感觉已经无话可说，又怕冷场，只好颠三倒四地问她脑袋好了没有。她无可奈何地笑了,问道,你脑袋坏了吧?是不是要见一次问一次啊?

我很尴尬,只好接着问她期末考试考得如何。

她说,别提了,没想到比期中考试还差,期中还在光荣榜上呢。看来我得让你帮我补补课啊!

我说,渐渐哥、明清姐这么多人帮你啊!

林思源眉头一皱,你不愿意?

我连忙说,不是不是,我是说明清帮你多合适啊!

她说,她一天又是练琴又是学电脑,还要复习自己的功课,自己能有那样的成绩就已经不错啦,哪有时间帮我?我可不能耽误人家的清华梦。

我说,那你就不怕耽误我的技校梦?

林思源脸红了,笑着说,明清姐说你这人贫嘴,还真是啊!两年后你要是有本事真去哪个技校,我也去!喂,你到底愿不愿意帮我?

我心里一惊,两次说到考技校,明清和林思源的回答居然如同照抄一般,使我深深怀疑这两人是不是合伙算计我。

我只好说,刚才开玩笑的,你说怎么帮你?

林思源说,我的物理很差,如果假期有时间,我去找你帮我补习一下物理吧。

我点头说好,闲聊着,有个女人走进来说,孩子们,快来吃饭。

林思源说,要不我请你到外边吃吧?感谢帮我补课。

听到有人请客很激动,但是转念一想,寒冬腊月的,出去很容易冻死,于是淡淡地说,反正帮你复习功课有的是时间,下次吧!

在张渐渐家和众多小屁孩抢晚饭是我本年度最尴尬的一件事,幸好有林思源的大哥在场，这小子吃饭过程中的表现坚定了我对其学食品营养专业的判断。席间专挑长脂肪的吃，各种食物入其口如入无底洞，丝毫不见填满的迹象。我的感觉是这种人要是生在穷人家只能有两种结果：要么自己饿死，要么全家饿死。最令人不解的是，整个吃饭过程，这家伙一直都伴随着众人的赞扬声。我爸对林思源爸说，一笔写不出两个林，以后我就称呼老哥啦！你看咱这侄子真优秀，现在上了重点大学，你可算是又轻松又光荣啊！

众人吃得满嘴流油，说是是是。

我爸又当着众人面对我说，你看看你林叔的儿子，重点大学生，你什么时候能考上重点大学我就高兴了。

众人吃得满嘴流油，说是是是。

林思源一个劲往这边看，大有取笑之态。

由于极度反感此情景，我心想我也能考上重点大学，超越这个林胖子。机缘这种东西从来都是造化弄人。不幸的是，从那一刻开始，由于我内心的执念，导致我今后多次与心仪的大学擦肩而过。有很多事物，在你不想得到时它便悄然而至，让人措手不及并且目瞪口呆；有些事物，你一生去追求，却往往不能得到，而得到的人却在惊异为什么那个人这么感兴趣自己手中这么寻常的物件儿。

我匆匆吃完饭，也没和这帮人道别，起身准备离开，刚走到门口，林思源喊，你要走吗？等等我也走！

然后在她老爸耳边嘀咕几句，蹦蹦跳跳进了卧室。几分钟后出来，全身裹着一件超厚的羽绒服，变成为一个棉花包。

我吃惊地看着她说，有你穿得这么夸张嘛，路上不知道的，还以为是千年棉花成精了。

林思源不以为然，继续往自己身上增加毛线手套毛绒围巾毛线帽子和十二层棉口罩，还没走到楼梯口，已经彻底把自己化装成一团色彩斑斓的棉花。

院子里的世界终于安静下来，我耳朵开始嗡嗡作响，以至于以为自己得了耳鸣。夕阳仅剩一丝余晖，建筑呈现冬天特有的灰暗色，几棵枯树孤零零立在小院里，显得荒凉和萧条。

我看着对面五十米外的我家，语重心长地问道，你准备去哪儿？

林思源说，你呢？

我看着自己家近在咫尺，很想说，要不你送我回家吧！不过想想这样说出来肯定很挫，只好说，要不我送你回家吧！

这句看似符合男主角的话，让我付出惨痛的代价。这家伙立刻高兴地说，好啊好啊！我一个人走真挺远的，你送我回家吧！

我问，你家在哪？

火车站附近。

我听完即刻崩溃：火车站位于小城东北端，而这里刚好是西南端。

我哭丧着脸，指着路口公交站牌说，咱们坐公交车吧，不然斜穿整个城市，恐怕得一个小时。

她想了想，大声说道，不坐公交车啦。刚吃完，消化消化。走吧！

眼睁睁看着自己家门而不得入，突然感觉治水的禹是个很伟大的英雄。

天幕拉下来，街上的路灯疲软无力地亮起来，星星点点的光来自四面八方，没有刮风，但天气出奇的冷。这是寒假的傍晚，因此没有学生迫不得已地跑出去上学，街上几乎没有什么生命力，偶尔能看到三两个步履匆匆的行人，都带着严严实实的大口罩，像是刚从阿富汗维和回来。

突然，一阵冷风吹过，我不禁打个寒战。林思源隔一层口罩，吃力地说，你看你穿得这么单薄，活受罪。要不我把手套借你？

我看着林思源的装扮，不禁想笑。突然又想起在张家提到的民国才女林徽因，不由得看着她有些出神。

林思源问，你怎么了？

我说，看着你，不由得想起刚才你老爸说的，你们家亲戚林徽因。

林思源说，为什么这么说？你很了解林徽因吗？

我说，我其实也不了解，只是看过一首诗，叫《你是人间四月天》。不过，我对她的传奇人生倒是佩服得五体投地。既是诗人又是建筑家，算得上"北方有佳人，绝世而独立"了吧。

她扑哧一声笑出来，说，林畅，看不出来，你竟然是个外貌协会的。

我一愣，什么意思？难道她不漂亮？记得有一张泰戈尔访华，她演出《罗摩衍那》时扮演女神的照片，确实很美啊！

林思源笑着说，你是不是着迷了？生活在虚幻中可不行啊，我们这些小人物还是现实点！

我心里虽然觉得她说得对，但还是不由自主地反驳说，你没听懂我的意思，其实也不是虚幻，主要是高中生活实在太单调，每个人脑子里除了高考就没事可想。我这个人又经常不安于现状，所以只能靠幻想缓解自己所处的现实。

林思源若有所思，过了一会儿，突然说，那你可以翻《红楼梦》啊！我虽然没仔细看，但我们林家还有著名的林妹妹啊！如果现实生活中有人既是古典美女，琴棋书画又无一不精，又多愁善感，难道你欣赏这种人？

我心想，这小姑娘说话，东一榔头西一棒子，还真搞不懂她要说什么。于是说，我没想过，应该不算吧，因为在这样的社会下，如果一个女的优秀到又美又多才多艺，就会是一种众星捧月般的场面，如果是那样的话她根本就没有必要多愁善感。我实在想不出这种人多愁善感的原因，若有的话只能是文化课不太好，多愁善感高考。你看咱们这个偏远山区，什么资源都没有，上了高中以后，还能想什么。大城市的孩子们和家长们或许会有很多的路可选择，高考不行，还可以出国嘛。而我们这里，只有千军万马过独木桥，不成功就成仁，道理很简单。

我一路往前走，不死心地观察是否有公交车，悲剧的是，还不到七点，整条街如同封路一般，看不到一辆车的影子。

林思源看我东张西望，心不在焉，有些不高兴地说，给你这特权送我回家，你还不乐意啊？一般人想送我都没这个机会呢。

我笑着说，你说这话脸红吗？

林思源摘下口罩说，你看这是脸红的表现吗？

我说，貌似我刚才说的那种优越性很强的女的就是你吧。好啦！抓紧戴上口罩吧，别一不小心被风刮成红脸，那你就没得优越了。

第一次在大冬天穿着单薄的情况下满大街乱跑，一想到这么冷，哆嗦得更厉害，恨不得把林思源的大棉袄抢过来。

这座小城市恐怕是世界上规模最小的城市，国民生产总值抵不上乔丹半年的收入。祖祖辈辈生活在这里的人由于长期待在这口井里，感觉头上这片蓝天很大，从城西南到城东北的直径很长，因此一听到从南到北会立马泄气。直到若干年后，在偌大的大学奔波来回时才恍然大悟，这段距离其实并不是很长，绝对不会长于宿舍到学校后门外小巷那家网吧的距离，只是那时我的心理距离太短。

天逐渐变冷，我们开始加速走街串巷。不一会儿，火车站遥遥在望。途中经过一个很大的公园，门口有几个小青年，嘴里冒着烟圈，在昏黄的路灯下袅袅升起，算是一路走来能看到的稀罕的动态画面之一。

林思源鼓励我说，马上就到啦！其实这次主要怪你，谁叫你吃完饭急着走。我一紧张就跟了出来，所以嘛——就不感谢你送我回家啦，嘻嘻！

我说，要是等你谢我就不会走这么远了，没看见刚才的社会小青年吗？不管你怕不怕，我都会替你父亲不放心，所以只好一路送达。

林思源说，那几个小青年有两个我都认识，你说我怕不怕？

我一听就想笑，这小女生估计都不知道黑社会是什么吧。

我说，不怕，那你叫我送你回来？你知道吗，我家就在张渐渐家对面楼上！

她随即瞪大眼睛，过一会儿笑着说，不会吧？你怎么这么倒霉。那我给你道歉！

我说不必，生路已经走成熟路，想反悔也来不及了。

终于走到火车站后边的家属楼，林思源看了看手表，激动地说，终于到了，走了四十多分钟哎！

我长舒一口气。

林思源说，上去坐坐？

我笑了笑，说，喝点水是吧？算了，我一点都不渴，我还是回去吧。

林思源说，真心邀请你！你这人真是奇怪！又不是外人，还算亲戚吧。

我说，趁现在还能扛得住，我还是抓紧回去吧！一会儿更冷。过两天你要是准备好补课就打电话，我说到的会尽力做到。

在林思源一番语重心长的邀请并最终无奈只好道别最后消失在楼道里的情况下，我匆匆往回赶。后来的事件却使我至今想起来有些不解：要是当时在林思源家做客耽搁一点时间，或者不经过来时的那个公园，我的高中生活可能完全会是另一番情景！

我在回去的路上，又一次经过那个公园，而且不经意地看了一眼，就这样发现那几个青年里边有熟悉的面孔，看看表——晚上七点，我有些好奇地朝他们走过去。

正中间站着的年轻人，是我们班的关小伟。

……

关小伟出生在小滩村，是一个偏僻的黄河上游的小村庄。甘甜的黄河水陶冶了他充满激情的灵感、狂放不羁的性格和感性的认识。

滚滚黄河，巍巍南山，他在母亲河的摇篮里茁壮成长，好好学习，天天向上，将来为社会主义四个现代化多做贡献。

上面是关小伟的小学校歌，是祖国对他的期望，不过，也仅仅只是期望。事实情况是，现在的黄河水很难与甘甜联系起来，泥沙泛滥，有时候打捞上的遇难者遗体，大多伤痕累累，经法医鉴定，基本是撞击休克致死，而非淹死。众人吃惊，居然是跳河时撞到石头或者泥沙而死。而且黄河岸边臭气弥漫，各种物质汇集其中。在城南有一座新中国成立初建设的国有军工厂——七三〇部队军工厂，以研究化工剧毒闻名，让人认为这是七三一部队迁过来的。工厂生产的化工废料直接往黄河排放，而居民敢怒不敢言。因为在和平年代，谁掌握大规模杀伤性武器，谁就掌握发言权——前提是别被美国盯上。

关小伟出生的那个年代，可持续发展观、西部大开发还没有问世，黄河污水排放量空前，一时间变成个巨大的下水道。尤其是夏天，连苍蝇都能熏死。因此那个年代，有个流行歌手唱道，最爱喝的水呀，永远是黄河水——这很不切实际。

这些污水排放到黄河中，又被成长中的关小伟日常饮用。复杂化学元素集富体内并发生化学反应，最后产生许多阻碍智力发育的无机物，在关小伟幼小的心灵里就埋着七三〇部队的药性，总也不忘着成就一番大事。

但可惜的是，关小伟总是错误地估计自己的智商并不低。小时候在夕阳下，当老关还是小关的时候，他就坐在自己家的苹果树下，看着天，幻想自己将来成为很牛的物理学家，这时候就有一颗苹果在万有引力的作用下掉下来，砸在小伟的头上，他骂了一句脏话就给吃了，接着又有一颗掉下来，他很奇怪，又给吃了；后来又有一颗苹果掉下来，小伟怒了，愤怒地使劲向外太空抛去，不小心砸在了一个英国人头上……

昔日的传说已成为历史，小关唱着"我们的祖国是花园"，"娃哈哈啊娃哈哈啊……"给娃哈哈做广告中不知不觉一天天长大。

尽管喝着娃哈哈，但思想已经向喝酒倾向，心理在发生巨变。

小关小时候在小滩中学读初中，乡村里虽然开设英语，但不开设听力，这帮屁孩就在所谓的"牛死了赔本"（Newspaper）的口语水准下呜里哇啦地念个不停。一次期中考试，上级领导检查，学校为了敷衍，不得不加设口语题。但是没有广播录音，出题老师只能在各个班级巡回口读。试题很简单，唯有最后一道题很难听懂——主要因为老师读得很难听。全班都在抓耳挠腮，交头接耳，此老师担心所有人都挂科，完不成学校任务，但又怕直接读答案太明显，于是临走时抛下一句：这道题大家把选项C注意一下！

　　余下的，大家用脚想都知道该选什么了，此老师满意地走街串巷，却惊异地发现小关试卷上这道题赫然填写着B，再也按捺不住中烧的怒火，健步走上前去，给小关一记熊掌，狠狠骂道：你是不是傻？告诉你把选项C注意一下，竟然选B？

　　上高中后，昔年的小关变成中关，而当年的那一掌杀伤力实在太猛烈，致使中关智力与脑细胞级数衰减。而高中内容又极为变态，一度让中关失去学习的信心。为什么说高中学习内容变态呢？具体内容我们不去讨论，但可以用线性代数中的一段文字来间接说明变态：与对角阵相似则称可对角化，否则称不可对角化，但不是每个方阵都可以对角化，即使是实方阵也不是都可对角化，例如A就不能对角化，而B则可对角化，那么，什么条件下才可以对角化？

　　关小伟也不知道什么条件下才可以对角化，因此他整日坐在教室窗户边看着窗外，希望能加入本城最大的黑社会，拜个头头为老大，然后召集一帮兄弟，把数学老师对角化。

　　皇天不负有心人，关小伟终于找到一个黑社会头头，此人正是当时小城治安最头疼的帮会"一刀会"的头头——陈大福崇拜的那个强奸犯李某某的大哥。为了实现曾经窗户边的梦想，他立刻加入"一刀会"，成为创始白金会员之一，持有原始股。"一刀会"的意思并不是整个帮会穷得只有一把刀，而是入会的人每人必须有一把刀，附带钢管板砖等辅助道具。老关自己也买把东洋刀，长得惊人，比昔年小关还高出半个头，这要是从苹果树掉下来，就算牛顿在场，估计也没机会发现万有引力定律了。

这座小城的关姓后人据说是当年那位"紫气东来"的函谷关令尹喜的后人。虽然这个起源非常扯，因为那个尹喜后来得到老子的《道德经》后，传说去武当山修仙去了。而他的后人也没有名人，谁还能记着他。但不管怎么说，作为《道德经》家庭出生的老关，非常有讽刺意味。

……

我看到老关这次又富有创意的满头黄毛，想起来他跟我讲的上面那几个故事。

我盯着他的头发仔细看了半天，笑着问，奇怪啊！你怎么染这么奇怪的头发，而且越梳越靓？

他淡淡地回答，这你就不知道了，马克思就曾经说过，头可断，发型不能乱；血可流，皮鞋不能不擦油。

他说话一项是如此严肃认真。上学期间，我作为别人口中的好学生，在学校被人当作明星一般对待，优越感很强；而假期则是老关以及帮会的天下。在这期间，老关他们会披星戴月地奔波在小城的各个酒吧、烧烤店和歌厅，寻找仇家，然后帮会集体出动，为医院外科创收做贡献。

我看老关和周围那几个人脸上杀气都很重，说，我靠，老关！站这里做什么？是不是有什么活动？

为了不使这群"黑社会"产生误解，我刻意使用脏话以示友好。

老关从口袋中摸出一根烟，猛吸一口说，晚上有会！

我问，什么意思？

老关说，找几个"一刀会"的兄弟修理一个人。他指了指旁边几个人，介绍道，葛利民、团员、猪头，还有我。砍一个师范学体育的！

这些人都是江湖上鼎鼎没名的人物，我一个都没听说过，很为这哥儿几个担忧。不过这个老铁听起来倒还可以，至少带着金属元素的味道，说不定砍人的时候一听老铁，可以使人联想到他手里有铁制农具，因此产生恐惧。

至于葛利民，不用问我猜他还有个哥哥叫葛利国。他们的父母也一定叫什么和平、保卫、建设、四化之类的。他们给儿子取名利国利民，希望儿子能利国利民，然而这两兄弟用方志敏的名言回应了老两口——你们想错了！至于葛利国与本案无关，暂无籍可查，但是葛利民唯一做的一件利民的事就是一直帮助维持二中对面一家外科诊所的经济。

至于团员这个称号加在这种人身上我是可以接受的，而排列在最后还说的一位叫猪头的，我很好奇，想看看他到底是用刀砍人还是用嘴拱人。

这又让我不由得想起我那次奇幻般的打架经历，仔细打量这几个人，一个个斯文的像刚上过光荣榜似的，我想这么一帮人打个屁架，估计很可能是吓唬吓唬对方，当然并不排除对方像上次那样来四十几个，这帮人大叫一声"完蛋了"然后骑车逃亡——如果是那样的话，我此刻担心起来，自己会被当作老关同伙而遭殃，而且这次决不会巧到老关要打的人是宁宁。

不过刚才听老关说他们要修理的是一个人，我方安全系数非常高，我才彻底打消顾虑，出于新奇，我问老关，能不能留下来参观一下啥叫群架？

老关吐了个烟圈，一脸严肃地说，林畅，我觉得你这个人挺有意思，才勉强同意你留下来，但必须答应我两个要求。第一，回学校后，什么都不能讲！第二，你站在一旁围观，但不许说话。如果做不到——太冷了，你抓紧回家吧！

我看着老关的神态，突然脑海里浮现出接下来要发生的场景。

第一个版本是：老关猛吐一个大烟圈，吹到那人脸上，轻蔑地问，那天你在学校瞪了我一眼，你很不服是吗？

这时，一阵风萧萧吹过，那人深深吸了一口气，轻蔑地说，瞪你一眼又怎么样，我混的时候你还没出生呢！

通过以上这句，可以判断出这个人根本没有打架经验，因为他不晓得诸如"我混的时候你还没出生呢"这些废话早已不再流行，现在听起来老掉牙没有一点创意，甚至不如说句"你混的时候我还没出生呢"来的有创意。

老关又吐了一个大烟圈，吹在那人脸上，轻蔑地问，看来你是真没有听说过"一刀会"？

那人轻蔑地说，废话，我们十三保怎么会惧什么狗屁"一刀会"！

这个人居然孤陋寡闻到把小城历史上赫赫有名的十三太保错记成十三保，这说明他真的是十三保的人。

接下来便是一阵风萧萧吹过，老关等人手起刀落，那人便被剁成十三汉堡。

这则寓言故事教育小朋友们见到坏孩子一定要宽容礼让，切不可强出头。

第二个版本是说老关吐出一个烟圈，喷在那人脸上，轻蔑地问，那天是你在学校瞪了我一眼，你是不是不服气？

那人轻蔑地笑了一声，顿时跪在地上痛哭流涕，忏悔道，大哥，那天是我不小心的，我服气！我服气！

老关接下来面露难色，说，你这人怎么这样？这让我很为难，因为你知道每次请我的兄弟们出来都很费时费力，所以我们不能没有什么斩获就回去的。

话音未落，猪头、团员、葛利民一拥而上，手起刀落，头颅胳膊大腿等斩获颇丰。

接着老关上前说道，唉！我不杀伯乐，伯乐却因我而死！

……

第三个版本很荒诞，说老关一把抓住那人衣领，吐着烟圈说，那天是不是你在学校瞪了我一眼，你是不是很不服气？

然后不等那人轻蔑，立马一顿乱刀砍死。

……

通过以上这个短小精悍的故事类推，我想到第 N 个最荒诞恶心的版本，说的是老关一把抓住那人衣领，吐了一口烟圈，说，那天是不是……哇呀！猪头、团员快过来！这小子怎么断气了？

最后验尸证明报道，此人对尼古丁过敏。

我突然回过神来，意识到自己竟然思维活跃到不但能对数列进行递推，对故事都能递推。虽然有很多版本，版式各异，但无一例外的是通过我的推测，这小子的结果都是一死。因为我觉得"虽然那人死没死不太清楚，但是在'一刀会'黑暗统治的旧社会，这个人的死是必然的"——后来鲁迅先生在《孔乙己》中也引用过类似话。

老关同伙儿的几辆自行车停在公园门口。这公园距离市师范不远，只是隔了好些低矮的民宅，山高皇帝远，因此老关在这里等待，一方面避开师范校警的耳目，一方面及时将伤者送往师范对面的门诊。那个门诊是市残联开的，可见深意。

过了一会儿，传说中的老铁出现，立刻指着我，恶狠狠地问老关，这是谁？

老关说我是他表弟，老铁才打消顾虑，笑着表示我这么高的个头，完全是一块砍人的料，绝对有能力加入"一刀会"。这让我很有满足感，想回敬他一下，但是却不敢恭维说，以你的能力绝对有能力加入二中重点班。

我心想这么多人，我作为现场观众，应该比较安全，饶有兴趣地站在旁边，等着看一群人吓唬一个人。

七点半，路灯渐渐暗了下来——小说里都是这么写的。

起初我听老关说要打的是一个人，而且这个人的犯事理由仅仅是因为吐口唾沫之类的鸡毛蒜皮小事，直到对面的路灯下出现的两个身影完全清晰后，才看清是学生模样的两个人，一男一女。

我看到老关眉头突然紧锁，怔了一下，但随即几人动如脱兔，立刻围了上去。那男的停下脚步，先是一怔，但马上平静下来，对着女生嘀咕几句，自己也迎了上来。

女生很听话地停下脚步。当她抬起头的一瞬间，飘然的长发往后甩去，露出脸庞，虽然路灯很暗，但是那张熟悉的面孔让我有些惊愕，萍儿！

萍儿是我的初中同学，叫张萍儿，是个特别活泼的女生。因为当时上过一节《红楼梦》节选，讲到"送宫花贾琏戏熙凤"的一段故事，里面说到平儿，所以班上许多女生都叫她萍（平）儿，久而久之，这个名字就成了她的代号。萍儿在初中时是很多人追捧的对象，如同明星一般，因为她很漂亮，又是学音乐出身，吹拉弹唱、琴棋书画——都不会,但这都不是问题,这么漂亮的女生,即使唱得跟曾哥一个样儿,众男生也夸奖为天籁。

漂亮最终引起一桩悬案。初一年级时,我收到一张做工很精致的新年贺卡,当时一愣,明显感觉到这是一张非同寻常的人寄来的贺卡,打开一看,里面写道:

林畅:
——愿你像鸽子一样快乐地翱翔在蓝天上。
愿我们的友谊长存!

张萍儿

我抬头看看蓝天,发现这是一个很不切实际的祝福。然后看到寄件人的姓名,眼珠子差点掉出来,心中波澜起伏,长久不能平静。因为我们这座小城当时的文明程度,比北京、上海等大城市落后五百年。意思是,如果北京现在是中华人民共和国的首都,我们这座小城现在还处在明朝,甚至可能还在朱洪武造反的慌乱年代。那个年代,一个女生居然率先打破传统封建礼教,给一个男生公开寄张贺卡,在这座小屁城的历史上实属罕见。这件事可能在几千年以后会被人写成什么家禽东南飞的佳话,但当时贺卡寄出的几天后,闹得满城风雨,直接成为典型反面教材在班上传得沸沸扬扬。很多同学都投来不可思议的目光——现在想来估计是嘲讽和羡慕共存的目光。消息传入班主任的耳中,立刻转入我妈耳中,其结果是多次被提审并警告。

而我那时又是纯粹封建腐朽礼教的受害者,思想甚至停留在关汉卿时代,自感比窦娥还冤。我开始气愤张萍儿,想她为什么要害我——全班好几十号学生，为什么偏偏就给我寄贺卡？随后很长一段时间里，我虽然一如既往地做腐朽的八股学业，但是却更加刻意地避开和她共同出现在任何一个场景中。与此同时，她似乎受到更大的影响，在众人否定的目光中，本来学习并不好的她，那次期末考试成绩全班垫底。

"为什么是我"的问题一直困扰着我。直到期末考试结束后，我终于有了答案——我在街上碰到她。她当时个头也比我高一些，更像一个落落大方的成熟大学生，微笑着站在我面前。她特有的深眼窝和大眼睛，看上去像维吾尔族美女，而我当时穿个校服，像是不谙世事的小孩儿。

我本来还想躲开，因为不知道该说些什么，不想她先开口，没想到那件事对你影响这么大，真是对不起！

我先是有些吃惊，慢慢地，苦笑道，可能是吧，不过不明白你偏偏只写一张贺卡，随便多几张不就没什么事了吗？

萍儿笑笑说，呵呵，多写几张又有什么意义？只是心里的感觉，你这么聪明的脑袋原来也有笨的时候。

我说，的确不明白，而且很不希望这么做，因为我不知道该是感谢你呢，还是讨厌。

她说，贺卡只是我的美好祝福，你喜不喜欢我不管。如果你反感我，我可以收回那张贺卡。

我说，我没想过这些乱七八糟的事，不然以后怎么在班里混。难道你没有想过考大学吗？

萍儿冷笑一声，乱七八糟？

她那张熟悉的笑脸僵住了，冷冷地盯着我看了很久，转身,头也不回地消失在我面前。出乎意料的是，她第二学期没有报名。很多人说她转学去了别的城市，还有人说其父是个富翁，所以第二学期将女儿送出国学音乐去了。总之，以后没有再见到她。有时候看到那张贺卡，时常还想起那张面孔，后来的一次搬家，贺卡搬丢了，慢慢地，那种印象也逐渐消失了。

……

我的思绪回到现实中，眼前的这个姑娘果然是萍儿，长相并没有变化，还是特有的一双深邃的眼睛，只是个头又长高不少，身材修长。昏暗的路灯隐约映射着她美丽的面孔。

萍儿旁边的瘦高青年，穿着打扮看上去很凶恶，但是脸上却深刻地写着稚气两字，年纪差不多与老关相仿，十七八岁的样子，长得还算帅气，只是可能因为刚才吃了一惊的缘故，这会儿脸憋得很胖，准备双拳去敌数只手。

男青年碰了碰萍儿的胳膊，然后自己又向前走了一步，把萍儿挡在后面。

这时，老关袖子晃动两下，一把半米长的明晃晃的砍刀露出来。另外几个人，诸如团员，也从后边摸呀摸终于摸出半截类似钢管的不明金属硬物。

昏黄的路灯把冬夜笼罩得十分寒冷，不时有风吹来。气氛凝重，好奇害死猫，我很后悔为什么刚才逗能不在林思源家待会儿再出来，又很懊恼刚才为什么不跟老关他们打个招呼就离开，我不禁担心起对面的萍儿。

老关看了看那男青年一眼，冷冷地说，她怎么来了？你是不是拿她当挡箭牌？你小子没种。

男青年还未开口，萍儿却一步向前，对老关说，关小伟，你这是什么意思？

老关说，这和你没什么关系，我们有事找环兆祥说说，你快离开。

原来那个男青年叫环兆祥，这个名字我好像有印象，初二时学校开除过一个打架斗殴并加入当时小城一个黑社会组织的初三学生就叫这个名字。

萍儿没说话，却恶狠狠地盯着老关。然而老关并没有一丝变化，看着那男青年，说道，张萍，你到底走不走？再不走别怪我误伤你。

那男青年也说，萍儿，这没你事，你快离开，放心，他们什么也不敢做。

萍儿执拗着不动，突然向我这边看过来。比起几年前初见她时的目光，她此刻的目光充满恐惧。

我有些害怕，感觉自己有些不能再镇定了，就从后边出来，走到萍儿面前，说，萍儿！

在场所有人全部愣住了。我能清楚地感觉到所有人都愕然地看着我。

萍儿很吃惊，嘴唇咬在一起，疑惑地说，你是？

林畅。

萍儿一下子瞪大眼睛，用手捂住嘴，好几次欲言又止。

我说，老关是我现在的高中同学。

萍儿还是疑惑不解地问，那你待在这干什么？

我猜她一定想不通，为什么我会和关小伟在一起，或者说在她的记忆中我是不可能与这种人有任何接触的。

我说，你别误会，我刚巧从这里路过看到关小伟。刚说几句话，你们就过来了。我们——居然在这种场合重逢。

萍儿也很尴尬地说，是呵！的确很巧。

眼看场面要被我的突然现身搅乱，老关不耐烦地问，你认识张萍？

我回头跟他笑着说，我初中同学。

关小伟连忙说，太好啦！我麻烦你把张萍带走。这里没有你俩的事儿，赶快走吧！

萍儿大声说，我不走！关小伟，你别以为你人多就怕了你，你今天要敢动手，我……

没了下文。

关小伟有些不耐烦，吼道，你怎么这么固执？我都说了保证不动手，只是找环兆祥问件事情。

你保证？

我保证！

旁边站着的环兆祥也争口气说，张萍，你走吧！我不会有事的。

看着关小伟又把砍刀藏进袖口里，萍儿才不再言语。

我看看表，七点十五，说道，老关，那我先走了，你小子可别惹什么乱子！

我对老关在社会上究竟混到什么等级不甚了解，但因为在班上他一直表现得对我非常友好，我跟他说话还算是有些肆无忌惮。

老关装出一副无所谓的样子，说，你放心吧，保证不惹事！

我看着萍儿说，要不我送你。他们都说这里不是你待的地方，你在这他们都很尴尬。

萍儿盯着我半天，说，那好吧。

然后，她又对老关说，老关，环兆祥是我哥们儿，你要是敢动手，你小心点儿！

老关摆摆手，没有说话。我拍了拍老关的肩膀，然后向远离火车站的方向走去。

萍儿走几步回头看一下，一直到拐出公园，什么都看不到了，才认真走起来。我俩从东西走向的公园小道穿出来，走到南大街。这里南北通透，立刻感觉一股刺骨的寒风穿过胸膛，打了一个寒战。我发现她穿得也很单薄，寒风下双臂抱在胸前，颤颤巍巍，于是下意识地和她并排走着，并轻轻靠在一起。我说，要不我把外衣借你暂用一下？

她看了我一眼，苦涩地笑着说，我怕你外衣脱下来，就得裸奔。没关系，我家就在附近。我们快点走，很快就到了。说着加快了脚步。她的一头长发随着风拂面而过，我的鼻子虽然冻得不听使唤，但丝丝能感到一股清香的洗发水的味道。

两年没有见过面，一切显得如此的陌生而又略微尴尬。萍儿抬头看了我一眼说，同学，我印象中你比我矮半个头啊，两年不见，你竟然比我高半个头，是你长大了还是我缩水了？

说着，她用手比画了一下，手碰到了我的额头。我本来觉得这样的情景见面会显得非常尴尬，没想到她还是落落大方。我一直觉得自己上高中以后心理上成熟不少，至少和女生在一起走路不会感觉拘谨。但在那一刻，还是出现了莫名的害羞。这种感觉之前从未有过，和明清上学一起走、与杜丽聊天或者送林思源回家截然不同的感觉。刚才送林思源时，心里是一种不乐意的迁就，然而此时，不知道是新鲜感，还是别的什么，我却很希望时间慢一些，抑或她能把我送回去。

我笑着说，初三的一个暑假，不知道哪根骨头变异了，立刻超过了一米七五。而且每天晚上做梦梦到掉悬崖。

正说着，一股劲风呼啸而过，我俩同时潜意识地转身背对着来风。她可能看我比她高，不由自主地往我这边靠过来。处于一种强者保护弱小动物心里，我抓住她另外一边的胳膊。我说，你没事吧？咱俩等下跑吧。

她说，好，等风过去吧。

风小了一些，萍儿抬起头，意识到我还搂着她，胳膊轻轻动了一下。我立刻松开她的胳膊，非常不好意思，连忙道歉。

她看着我，扑哧笑了，说道，林畅，你长大了呀。和那会儿不一样了。说着拍了拍我的胳膊。她说得我一头雾水，思维开始迅速往两年前穿越。

不过她很快就岔开话题，说，我们还是快点走吧。我觉得我们还是得找电话亭打个电话。

我疑惑地说，你觉得有必要吗？我觉得老关这种人，应该不会真打起架来啊！

萍儿说，你不了解关小伟，这家伙在我们圈子可是出名的坏。你在学校看到的只是这家伙装出来的。唉！毕竟，你和我们不一样。

我被划分圈子，有点郁闷，说，我们有什么不一样？

萍儿说，你是好学生，而我不是！这就是我说的圈子啊！我们这些人都是社会小混混，但你一直都是众人瞩目的传奇人物。我们本不是一路人。不过话说回来，你可真是个奇葩。刚才我差点都懵了，实在想不通你怎么会和老关混在一起。说着，像看外星人一样扫了我一

第四章　张渐渐家的林思源和关小伟事件中的萍儿及其他（上）

眼。

我听不出来她究竟是夸我还是讽刺，但心里有一丝失落感，只好无奈地说，好吧，你说奇葩就奇葩吧。

她瞪大眼睛，看我好像不是很高兴，说，实在想不通我们这个小城居然有你这么个神奇的人。我有个表妹在二中，前两天跟我说，他们系有个人交林畅，很神秘。我一听，就说那是我老同学，她非要让着让我介绍她认识一下。

刚走几步，很快发现路边有个小卖部。我说，我们要不就在这里打电话吧。不过，我摸摸口袋，好像没带钱。

萍儿似笑非笑地瞪了我一眼，说，那就把你押这，我明天来赎，说着迈步往里走。我突然意识到，在这个文明的国度里，报警电话已经可以免费打了。

一老头正坐在柜台后边看新闻联播。看到我俩进来，站起来问，买啥？

哦，打报警电话。我说。

老头露出吃惊的表情，说，娃，咋了？

萍儿说，哦，前面那公园有人打群架。

老头听了立刻从柜台出来往外走，我心想，这老大爷真牛，难道要路见不平一声吼？

老头三步并作两步，上前一把将店铺的门给关上了。然后指了指电话，说，你俩打完赶快走！说着摇摇头，又回去看新闻联播了。我突然意识到，老大爷刚从新闻联播的美好世界中出来，被我们突如其来的现实惊呆了，才回过神，觉得还是回到新闻联播里好。

我拿起电话，播了110，过了半场群架的时间，对面才出现语音信息：您好，这里是A市（我们这座县级市的上级市）110报警电话服务中心。又过了好久，一个女声出现，喂，您好，哪里？

我说，哦，我是B市，我要报——

警字还没说出口，对面女声立刻打断说，请等待，我给你转到B市110。我才明白过来，原来这不是我们市的接线员。然后电话又出现滴滴的声音。我看了萍儿一眼，她不知道发生了什么，表现出好奇的眼神。这时在亮堂的灯光下，我才发现，萍儿那种像新疆女孩子的深眼窝更加明显。她的眼睛非常大，有点像当时喝的一种饮料"第五季"的瓶子上面的滨崎步。她穿着一件很修身但是很薄的夹克，粉色的运动裤和黑色的旅游鞋。虽然比我矮半头，但和明清、林思源的小巧比起来，又显得很修长。看着她，我突然感觉到，虽然我们班的女生，像明清、门璐、杜丽等，都很漂亮，但萍儿似乎是那么特别：她比她们成熟大方。看着看着，我心里突然怦然一动。这又是我长这么大从未有过的一种感觉。

突然，电话那头滴滴声停止，出现了一个很粗鲁的男的声音，夹杂着吼叫的气息，问，喂，有什么事情？

我说，喂，我要报警。那个B市公园门口有人打架。

对方说，你谁啊？

我说，哦，我是一个学生，刚从那边路过。

对方很不耐烦地问，你说打架，你看到了吗？

我说，没有，不过很有可能要打。因为我不敢待在那儿看，那些人有刀。

我刚说完，没想到对方先吼叫起来，你都没看见打没打，就瞎报警。这大冷天的，你们这些学生是不是觉得好玩？

我还没来得及解释，对方就"啪"一声把电话挂上了。

萍儿看情况不太对，凑过来问，咋了？

我心中三昧真火熊熊燃烧，这要是在家里，早开始问候对方的亲朋好友。不过萍儿在，我只好隐忍。

我喘着粗气，把情况跟她讲完。她一边微笑着，一边拍了拍我的肩膀，说，别生气啦！

我说，你看这个世道。算啦！不打了。要不，我再回去看看？

萍儿看看表，说道，快八点啦。我家就在前面不远的地方，还是回家吧。我们回去也帮不上什么忙。

我除了老关，那些人没一个认识的。如果他们没打倒好，要是真打，我去就是增强激烈程度的导火索。

我俩刚走出小卖部，只听门扇板"砰"一声从里面关上了。

走了大约一百米，萍儿指着路左边的巷子说，看，拐进前面那个小巷就到我家了。

巷子里有路灯，但还是有点昏暗。我说，我送你进去，黑洞洞的。

萍儿说，那好吧。刚才的事情真的谢谢你！

我刚想说些什么，萍儿却又抢先道，你不用问了，呵呵，我知道你想说什么，你是不是想知道刚才的事到底是为什么。

我点点头。这真是我想问的。我有一种莫名的感觉，刚才老关打架，难道是为了萍儿？

萍儿说，我不知道！其实，我也是莫名其妙和环兆祥——就是刚才你看到那个男生——走到公园门口碰到他们。至于环兆祥知不知道怎么回事，我不清楚。

我说，他是你男朋友吗？

萍儿扑哧一声笑了出来,说,你看我们像吗?不是,只是普通朋友。他在 A 市师范学体育,我现在省师范学音乐。他因为有吉他特长,又是老乡,经常被我们邀请去省城一起搞乐队。刚才是在美食城吃饭,可巧碰上的。

我说,你也认识关小伟?

萍儿说,我是个小混混,满大街走的爬的彼此都认识。

我说,你可别这么说,你初中时人缘好,认识这么多人也正常。我本来想说,你这么漂亮等等的话,但是突然心一动,梗了一下,没说出口。

我又问,一直都想问,你那次转学以后,就再没了消息,怎么回事?

萍儿说,呵呵,你觉得是怎么回事?觉得和你有关系?

我说,不会吧!难道真的是因为我那次说的话,伤害你了吗?

萍儿听着,把头低下去。过了一会儿,她抬起头,说,这件事我不想说,但是今天真的有缘碰到你这个当事人。我承认转学和你有关!记得那次放寒假后,我们在街上碰到吗?你说的话深深伤害了我。不过我也没有恨你,出去走走,心情也大好,而且这两年的所见所闻比在初中之前的十几年都多,现在回想那时候还真是思想简单,意气用事。还有一个原因,可能是我在班里也算是公众人物,因此后来觉得大受影响,待着实在没有什么意思,因此选择转学。我爸先送我去西安读了一年艺校,我感觉哪里都不如自己家舒服,就回来了。我不太愿意念高中,就选择师范,以后出来当个音乐老师。

我噢了一声。我突然想起来,那你上次送我贺卡是因为?

她不假思索地说,我喜欢你啊!

我听完脑袋嗡一声，吃惊和一些不知名的表情已经爬到脸上。

我刚想说话，她扑哧一声，就笑了出来。她说，我不是刚才说了吗？初中的时候思想很简单，而且是意气用事。我都忘了，你怎么还记着这件事？哈哈。

我听完，另外一些不知名的表情又爬到脸上。我顿时觉得，她此时的心态，让我不由得想起虚云大师。有个小和尚看到虚云大师背着一个受伤的貌美妇人过了河，便走上前去，嗤之以鼻地说，老和尚，你怎么能做如此伤风败俗地事呢？虚云不语，将妇人放下来，独自离开。小和尚依然喋喋不休地说。虚云道，我已经将那妇人放下来了，你怎么又背上了？

她家是个四合院，有很高的砖围墙。我知道这三更半夜的，她肯定不会请我上去做客。我也不可能上去，于是就在门口避风的地方站着。

萍儿想想又说，其实我那次送你贺卡，主要不是喜不喜欢的问题，而是我那时觉得你是一个很神秘的人，而且我相信你今后很长时间内还会是一个让人感觉神秘的人。

我听了很奇怪，也很可笑，我说，你怎么会有这种感觉。

她说，因为我一直不明白，像你这样一个贪玩，有时候想法还很幼稚的人，怎么会学习那么好。有一次你给我的印象很深刻，你知道吗？

我说，你说吧。

她说，有一次，我在公园闲逛，发现你和一帮三四年级的小孩儿比赛遥控四驱车，玩得十分开心，这给我特别深的感触。

我说，这有什么不对的地方吗？

她说，我感觉只有像你那样保持天真的想法，然后没有一丝杂念，才可能什么事情都能做好。所以我那时觉得你像个小孩儿一样，就是这么简单。但是刚才吓我一跳，你现在长这么高，没认出来。

我说，不过我一下就能认出你，你长大了，只是没什么变化，如果说有，那只能是变得更加漂亮了吧。

萍儿莞尔一笑，说，我还以为你说话从来都不会夸人的。

我说，你真的比我们班女生漂亮。

她抿着嘴，没有说话。

我们在巷口逗留了好长时间，萍儿看看表，说，哎呀，已经八点多了。我得进去了，不然我爸肯定满大街地找。什么时候有时间再聊吧！

我说，好吧，只要你还在这座城市，那肯定还能再见面。

萍儿说，那你把电话留给我，有时间周末给你打电话，不知道你有没空，现在上高中一定很忙吧？

我说，当然可以，平时我挺忙，现在假期哪天都有时间。

互留了电话，萍儿又看看表，喃喃地说，不知道那几个人有没有动手，真是担心老环，这家伙以前也是拼命三郎，但愿没什么事。

我说，没事，你放心吧，老关这种人胆子没那么大，估计就是吓唬吓唬，欠债还钱的小事。你快进去吧。

萍儿说，有时间再聊，好像还有很多话没说，但是一时间也想不出是什么，那我回去了。

说着用手做了个打电话的姿势，转身走进院子。我有一些发呆，等到回过神时，手脚已经冻得僵硬，呼出的气在路灯下形成一团浓浓的白烟。这座城市的冬夜气温一般徘徊在零下二十度。此时回家，匆忙赶路的人紧裹着衣服，穿梭来往于各条街巷，谁都很难抵御寒夜的冷风。

整条大街像我穿这么单薄的已经不多见。一想到这，牙齿就开始不听话，斗在一处。我没衣服可裹，只好顶风狂奔。

第五章　张渐渐家的林思源和关小伟事件中的萍儿及其他（下）

这件事本来可以在我没有创意并且无聊至极的叙述中结束。即使不能算作画上完美句号，也必须逗个逗号上去，因为写得很累，简直可以说是十分累，甚至特别累——我小学老师说过，很、十分、甚至这三个词程度是不一样的，至今还记得这句话，因此上面那个排比，写得很教科书。

然而，峰回路转，接下来发生的事情才是作者准备重点描述的正题。

第二天醒来时，窗外阳光明媚，洒在我慵懒的床上。我看看挂钟，已经是上午十点半。

我慢慢爬起来，坐在床上，回忆起昨晚做的梦。虽然从昨晚回来我没有多想和萍儿的偶遇，也没有多想关小伟打架事件，冲了个热水澡，就糊里糊涂地睡了。没想到梦里却支离破碎地重排了昨晚的画面：

我和萍儿走在一条大街上，萍儿搂着我的胳膊，我们看上去非常的亲密。她好像是我的女朋友。想到这里，我感觉一切是那么的新鲜而又甜美。这是一个下午，当然，在梦里感受不到阳光的照射。我们不知不觉走到一个钟楼前，感觉这个钟楼十分像我们这个小城的鼓楼，但是街面的布局却大相径庭。我正无意识地看着这座雄伟的建筑，关小伟骑着一辆自行车从前面过来，看到我俩，笑呵呵地说，林畅，你怎么在这里，期末考试成绩单都发了，你怎么不去领成绩？

我才意识到今天是取成绩单的日子，恍然大悟道，哦，对啊！我忘了。现在去取来得及吗？

关小伟神秘兮兮地从背后拿出一张纸，喏！你的成绩单。

我接过一看，顿时傻了眼。我发现，化学居然不及格，四十九分（满分一百）。其他的几门课都考得不尽人意。

我说，怎么这么低？

关小伟说，呵呵，你这次考了全班第七名。

我一听，心凉了大半截。我松开了萍儿的胳膊，对关小伟说，真的假的？

关小伟说，骗你干什么？说完，骑着自行车一溜烟跑了。

我一边走，一边唉声叹气。萍儿安安静静地在旁边跟着，没有说一句话。

这时，我看到林思源和张渐渐，还有林思源老爸，三个人从我不远处逆行走过。林思源老爸一边走，一边说，思源，你看你渐渐哥这次又考了第一名。往后你的物理和数学有什么不懂的，就问问你渐渐哥，让他给你补补。

张渐渐拉住林思源的手，深情地说，妹妹，有什么不懂的问题都跟哥说。咱俩以后还要上同一所大学呢，说不定还要在一起呢。

林思源还是穿着熟悉的棉花包，笑着说，嗯！好！

林思源边走边向我和萍儿这边看过来，露出诡异的笑容。

第五章 张渐渐家的林思源和关小伟事件中的萍儿及其他（下）

……

正想着，老爸走进卧室，着急地说，你怎么还没起床？你们班主任刚才打来电话，让你十一点前到校集合，据说有急事！

我听得纳闷之极，说，不会吧！这是寒假，开什么会？二中建校历史上从来没有发生过这种事情。

老爸说，不知道，抓紧点吧！不过刚才回来时好像听说昨天晚上你们学校附近有学生被打伤，据说伤势还很重，好像死了。

我心里怦怦作响，该不会是老关他们一伙吧？这决然不会的，借给关小伟N个胆子也不可能建立这份"功勋"。而且在我们学校附近，那就绝对不是老关他们，因为那个公园离二中还有十万八千里远，他们应该不会换场地打。

这次出门时，为了不犯昨夜差点被冻死的错误，尽量穿得暖和，各种棉花制品都往身上加，打扮得如同街头磨剪子戗菜刀那老头。刚走到巷口，一个穿得如同棉花球一样的小宝宝从自家门口蹒跚走出来，看到我，伸出两只手喊道，爸爸抱，爸爸抱。

我瞬间被雷翻。这时，门里走出一个少妇，一把抱起小宝宝，说，爸爸出去开车了，这不是爸爸！

她瞟了我一眼，也没有道歉，"砰"一声关上大门。

我苦涩地笑了笑，快步往前走，心想，出门糊里糊涂就当爹，难道今天有大事要发生？

边走边回忆，昨天夜里走出萍儿家的巷子，我就是沿着二中那条道回来的，根本没看见什么人，更别说有什么站立着的人，当然更不可能打死人。即使有死的，那也应该是像卖火柴的小女孩那样给冻死的。正想着，就听前面走着的两个约莫十岁的小屁孩高谈阔论。

甲说，你知道吗？昨天晚上"一刀会"在二中那边砍人。

另一个小屁孩乙不屑一顾，哈哈，砍人？那不是"一刀会"常干的事吗？

甲很生气，说，不一样，这次是砍死人了！

我的心脏顿时停止跳动，上去拍拍甲，问，小兄弟，你刚才说的是从哪听到的？

那小屁孩儿被我突然一拍，大叫一声，妈呀，吓死我了！回头盯着我看了半天，最终判断揍不过，才乖乖说道，我爸是二中老师，今天早上说的。

我又问道，人真死啦？

他说，当然啦！我爸分管学校治安，今天一大早就被学校叫去，亲眼看见的。凌晨才发现躺在二中门口，四点多看大门的"黑猫"（不是一只猫，是二中校警的江湖诨名，此人以欺软怕硬、胆小怕事和见死不救著称）出来撒尿时差点没吓死，后来送到医院时，大夫说是被人用刀棍打的。送去的时候还有气，到医院就挂了。

我心里很紧张，又问道，知不知道是谁干的？

那屁孩儿说，刚才不是说了嘛，"一刀会"干的。

我大声说，废话，我是问知道叫什么名字吗？

那孩子想了想，说，不太清楚叫什么名字，不过一共是六个人，听我爸说，已经抓了三个，跑了三个，现在悬赏缉拿呢。

我心里有些打鼓，批评那个小朋友说，这么小就学会扯淡！昨晚出事，今早随便就抓三个。你以为是抓猪仔呐！

他不服气，抬头瞪着我说，我爸说一大早就有自首的，叫什么高还是郭利民的，说他们有六个同伙。

这下恍然大悟：大冬天的，又是寒假，老刘打电话召集开会，原来真的是老关做出惊天动地的大事情啦！

我的脑海中立刻浮现出那个环兆祥，活生生的形象此刻难道已经变成一具冷尸？突然感觉有一股死亡的冷气逼近了我，魂悸而魄动。我想到，如果昨晚我也在现场劝架的话，会不会变成另外一具。或者如果参与其中，会不会直接被抓起来，不由得全身发冷起来。

我非常紧张地问，你刚才说那人供出来几个人？

那孩子说，五个啊！怎么？

刚才算了一遍，除了葛利民，明明是四个，怎么是五个？难道——

啊！难道那哥们把我也算在里面了！

太富戏剧性了——我一下就想到了死刑！但是我是小说的主人公，怎么可能会在这一章因为一个错误的邂逅就被枪毙？然而这时，刚才给环兆祥惋惜的思维已经荡然无存，脑海里飞满"五个人"的数字。

我问，刚才你说的确定吗？是不是五个？

那孩子突然叫道，啊！我想起来了，加上死掉的那个一共六个。

死刑判成无罪释放，我的心脏才得以从嗓门回归原处。看来这件事与我没有什么关系，不过这种结局给我造成的影响如此之大，使我此刻手有些发抖，一直不停告诉自己不可能不可能。

我发了半天愣，回过神来时，那两个小孩早没有了踪影。

在往二中的路上，脑子里一遍遍回放昨天的电影场景，特别懊恼为什么没有去林思源家坐坐再走，或者干脆一狠心不送林思源回家，也不会有现在这样一种又痛苦又无法排遣的心理。我忽然又想到萍儿，也正是这样冥冥中的安排，才使我与她重逢。也不知道她听没听到这个消息，是什么反应？

心有余悸的我没敢在南大街招摇，只沿着小巷子一路穿梭到二中校门口。脑子很乱，一会儿想着昨晚的事，一会儿又想着到学校后的场景。忽然从旁边窜出来两个大胖子，一脚把我踹倒在地，然后反束双手，就给戴上明晃晃的手铐。其中一个大胖子大叫，给老子老实点！警方已经注意你很久了！

与此同时，另一个大胖子开始打电话，喂，总部总部！我是三号，目标在我处现身，现已被逮捕，请指示。

那边电话里一个苍老的声音说道，干得好，控制好嫌疑人，我们立刻过来。

不到十分钟，警报声从远处响起，遮天蔽日的警车开了过来，刹那间把南大街围得水泄不通，最前面有一百多号防暴特警手持狙击步枪，一字排开；后边一千多号警察手持小手枪，隐蔽在车门后面；后边又是一万多号群众，远远地涌堵在街上围观兼指手画脚。最中间的一辆警车前站着一个领导打扮的老者，手持扩音器，喊道，歹徒，你已经被我们包围了，赶快放下武器投降，你要保证人质安全，否则——

我很纳闷，左右看看，觉得很冤枉，心想，这哪里有人质？

旁边控制我的大胖子说，我叫任志。

我一听立刻泄气，继而很快被那两个大胖子压着上了中间的一辆防暴警车，那领导一看白喊半天，尴尬地说，收网！

无数的人行动起来，防暴警察和警察收队，群众也满足地散去了，一时间尘土飞扬。警灯闪烁，警笛嘹亮，顺着车窗向前看有五十辆警车开道，顺着后边的防暴玻璃看，又是五十几辆警车紧跟，最后边还有两辆坦克垫后。

那领导坐在驾驶室前排，用手机兴奋地说，喂，陆书记，嫌疑人已被逮捕，我方没有伤亡，特此向您汇报！

我心想，这下完蛋了，这事肯定惊动了上层。

……

我意识到自己的思维又发散了！此时的我正跌跌撞撞地，几次险些撞电线杆。走进校门口，却发现四下一如往常，什么封锁犯罪现场统统没有，连过路的行人都少得可怜。只有黑猫一个人蹲在门口，两只手互捅在袖子里，懒洋洋地看天晒太阳，像一只暮年颓废的死猫，和他的亲戚黑猫警长形成鲜明对比。

拐到逸夫教学楼的侧面，才发现一大群人围在公告墙边，观看墙上贴的一张大大的白纸，很像电视剧里城门口贴告示众人围观的场景，我走过去，看到上面写着：

校示

今查我校高一（一）班学生关小伟于昨晚六时许，在二中校门口伙同黑社会组织成员共五人，将市师范学生环某某殴打成重伤，于今日凌晨抢救无效死亡。手段极其残忍，严重损害学校名誉，更危害到社会治安，经学校行政会研究决定，给予关小伟开除学籍处分，勒令退学。

同时，犯罪嫌疑人关小伟在逃，警方希望得到同学们的大力协助，争取早日抓获犯罪嫌疑人。

特此校示，以儆效尤。

二中

走到教室时，明清正在讲台上点名，班主任老刘站在旁边，脸色跟黑板有的一拼，看来受到领导严厉训斥了。台下已经坐着三十来号人，大多数是家在城市里的学生。我在门边顺便找了个座位坐下来。气氛异常凝重，虽然都已经知道是怎么回事，却猜不到老刘能说些什么。

点完名，老刘步上讲台，开始讲话，安静一下——

这是老刘一贯的开场白，却发现此刻台下死寂一片，只好接着说，同学们，召开这个紧急会议的内容想必大家都已经知道了，但是我觉得非常有必要。我当这么多年老师，这还是头一次寒假里把同学们召集起来开会，但你们也看到了，因为现在出的这件事，也是我当老师以来的头一次，甚至可以说是我人生中第一次碰到的，一时间难以接受，到现在为止，我还是痛心疾首，俗话说一日为师、终身为父，现在我的学生居然出现这样的事，子不教父之过啊！

说着居然流出眼泪，一直以来，老刘都以坚强和蛮横著称，看到这样蛮横的人在众人面前流泪，情不能自已，有些女生也跟着眼眶湿湿的。

老刘接着又把校示读了一遍，然后又说了一大通发人深省的肺腑之言，很酸，倒像是从胃里翻出来的，然后又深深自责，说自己准备辞职之类的事情；接着又说虽然有这样的想法，却很舍不得大家——言外之意是并不准备辞职。

接着又发表一通感慨，大意是：

同学们啊！

高一（一）班的同学啊！

我们重点班的同学啊!

居然干出这种事,我想不通啊!

想不通啊!

想不通!

同学们要吸取这样的教训啊!

千万不要因为一时冲动毁掉自己的人生啊!

人生!

听完这一席话让我感动,因为我们的班主任老刘在即将退休告别语文教学生涯时,终于写出了一篇以"啊"押韵的散文诗。

老刘还一味地自责,并不断地告诫我们"勿以恶小而为之"。正说着,外面下起了大雪,老刘看看窗户说,看啊,同学们,我并没有冤枉关小伟,大雪纷飞,这是对亡魂的哀思和祭奠!

全班一致惊愕老刘今天诗兴大发,一发而不可收,貌似王勃在世,李贺附体。

我在台下越听越不是滋味。虽然并没有被老刘的散文打油诗感动,但是心里却如同肠胃一直搅在一起,非常难受。脑海里总是闪现着环兆祥和老关的样子。几个小时前,这两个人还站在我和萍儿面前各自充好汉,可这会儿已经阴阳相隔。而老关自己也变成逃犯,从此亡命天涯。一切是那样的戏剧化,如同小说一样。我真后悔当时没有在现场,说不定还能制止这场群架,虽然可能性几乎为零。或者说我更加后悔,当初为什么要从那里经过。

老刘还在台上即兴演讲,我背后被人戳了一下。我转过头,看到我们班张小虎(没错,你没有看错,这确实是我们高中重点班的一个同学的名字,不是小学生作文)神秘兮兮地在我耳朵边说,老关打架的细节全都知道。

我心里一惊,难道这哥们真的知道?直奔我而来!

正大脑飞速运转,考虑如何将他灭口,他说,小杰今早给我打电话,说老关昨晚连夜返回小滩,他爹给了他一笔钱,逃亡省城去了。

我疑惑道,小杰怎么知道的?

他说,小杰也是小滩村的。

我说,就算是小滩的,老关跑回去,这种事还能让小杰知道?又不是上光荣榜。

他说,这我就不知道了。不过坏事传千里,说不定左邻右舍听到传开的。

我没搭理他,扯吧你!要不你去举报一下,悬赏几万呢!

他瞪大眼睛说,我去,我是那样的人吗?

我正在听这厮怎么跟我扯犊子,突然讲台上传来一声呵斥,张小虎、林畅,你俩说什么呢?

这一声呵斥把全班惊了一跳,齐刷刷向我看来。我的小心脏差点没被吓出来。这是我上高中以来第一次被班主任呵斥。我立刻被吓得扭过头,道貌岸然,正襟危坐。我猜张小虎也吓得不轻,必然立刻变成张小熊,但我不敢回头看熊成啥样。

张小虎,你要是没有同情心,觉得没什么意思。你给我滚出去!笑呵呵地说什么?

可能是今天事件实在特殊,老刘没有心情揍人,批评几句之后,继续探讨如何写出有感情的散文诗的话题。我和张小熊幸运躲过一劫,不过被他这么一吼,我之前的沉思以及一些复杂难受的心情立刻烟消云散,回归到现实当中。

老刘太猛,一发而不可收,一直开到下午一点,有好几个家长给老刘打来电话问有没有结束,要不吃完午饭再开,老刘才不情愿地宣布散会,离开了。

教室里三十几个学生炸开了锅。我第一时间转头慰问张小熊,我去,你个混蛋,竟敢拖哥下水!

他装孙子说,哥,实在是对不住!

这件事千万别再扯,知道不?

知道知道!这孙子说完笑呵呵地溜出教室。

我心想,这人真是没心没肺。又不是茶话会,笑什么笑?这让我想起小学班上有个同学叫陆小强,有一次班里组织去听一个劳动模范先进事迹报告会,忘了具体报告内容。不过都大同小异:一个穿着工人制服或者中山装的,皮肤黝黑粗糙的大伯,从自己幼年不幸丧父丧母讲起,必然是没钱念书,必然是去垃圾场捡破烂,或者去煤场捡剩下的煤球度日。然后碰到好心人帮助。好心人说,不求你回报,只要记住我叫雷锋就行。于是从此发奋图强,最终成功,然后不遗余力地以各种方式疯狂报恩社会,最后以感谢党感谢政府、我做得还不够结束。全场热烈掌声。

当时那场报告会的"幼年不幸"更厉害,加入了更多泪点,貌似幼年连自己最亲爱的奶奶也丧了等等,于是全场哭得稀里哗啦,连我这种思维极其容易跑偏的人都未能幸免。不经意转头一看,没想到陆小强正拿着一张卡片图画在那傻乐,抗泪点指数爆表!后来还是班主任走过去,一把揪起来,连扇了十几个嘴巴子,才开始哭的。

我正想着。明清和孟雨跑过来,很生气地说,你这人怎么这么没心没肺的?

我愤愤道，不是吧？你是在说我吗？张小虎……

明清还没响应，孟雨却先抢话道，你俩一个德行！

俩人占完便宜，露出开心的笑容，蹦蹦跳跳地离开了教室。

我和大福、王昊走出教室时，雪已经把学校装扮得一片白色，像童话世界。虽然陈大福这个二货一出教室就开始狂吹自己如何如何知道昨天的事情，其目的是让我和王昊再次崇拜其在小城的黑社会地位，但我的心情莫名失落，一路没有言语。回到家也没有心情吃饭，躺在床上发呆，满脑子还是那个环兆祥。想着想着，眼前那个环兆祥脸色突然变得煞白，眼睛边渗出鲜红的血，原本白皙的衣服也变得浑身血迹，不知从哪里出现的砍刀飞过来，落在他头上，他一下子躺倒在血泊中。这让我不禁感叹道原来生命是个很假的东西，这件东西你只有暂时使用的权利，甚至连支配权也没有：在这段权限期间内，你可以为一个暂时的、虚幻的、所谓人生价值的东西而禁欲，然而，你并不知道什么时候将失去这个权利，不公平的是，即使这个连自己都无可奈何的权利，却可以被别人剥夺，这是怎么样的一种无奈！

突然间想到了死亡，心里一阵恐惧。

这时电话铃响起来，好几声才把我惊醒，我问，谁呀？

电话那头是一个很柔弱的沙哑声音，您好，我找一下林畅。

我很纳闷，问道，我就是，你是？

她说，我是张萍。

我说，啊！你怎么声音这么沙哑？差点听不出来了。

她说，没什么事，我好像是昨晚感冒了。

我说，抱歉啊，昨晚在外边待的时间太长了，影响你了。

她说，没事啊，你没事吧？

我说，我挺好的，我有个消息想告诉你，你要听吗？

她停顿一下说，我已经知道了。

电话那头没声音了，过了一会儿，她说，你有时间吗？能不能出来？我心情不太好，想和你聊聊。

老实说，在未接到这个电话之前，我的心里一直有一种奇怪的感觉，觉得好像有什么人或者什么事情被我漏掉了，使我的心里有点发慌。此时，突然意识到我漏掉的或者说一直期盼的，就是这个人。因为她和我有着相同的特殊经历，顿时我感觉似乎有一种无形的力量推了我的后背一把，让我找回一些底气。就好像考试中，某一道题经过演算你选择了 A，然而你看到周边人都选择的是 B，你的心里非常揪心，这时另一个好学生转过来对你说，别担心，我也选 A。于是，这道题的答案是什么不重要，重要的是给你一种这个世界并不是所有人遗忘你的感觉。

自从昨晚之后，我发现自己的心里发生了很微妙的变化，老是牵挂着她，特别想见她。虽然昨天才见过，却觉得恍如隔世。开完班会后的一段时间，我一直感觉非常的孤独无援，心里憋得发慌，就像是有个重大新闻不让播出，抑或是知道一件天大的事情要发生，却不能做些什么。

我马上说，好的，我过去，你在哪儿？

她说，我在二院门口等你。

二十分钟后，我走到市第二人民医院门口，恰巧看到她从门诊大楼里出来，穿着一身粉色运动装，在冬天毫无生机的灰色世界里，确实有些夺目，只是戴了棉帽子和口罩，看不清脸，一头披肩长发在风中飘着。

心里藏着的一个秘密，但是全世界只有眼前这个人可以倾诉，突然有一种过去拥抱她的冲动，但我还是克制住了，因为毕竟太不礼貌。她也看到我，不紧不慢地走过来。我心想，看她走路，挺平静的，幸好没有冲动，不然多尴尬。

没想到的是，她走到我跟前的时候，突然紧紧拥抱住了我，用一种哀愁的声音说，我好害怕！

这一抱让我有点吃惊。好一会儿，我才回过神，问道，你怎么了？

可能她也感觉我的不自然，随即便松开手，摘下了口罩。我看到她脸上丝丝绯红，不知道是冻的还是有点不好意思。我猜自己刚才的拘束将这个本来很正常的氛围渲染得有点尴尬，于是主动在她额头上摸了一下，非常不和谐地表现出自己的镇定，说道，别担心！天塌下来，还有高个啊。你怎么来医院了？

萍儿苦涩地笑笑，说，可能是昨晚有些感冒，早上起来不太舒服，头昏昏的。大夫说没事，给开了点药。你刚才一个人走过来的？

是啊！我家离这里不远，就五分钟。我顺便指了指方向，问道，你一个人吗？你爸妈呢？

她说，对啊，我向来做事都是一个人。看病这都不算事情。

我说，厉害啊！我到现在看病，都是我爸陪着。没我爸在这里，我就觉得这些大夫不会认真看病。

她笑笑说，有爹的孩子像块宝啊。哪像我们这种野孩子，风吹雨打的从来也没人管。

我假装得意地说，那你腕更大，看病都是我这样的重量级人物陪同。

她吐吐舌头，笑着说，你就吹吧！我看你就头比较大，瘦得一把骨头，重什么量级？

闲聊几句之后，刚才尴尬的气氛得到缓解，她脸上的苦恼表情减轻。我心想，要是真这样闲扯下去该多好，可是我知道她叫我来的意图。想了想，觉得还是由我来捅破这层让人烦心的窗户纸。

我说，你啥时候得到的消息？

不出我意料，她脸上立刻乌云密布，说道，今天早上我爸说有人打架斗殴，死了人。紧接着另外一个朋友打电话说的，还问我昨天有没有见到环兆祥。我心想，是不是出事了，就说没有见到。他说，出事啦！他被人打死啦！

说着，她哽咽了，眼泪已经开始备战。

我看着很难受，也不知道怎么劝慰。过了好长时间，她接着说，我当时一下子就傻了，其实现在还挺害怕的！真的，林畅，我真的非常害怕！我们不会也有罪吧？

我发现她说自己害怕的时候，显得特别可怜，完全没有昨晚上那种独行天地间的潇洒形象。这时的张萍儿，就像一头受惊的小鹿，似乎任何一个风吹草动，她就会逃到芭蕉叶下躲起来。

我心想，你放心，我都是被抓过一回的人。猛然间意识到，我的思维又跑偏啦！不过，在这只楚楚可怜的小鹿面前，我的大男子主义情绪一下子高涨起来，有些激动地说，别担心，跟我俩完全没有关系。我们顶多算目击者，而且我们现在去报案也没意义。

从小说角度，这个场合下，我应该说，出了事我一个人承担，顺势搂女主人公入怀。而且我承认当时确实想这么做，但是本能让我拘束住双手。

好在萍儿听完释然了很多，微笑着说，我俩现在是一根藤上的蚂蚱。有事你可不能不帮我啊，你就是我的靠山！

我心里很感动，因为我一句破题，拨云见日。这要是在八股中，简直就是要中举的节奏。

我连忙说，你放心！我俩现在患难与共，因为现在这个世界上有一个秘密，只有我俩知道。这是多么的神奇啊！

她赞同地点点头。

萍儿的年龄比我大（我的记忆中），但是大事当前，再强势的女人也会在第一时间表现出软弱，而男人会立刻想到借口而雄起。有人说，女人来自金星，男人来自火星，看来此言不虚。

她说，林畅，你真的很聪明——你和我周围其他的男生不一样。昨天我们一起回家时，其实我还是觉得第一次和一个你们这种圈圈的男生在一起走，有点拘束。

我急忙说，你又要发表划分学习好坏言论了。哪来的圈圈？还哪吒呢？

她用手捂了捂嘴，说，开个玩笑。其实吧，虽然我俩属不同的世界，但命运真的很奇特，让一件离奇的事情，将我和你的世界交织在一起。

我说，你还是对我有成见啊！看来我只有以后娶一个黑社会的，才能扭转你这样的思维。

她哈哈笑起来，开玩笑说，我就是黑社会的！那你要不要考虑考虑我？

就这样，在冰天雪地里，我俩"热火朝天"地聊了大约十五分钟，直到她冻得不由自主地跺脚，我才意识到自己很二地把这个病号置身在寒风下这么长时间。

我抱歉地说,这么冷,把你冻了个透心凉!我们走吧!你感觉好点没?还需要老衲的指点吗?

她哈哈一笑,说,大师,我好多了,多谢您点化,您打算去哪里?

我也不知道我去哪里,但特别想和她在一起待着。就说,那个——要不我请你吃饭吧!刚说完,我就意识到我把私房钱落家了。

她看着我抓耳挠腮,笑着说,大师请小女子吃饭,是不是囊中羞涩啊?

我尴尬地说,刚换的衣服,钱落在旧衣服兜里,要不你跟我回家去取吧?就五分钟。

她说,那怎么行?让你妈看见了,我说什么。我说,你儿子请我吃饭,没带钱,回家取钱来了?哈哈。

我说,哎呀,你放心!我妈上班呢,以后有机会,一定带你见我爸妈!

她听完哈哈大笑,说什么呢?想得美,姐才不去!走吧,傻子!

她很自然地拽着我的胳膊,开始往北走。

我有些不自然,问,你想好了我们去哪儿?

萍儿说,跟我来。

我们俩现在的定位——第二人民医院——在城市北郊,远离繁华和喧嚣,往北走五十米,就能闻到黄河的臭味;再往北走五百米,才能看到黄河。

萍儿在前边带路,径直向北走去。我急忙说,大姐,我们不会去黄河边吧?不要想不开啊。

萍儿打趣说,要不一起跳跳,洗洗?当然不是,你别担心。

雪从昨晚开始,一直到第二天下午还在有气无力地下。我们穿过医院，一路往北走，看到旷野千里，一片荒凉，整个世界被冰雪覆盖，白茫茫的大地上一个脚印都没有。这个世外天地里，此时只有我们两位孤独的造访者。

向北走了大约二百米，又踩着厚厚的雪向西走，前面已经没有了路，也没有任何印迹，只有后面留下的四排脚印。我有些发慌，问道，这前不着村后不着店的，我们往哪儿走？

萍儿说，你别着急。喏！前边那不是河滩镇吗？我请你吃饭。

顺着所指的方向看去，果然能看见有几幢并不高的楼房，四周零星分布着一些低矮的平房，隐隐约约矗立在远方，再加上全部点缀在白雪的世界里，看上去就像是童话中美轮美奂的冰雪仙境。

等我们走近那些建筑时，才发现原来这个小镇离城市并不远，却给人一种偏远闲适的感觉。这些小楼矮房高低不同，错落分布在小镇的一条东西走向的街道两旁。有些房间炊烟袅袅，却看不到有人走动，十分安静，如同陶渊明桃花源中的村庄。这时有一个戴着羊皮帽子的老者，赶着一群羊从旁边走过去。羊懒洋洋地走着，老者也懒洋洋地抱根鞭子走着，神态很安然。这小镇，这老人，一下子让我感觉到天人合一的境界。

萍儿没说话，往前又走了几步，在一个二层的小楼前停下，说，到了！

我抬头看，这小楼前挂个匾额，写着"河滩火锅"。

我恍然大悟，说道，好吧，要请吃火锅？不过，你带钱了吗？

她说，没带，我就——

你是不是又要押我？我赶忙说。

她哈哈笑着把要说的话憋回去了。

我开玩笑说，好吧，拿出来看看，富婆。

她从口袋里摸出一部手机，在我面前晃了晃，笑着说，放心，还有它抵押呢。

我的故事发生在二〇〇二年。如果经历过这个年代，就会立刻明白我当时为什么吃惊。因为那年，作为市区人事局副局长的我老爹，在春天买了一部又黑又笨的摩托罗拉——那是我生平第一次见到真手机。而此时出现在我面前的，是一部白色的可以闪光的漂亮手机。就在此时此刻，我都无法确定这是一部手机，还是一部类似上学期明清拿到教室里的引起全班轰动的 MP3。

为了不流露出过度的好奇，我只好转移目光，说，你刚才就是用这个给我打电话的？

她点点头，对啊，其实省城现在已经挺普遍啦！

我只好酸酸地笑道，好吧，看来我真的是傍上富婆了。

不知道是自尊心膨胀还是开玩笑，她开心地调侃说，不错！我觉得现在我们可以去见你爸妈啦！

火锅店位于小镇的中心位置——之所以可以认定这是镇中心——是因为街道中间有一个花坛，我觉得这是街心花园。花园被冰雪厚厚覆盖，只能看见大概的轮廓。旁边是一家综合商店，门口摆放着台球桌，被雪四四方方地覆盖，变成个雪立方。

我接着问她，市里不是有很多火锅店吗，咱刚才出来的二院对面不就有吗？

她说，医院对面的饭能吃吗？再说，你站在这里有什么感觉？

我想了想说，哦，那我明白你的意思啦！这里虽然和城市只有短短的几步路的距离，却远离城市喧嚣，给人宁静安逸的感觉！但是很遗憾，我以前怎么没有发现呢？

她说，你说得没错，我很喜欢这里的安静，这座小镇很像是坐落在城市边上的世外桃源。

走进屋里，才发现里面黑洞洞的。门口挂着的厚厚门帘隔开了两个截然不同颜色的世界。我说，怎么没人呢？

还没到呢！楼上。萍儿径直向里面走去。

我边走边说，有句名言，小隐隐于山，中隐隐于市，大隐隐于朝。来到这么个小镇，我们也算是隐者了。

她说，道理很简单，只是为生活而奔命的人太多，哪有像我们这样有着假期的学生。嗯，不过嘛，刚才你只说对了一半，还有一个很重要的原因你没说。

我说，有吗？

萍儿说，那就是——这家店的火锅很有名，要是不下雪或者周末，生意很火爆的。

我说，看来这就是这家店开得这么偏僻，还能生存的原因喽？

萍儿点点头说，而且你没发现吗？这家店隐蔽得跟非法游戏厅一样，不过酒香不怕巷子深！

我环顾四周，说道，你说这家店生意兴隆，没看出来。这里就这么几户人家，周围店铺怎么生存下去？

萍儿说，你这脑袋有时候也挺笨的。这儿的人全是附近种地的农民，开的这些店都是卖一些日常用品，也不是为了赚钱，柴米油盐酱醋茶你们总得买吧。这里也许就是人们常说的城市边缘吧。

我说，你去省城这些年确实比我见识多了很多，一个有见识的人在别人面前总是很自信的。我就像个井底之蛙，想跳出去看看都没有机会。

她说，以后有机会，我带你去省城吧！哈哈。你别夸我，有智慧的人恐怕才是最自信的人，聪明的人总是很高傲，包括很多自诩天才的。而我都不是。

我们穿过黑洞洞的一楼大堂，上到二楼，才发现别有洞天。一个三间的大堂，装修得很精致，里边已经白烟袅袅。四张桌子上都有人在吃火锅。

我说，原来人都在这里呢。好热闹啊！

店主人是个四十多岁的妇女，迎上来说，哎哟！小姑娘，你倒是好久都没来了，学习很忙吧。一下子就可以听出来是四川口音，看来这家店是正宗的四川火锅。

萍儿说，您好啊，刚才去医院，天气冷，就顺便带同学一起来吃您这儿的鱼头火锅。

店主人笑道，好啊！随便坐吧。小帅哥。

我准备随便坐，才发现里面只剩下一张空桌子。萍儿笑着说，阿姨你知道吗，这帅哥是二中的全年级第一名，将来要上清华的！

店主人一听，面部扭曲，一边立刻热情擦桌子，一边不停地说着我听不太懂的四川话。我只抓到几个关键词，翻译成普通话是"我儿子""老子""锤子"等。还好火锅似乎更加吸引人，没有路人围观过来。因为这个年代，在偏远小城，家长失心疯一般地要让自己的孩子考上大学，成龙成凤。高考教育成了小城的灵魂。除了"斗殴打死人""哪个领导作风有问题"之类的花边，整个大街小巷都是"你家孩子今年考了多少分啊""第几名啊"之类的声音。

我们在靠窗户的地方坐下。店主人擦完桌子，跟看外星人一般看了看我，说，你们先坐，我去拿菜单。

等她走开后，我自言自语地说，唉，与不善者居，如入鲍鱼之肆，久而不闻其臭，亦与之化矣。

萍儿一头雾水，愣了半天说，什么意思？

我悄悄地说，你看我们小城的这个应试教育的风气都已经同化了这些外地人了。说不定他们那些地方没有这么疯狂地崇拜高考呢。

不知道她听没听明白，哦了一声。我转过头，从窗户看出去，一片茫茫白色，突然觉得这个场景在什么电视剧里见到过。

我若有所思地说，忽然想起来了，这个场景让我不由得想起电视剧《三国演义》，就是三顾茅庐的一段。刘备第二次寻访诸葛亮，也是大雪纷飞，三个人迷失了路，突然听到远处有人唱歌，好像唱着"壮士功名尚未成，呜呼久不遇阳春"什么的，刘备一听就是那种世外高人唱的，然后——

萍儿说，然后就看见了咱们这样的火锅店，是不是？

我笑了出来，说道，哪儿啊，一家茅草酒舍，他们进去之后，也是像这家店一样的古旧，而且里面也是热气腾腾，唱歌的石广元和孟公威都是当时隐于山林的大贤人。

萍儿笑着说，我们也是大闲人啊！很闲啊！

我差点笑岔气，看着萍儿，觉得这姑娘好可爱。

这时店主人把菜谱拿上来，笑呵呵地说，小姑娘，还是吃鱼头火锅吗？

萍儿把菜谱递给我说，还是让他点吧，你喜欢吃什么？

我推辞说，吃人的嘴软，我最好还是别发言了。

店主笑得合不拢嘴，说，那就吃我们的鱼头火锅，我们店祖传一绝，小姑娘知道的。要啤酒什么的吗？

我想了想说，先不要了吧。等会儿再说。

店主人拿着菜谱离开了。这次终于没有再打量我半天。

我看了看萍儿，她正笑眯眯地盯着我看。我说，富婆，你看什么呢？

她笑着神秘地说，完了！店主人看上你啦！她有个女儿，再加上这产业。哈哈！

我说，你就扯吧。我刚明明听到人家说人家儿子，好像叫锤子。再说这么个小店，哥们儿"清华"高才生就能委身下嫁，不值！

萍儿接着笑，她说，你可不知道，四川人藏富能力很强的，说不定人家有几百万呢。

我说，好吧，那还可以考虑。可是你怎么办呢？

萍儿害羞了，脸上绯红一片，说，你这家伙真是个奇葩。好吧，不扯了！是不是第一次被女生请吃饭啊，小兄弟？

我笑笑说，这倒是。口头被请了好几次，不过有行动的只有这一次。还是张萍儿同学实在。

萍儿想想说，那是！其实我今天应该把我表妹也叫出来。她可是崇拜你已久啊。我说我俩在这里吃饭，她肯定都不相信。说着掏出手机准备打电话。

我赶忙把手机抢了过来，说，再叫一个，你想让我开补习班吗？

除了我爸的大砖头，这是我生平第一次摸一部真正的手机，而且还是从美女那里夺过来的，心里着实激动了一把。我说，这个没收啦。我暂时先玩一会儿。我本来想她可能会生气，没想到她还是很大方，说随便玩吧。

居然是一部翻盖的手机，好新鲜的事物啊！我一边端详一边问，你表妹叫啥？

她说，滕亚洁，你认识吗？

我说，不知道。

她继续说她表妹，但我兴奋地把玩手机，根本没有在意她说什么。翻开手机盖，居然是彩色的屏幕，我又吃了一惊。我漫无目的地按着键，看着各种响应，就如同第一次看到世界的婴儿一般。不知道是不是智商问题，我玩了一会儿，觉得里面的功能太多，不是很懂，就把手机还给她，说，这种手机，咱们这个年龄的人，估计全市就你一个吧？

她说，要不送给你吧？呵呵。

我说，真的假的？

她说，当然可以，你拿着手机在这当押金吧，我回去拿钱赎你。

旁边桌子飘来阵阵火锅的香味和欢乐的笑声，窗边挂历上的日子显示是农历腊月二十，这说明年很快就要来到。人们都开始放下自己忙碌的工作，为年准备着什么。生活节奏减速，此时无论是怎样的大贤，都变成大闲人。

萍儿虽然一直说笑，但看得出她脸上的愁容。我问道，这会儿你心情好了吗？别再想那件事情了。

她静了一会儿，苦涩道，你这个人太奇怪！我刚刚忘了这件事情了，你又哪壶不开提哪壶。

我赶忙道歉，其实我是想告诉你，慢慢你就会淡忘。即使有人说出来，也都没有感觉了。

她说，老环是我在外地认识的为数不多的老乡，怎么可能没有感觉？有很多事情都一时间想不明白，很郁闷。不过你说得对，时间问题得慢慢地消化。但是，最可恶的是，这件事情我还不能告诉任何人。

我说，别担心，这不是还有我这个听众吗？

她点点头。

我说，你知道吗，我们班主任早上召集全班开会，我也参加了。说实话，我当时真的不敢相信自己的耳朵，因为我没有想到老关这个人有胆量做出这种事情，我一直以为他是个假混混。而且像他这种人有一种奇怪的心态，认为自己是完美的，既能将学习搞好，同时又能做很多所谓江湖的事。

萍儿说，你想错啦！老关绝对不是你想象的那种人。他特别心狠手辣，而且城府很深。打架是不要命的，在社会上吃得开，许多人都怕他。你要是能理解我昨晚为什么一直担心就好了，说不定我们能制止……不说这个了。

我说，你刚才说的这些我并不了解，在学校的时候这个人不但学习很好，而且彬彬有礼。每次被老师叫去，不论是批评还是表扬，都会在临走时给老师鞠躬。我们班就他一个人会这样做。昨晚你也看见了，他跟我说话很有礼貌。所以一直以来，我总是觉得他给我们讲的所谓自己的传奇故事都是自己听来的，而且我很少赞某个人，但是我觉得老关是个很聪明的人。

萍儿说，你说他很聪明我相信，他要是肯学习绝对是个好学生。我听别人说，他特别有女人缘。因为在我们这个圈子——哦！在那个圈子里，有很多女孩子崇拜他，因为他长得帅还聪明。初中他爸妈离婚，他开始厌学，能考上高中都让人觉得惊讶。要知道他们那一伙人，除他以外没有一个在念书。他还有个弟弟，比他更坏。看来父母离婚可真是悲剧啊！

我看着窗外，外面天寒地冻。我又想起环兆祥那张惨白的脸，忽然心头一丝冷。萍儿的脸上似乎有一种难以名状的病容。当然，或许只有我能感觉出来，或许我也是瞎想。

我问，听说老关逃跑了，你知道吗？

萍儿点点头，保持沉默，斜着头看窗外。

我开始疑惑，到底有多大的仇恨导致这场悲剧？难道真的是他瞪了他一眼，然后很不服气就这么简单？突然觉得可笑，关小伟这种人实在头脑简单得令人可笑。那个倒霉的环兆祥也令人可笑，真把自己当成方志敏、夏明翰了，一脸正气，相信老天自有公道地递上去脖子让人砍？

萍儿说，我还是后悔，昨晚上没有把他们支开。

我说，你拉不开的。我开始以为他们因为你打架，后来你说不是。如果是那样的话，你如果掺和进去，估计我现在都见不到你，你知道吗？想想都挺后怕的。其实你能做的已经很好了。再说，我俩都不是坏人。

她说，我们俩是不是特倒霉？

我想想说，怎么能算倒霉呢？我觉得是万幸。不然的话，我俩说不定一个监狱，一个太平间了。

她说，结交这些朋友太可怕，但是我真没想到还会再见到你。林畅！我想说的是，以后你还是和我保持距离吧。因为我们真的不是一个世界的。

我突然觉得萍儿就像一个饱经沧桑，以过来人的身份告诉我不要误入歧途。我说，其实有时候见面分别，往往都是在意料之外的。我觉得这件事也算是人生的一次风浪。不亲眼所见，怎么能相信？只有不断地经历前所未有的事，才能提高自己的能力，或许经历这件事，使我对很多关于人生的思考，能够想得更明白一些。

这时店主人吆喝道，鱼头火锅来了，打断了我们的谈话。

火锅里冒出的热气，弥漫着整个小屋。店主人一边摆着餐具，一边又叽里呱啦说了几句。等她走后，我问，她刚说什么？

萍儿说，她说她给她儿子打电话，让他回来瞻仰、请教你。结果他龟儿子说在同学家玩呢，她很生气。

被店主人一搅和，我们又岔开了本来沉重的话题。

萍儿说，不谈这个，吃鱼吧。你不用担心，我就是一时难以承受，不相信自己的耳朵。我现在和你说话，心里憋着的事情有所吐露，已经好多啦。今天真的是谢谢你，不然我不知道该怎么样才能把心结解开。

我说，你看我也是在帮自己开脱，同病相怜。

她说，是啊。而且你应了我的席，以后我如果有麻烦，还得站你后面呢。

我说，必须的！你看哥现在一米七五的个头，还保护不了你这个小姑娘。

她笑道，哈哈，哥——你现在可真是高啊！

我看着她的脸，笑着说，不过这两年不见，你好像变黑了。

她说，你昨天不是说漂亮了吗？

我说，是啊。我是说，你以前好像挺白的，现在皮肤有点黑，更加健康啦。

她说，每天风吹日晒的，能不黑吗？不过比你白多了吧。话说你怎么比初中难看很多啊，嘿嘿。

我无奈地说，唉，你要和我比，那你完蛋了。我现在很难看吗？

她说，听实话？你初中的时候虽然很矮——你别生气啊，但是你知道吗，有很多女生都很喜欢你，因为你就是个小传奇啊！

我说，真的假的？都没人说。哎，不过你这么一说，我倒是想起来一些事情。

她张大嘴巴笑道，你真信了？我瞎编的，哈哈。不过我知道有人喜欢你，但是很多人都说，和你说话感觉你傲气十足，所以人家不愿意搭理你。你就只存活在同学们和她们妈妈之间的对话当中。

我听了很羞愧，辩解道，我有吗？呵呵，我觉得我好像和所有人都能说到一块呀。相反，我感觉现在自信心早已经没有了，很不开心。

她不以为然，你还不开心？为什么？

我说，我以前很少和人说，既然我俩关系有点异常，所以——

她瞪大眼睛说，关系异常？什么异常？

我说，你现在是我小说女主人公啊。你听不听？

她收敛笑容说，好吧，你继续。

我说，我现在压力挺大的。以前上初中，我每天都傻乎乎地上课，想着下课去哪儿玩。但是现在每天都觉得好像有写不完的作业，算不完的题。大家都觉得我没好好学习，其实，我在家很认真，也怕被人超越。而且考了第一名，我就开始担心下次还能不能保住我的位子，感觉在能力上大不如以前。

萍儿问，能力？什么能力？

我想想说，比如说，记忆力。

萍儿笑道，你的记忆力还差呀？刚才是谁讲《三国演义》那段故事，连人家里面的歌词和一些人物名称都记得那么清楚。

我说，那些根本算不得能力吧，只是个爱好而已。我的爱好就是学习时想着看闲书，等真正闲的时候又什么书都不想看。一有空就发呆，不着边际地胡思乱想。而且，我很反感现在的学习和教育，比如我是个学文科的材料，特别是历史、地理，感觉自己就是为了考古、地理之类的学科而生的，却不得不遵从别人的意愿而学理科，将来还得上理工科的学校，学习头疼至极的物理、化学，一辈子穿着白大褂，戴个口罩，然后在实验室里摆弄无数的瓶瓶罐罐，直到哪一天打翻浓硫酸……

萍儿不待我说完，马上反驳，你天天想这些没有发生的事，难怪伪装得那么忧郁，这是你自己给自己压力！

我说，其实我觉得真正的压力来自家长和老师。举个例子，比如你是一个徘徊在重点大学和普通本科的学生，那你的班主任会每天蹲点守候在你身边，生怕你最后发挥失误，考个普通本科，影响他的职称和前途；进一步说，比如你是一个徘徊在北京大学和南京大学的学生，那你的班主任会每天问寒问暖，旁敲侧击，你还要不断地听到周围人说这老师偏心眼，然后每天提心吊胆，担心哪天发挥失误，考个南京大学；再比如你能考南京大学，但你一不小心，却考了个西京大学——那至少我们班主任老刘会觉得自己羞愧到想自杀。

萍儿笑起来，你这么厉害，担心这个不是闲得无聊吗？再说了，西京大学听起来也很厉害啊，在哪里？

我看着她说，哭笑不得地说，西京大学在——算了，你不用知道，反正你也不用考。再说,你老爸是全市多大的财主啊,你受的都是贵族教育。

她笑而不语,看来是默认自己老爸是大财主。

萍儿说,你要是不告诉我,我还真以为只有像我表妹那样的孩子每天苦恼着高考呢。我很好奇,你这样的人,以后的梦想是什么?比如大学毕业以后想做什么?

我说,以前没想过,但现在只能被囚禁着一直到高考。至于能考上什么学校,我说了也不算。不过我痛苦的是,明明喜欢文科,却不得不学理科。家长老师们的理由很简单,这孩子理科学得又不差,干吗学文科?刚才说的那个人其实就是我自己,我喜欢学的是历史,喜欢做的事是考古,现在却只能每天靠幻想有朝一日能挖出个楼兰美女出来。

她笑了,笑得非常开心,她说,那你这个遥不可及的梦可以在晚上做,如果你不害怕的话。刚才听你这样讲,我心里也觉得酸酸的,因为我感觉我反而比你幸运,我爸没有期望我上大学。我也不喜欢学数理化,只喜欢音乐,我爸就让我学音乐。我喜欢干什么我爸都是同意的。我爸的做人理念很简单,只有高兴的事才是正确的事。他就是这样摆着小地摊、修自行车起家的。

我羡慕地说,没想到我们这个被应试教育笼罩、家长攀比成风的小城,还有你这样的幸运儿。你真应该生活在国外!

她说,我将来还可能真要去国外。

我问,师范毕业就去吗?不要啊!你走了,我怎么办?

她笑着说,别担心,姐姐会带上你的。再说你清华毕业不一样出国吗?

第五章　张渐渐家的林思源和关小伟事件中的萍儿及其他（下）

我说，清什么华！我们这个鸟不拉屎的地方，一年也出不来一个清华——你说的是清华汽修学校吧。

她哈哈笑道，如果你将来真的去了汽修学校，我就愿意和你交往，因为没有压力。不过我如果还愿意读书的话，可能会去上海音乐学院。

我说道，这种学校好像很难进吧？

她说，我爸跟我讲的，好像有个生意伙伴有关系，前两天还问我呢。

我说，唉！人比人真是气死人，我还能说什么呢？大小姐。那照你这么说，上海溜达两年，再出国看看？什么维也纳、魏玛、卡萨布兰卡的？

她说，你知识学杂了吧。这都哪跟哪啊？魏玛、卡萨布兰卡那都跟音乐无关吧？不过你说到一个地方，我想去的是萨拉曼卡。

我说，这个名字很美。

她说，那是西班牙的一座历史文化名城，音乐很有名的，另外萨拉曼卡大学是世界上历史最久的学校，千年名校。

我不由得肃然起敬。我说，我怎么突然感到我们之间的差距呢？看来佛经说的人生而平等简直就是假话，你看看我们现在生而平等吗？

她也赌气说，是生而不平等，你看，你把让大家羡慕的一切要素都占了。

后来我一直在想这个问题，每个人出生的地域、家庭、环境决定了他的社会地位，这些生来就是不平等的。一个很简单的例子：在公元某世纪的某一时刻，当我们在夸赞我们这个小区有个孩子高考考上北京的某大学的同时，也许在北京的某个小区这次高考只有一个孩子没有考上北京大学。我们这儿的人每天仰望着天，看着成群的没衣服穿、满山乱跑的孩子，望着墙上"少生优生"的标语发愣，始终想不明白，从几万年以前刚从树上下来时一直想到现在。这就是地域导致的生而不平等。而且，在我的小说发生的年代，全国范围内还没有房价这个概念，要是牵扯到这一因素，如果某人出生在三环以内有三套拆迁房，那还考什么北大，那人肯定一出生，就站在终点线上迷茫自己这辈子奋斗的意义在哪里。

我记得我当时说，可能在你看来，换个国家读书就跟我们从一中转到二中念书一样容易，所以你的读书完全是兴趣导向，但我们这些普通人则完全不是，根本没有自己选择的权利，甚至没有想想"为什么这样"的权利。所以，理科学得还行，就不能学文科，这也就是物质导向。唉——不说了，这些都和我先前讲到自己的理想一样，也是想到什么就说什么，平时根本想不起来，更不是挂在嘴边，老是抱怨的人也很令人厌烦。

她说，我以前没有想过这些东西，一直都是兴趣导向，什么高兴做什么。不过听你这么一说，终于可以理解为什么和我在一起玩的很多人，逐渐地在消失。可能是家庭原因，也可能是生活压力。说着，低头看自己的手机。

我说，你的生命起步的台阶是和我不一样的。比如我将来真的厉害得一塌糊涂，考上了清华，然后成了这座小城的名人，走出一片天地，突然，我发现，有人从小就是长在清华园里的。而你将来很可能会出国甚至定居国外，生活在中上层阶级；而现在和你一起玩的这些人将来连一般的大学也考不上，在这座小城甚至周围的山村庸碌地生活，想起来上学时没好好读书，还会随时因为羡慕而后悔不已。

她想想说，林畅，你不是今天来安慰我的吗？怎么开始对人生悲观起来。她用手拍拍我的胳膊，用一种大人的口吻说，小朋友，你对世界充满了悲观。这可不利于你的健康成长啊！

窗外的雪渐渐地下得大起来。我俩边吃边聊。期间我用她手机给家里打了个电话，说在外面吃饭。这也是我生平第一次使用手机打出的第一个电话——一切都是那样让我感觉新鲜。我盯着她，看着看着，感觉她带给我的，是明清、杜丽或者林思源这些女生都没有的新鲜感觉。渐渐地，我内心砰砰而动。

她说，你吃好了吗？要不我们走吧。

我笑着说，吃好了。要不叫老板来押手机吧。

她说，好吧。说着把店主叫过来。她说，我们吃好了，买单。

店主一边说，算了吧，小姑娘是常客，一边却又拿着账单走过来。

萍儿看了看，拿出一张五十递给她。她接过钱，笑着说，怎样，你们俩吃得好吗？

萍儿大夸好吃，我也不置可否地笑笑。其实所谓的鱼头火锅究竟有多么好吃，我已经没有任何感觉了。

店主欣慰地打量着我俩，突然蹦出一句，怎么让女朋友付钱？然后又说了两句我没怎么听懂。

萍儿羞得脸绯红，说，哪儿啊，我俩只是初中同学。人家哪能看上我这种差生！

……

出了店门口，我问萍儿，刚才她说什么？

她胡扯的，没听懂。她笑嘻嘻地说。

在我再三央求下，她盯着我，眨了眨眼睛，说，她刚说，你俩都长得这么俊俏，真是般配啊。说着哈哈大笑起来。

我也笑了，四川人真会说话，真会做生意啊！怪不得我们小城的商业全部被他们垄断。

夜幕将要拉下，四周的雪照得白茫茫一片，即使村里没有路灯，也能清晰地看见前面的路。我俩慢慢往回走，我走在她后面，看着这个瘦瘦高高的身影，突然感觉和我记忆中的萍儿相比，眼前的这个女生是如此的特别。记忆中的她，是一个潇洒帅气的假小子的形象。我眼前浮现出她冒天下之大不韪送我的明信片，现在想来是何等的气魄。

然而此刻她却格外的安静，而且经历昨晚的事情，正如我之前一直感受到的一种楚楚可怜，特别需要保护她的心情油然而生。生平第一次有这样一个女生在我面前，使我的心情变得非常的乱。我虽然很理智，知道现实的她有很多我所不知道的故事，或许有些是我不想听到的，负面的，但是脑海中的这个形象，却是那样的美丽、阳光，又不食人间烟火。我竟感觉我前面走的又好像是明清，然而又比明清更加的虚幻和理想化，就像上学期有一次和孟雨胡扯时谈到的那个小林的形象。但是她是她吗？我说不清楚。

我突然情不自禁地问道，你有男朋友吗？

她停下了脚步，抬起头盯着我，摇摇头。问道，怎么了？说着做出要笑场的表情。或许在她看来，我问的这个问题，根本就只是一个普通疑问句，因为我的一切问题都在她所谓的圈子理念范围内进行回答。

我把我昨晚做的那个梦告诉她。她听了以后，笑着说，你什么意思？我不太明白。

我想了想，又把我脑海中那个模糊的形象告诉她。我说，我——觉得——你就是那个形象的原型。而且，你还记得你昨晚说的话吗？

她的眼睛很大，在夜幕下更加漂亮，更加深邃。她脸上的笑容也凝固了，但我能感觉到口罩下她要么尴尬要么绯红的脸。半晌，她说，其实从初中开始，我就一直挺喜欢你的。但是，我们好几年没见，虽然你在我心目中的形象可能还是比较完美，但是，现在对我来说，也仅仅是一个陌生的形象。

我说，那如果我现在的感觉和你几年前的感觉一样，怎么办？

我俩沉默着往市区走去。过了一会儿，她停下脚步，郑重其事地说，林畅，你是认真的吗？

我点点头。

她说，我——不知道该说什么。不过我们两个不合适吧，因为根本不是同一个圈子，会互相影响的。你的梦不是已经预示了吗？我俩在一起只有一个结果。你这个第一名不保啊，哈哈！幸好不是倒数第一。

我不知道自己当时为什么那么冲动，在她额头上吻了一下，说，不是倒数第一就行。

整个世界一下子凝固了。

我虽然说得非常隐晦，但是大脑已经醉得很厉害。

第六章　求医记（上）

几天前，特殊的环境下，我认为我有了一个女朋友。

但是，被我认为"女朋友"的人，认不认为是这样的，不得而知。

这就很尴尬了！

我抱着一种连自己都说不清楚的心态，给张萍儿打电话，但是她不接。

这就更尴尬了！

除夕过后的几天，我渐渐从关小伟事件的影响中解脱出来，又过上百无聊赖、被大人各种厌烦的小康生活。萍儿却如同消失一般，没有任何的消息。

与此同时，我却收到了另一个噩耗：一中的年级第一名，著名的张同飞同学，要转学到我们班上！

小说开篇，我说过初中曾经佩服两个人，第二个是明清，但是刻意回避第一个人的存在。去年的中考，我发挥很好，获得了全区第三名的好成绩，但悲催的事情还是发生了：我作为一名全区中考第三名的人，居然连自己同桌都没考过，因为我同桌就是张同飞！

张同飞这厮的存在，颠覆了我对"存在即合理"世界观的认识：

长相难看，矮胖，从不学习，天天泡在男生宿舍抽烟喝酒打牌，但从不和女生交谈，考试从来不考第二名。最终的结局是，他以全省前十名的成绩上了清华（虽然他很不情愿，因为一段后话）。最可恨的是，我初中以前都是一个兢兢业业、谦虚谨慎的好学生。如果别人家长要问我学习经验，在父母同意的情况下，我会认真地向小朋友介绍一下自己学习有多么刻苦，希望他们能像祖国花朵一样茁壮成长。而现在，天天标榜自己是个混混——全是这厮初中熏陶的结果。

总结一下，这厮简直就是我的噩梦！

所以我在想象班主任老刘这会儿是不是在自家祖坟前磕头烧香祷告的同时，也在打破脑袋想，这厮是不是专门跑来气我的。

春节过后几天，新的学期即将开始，这时突然接到萍儿的电话，让我喜出望外。我语无伦次地问她心情是不是好点了，怎么不联系我。

她却又要笑场，说道，我看到你给我打电话，但是我没接。因为我一方面需要安静一段时间，另一方面，我得好好想想那天晚上发生的事。

我心里怦怦跳着，不知如何接话，吞吞吐吐地问，那——你想了几天，想得咋样？

电话那头突然没了声音，过了一会儿，她说，要不你出来一下，我带你见个老同学。

我问，谁？

你先别问，如果有空的话，我在鼓楼这里等你。

溜出来以后，才一下子体会到"秋裤一脱，春姑娘就来了"。在屋子里宅得太久，人间已是春风和煦、草长莺飞四月天。

萍儿穿着一件咖啡色的风衣，牛仔裤，白色的运动鞋，扎着个马尾辫，深邃的眼神，像极了维吾尔族美女。我不由地再看看自己，竟穿着一件二中校服！

我看着她，又想起我那天晚上的举动，有点尴尬地说，我看你春色满面的，应该已经走出心理困境了吧？

她点点头，笑眯眯地上下看我半天，说，你也太搞笑了吧。好歹我也告诉你，我们要去见一个朋友，你就这么随意地出来了？

我说，很幼稚吗？那我回去换吧。

她摇摇头，笑着说，没事，走吧！

我俩穿过城市西关最繁华的菜市场，走进黄河滩边一个小村庄。刚过完元宵节，城市里已经熙熙攘攘，但这村里却异常安静。我们在一家盖得非常豪华的四合院前停下。院子前面是一条小溪，潺潺流水，小溪边安置着我们小城两架著名的清代水车，历经几百年，仍旧咕咕噜噜地转着。

萍儿掏出手机打电话，杨琴，你出来一下！

杨琴？我才恍然大悟，脸上露出惊讶的表情。杨琴是我初中同学，初一时从外地转学到我们班。当时我对她的学习、生活几乎没有任何的了解，也几乎没有说过话，因为她的身份非常特殊——新来的区长的女儿。

我看着表情平静的萍儿，不解地问，怎么带我跑这里来了？你说的杨琴莫不是那个杨琴？

她笑着说，是啊！她初中毕业也没念高中，现在也在省师范学院学美术，跟我一个学校。去年我爸在省城有个项目，跟她爸合作，才知道她也在我们学校。她也挺二的，所以我俩现在是好闺蜜啊！

正说着，杨琴从院子里走到大门口，突然看到我，吃惊地说，林畅！什么情况？哈哈。

我也很惊讶，几乎不认识她了。她虽然没有像萍儿一样穿得正式，但也是变得非常成熟，完全不是高中生的样子。

我笑着说，是啊！这么大的宅子。在这个城市里，我用脚都能想到，这是你家。

杨琴不服气地说，你别扯那些没用的！这是西滩村，到处都是荒地。想盖随便找地呗。

萍儿笑着说，杨琴，有个问题请教你！

杨琴很疑惑地看着我们，着急地问，你俩搞什么啊？

萍儿凑过去，在她耳朵边说了几句悄悄话，杨琴原本茫然的脸直接变得通红，惊愕的表情能直接当新闻图片。

她叫道，愚人节逗我呢吧！林畅，真的假的？

我这时才明白过来，张萍儿带我来干什么——原来她是要告诉杨琴这件事情。

杨琴个头比萍儿还要高，留着干练的短发，像个男生。她站在门口的高台上，俯视我俩。

萍儿看着我，我看着她俩，什么话也没说。

杨琴一下子激动地叫道，你俩真是神仙啊！完全不按套路出牌啊。我有点懵！你让我先静静。说着，把萍儿搂在怀里。

萍儿笑着对杨琴说，其实我也有点懵。我记得我给你说过吧，我初一曾经给这家伙写过一封信。那时候我就觉得人家这个圈子的人都是呆头呆脑的，没想到，我还是搞不清楚这家伙什么套路，哈哈。

杨琴笑得前俯后仰。

我在现场非常尴尬！

杨琴突然说，对了！你俩大仙儿远道而来，刚好我们家来客人，正吃午饭呢，一块儿进来吃点吧。

看她盛情邀请，也不好推辞，我俩跟着走进院子。这个院子非常大，内部的建筑陈设是典型的当地的风格，单面的斜屋顶，铺着大红琉璃瓦，屋檐飞拱。正面三间大屋子，落地的大窗户，雕梁画栋，贴着国画的瓷砖墙。每间屋子的屋檐上都挂着大红灯笼，显得非常豪华。左边是两间小屋子仓库，右边是厨房。靠近大门的一侧，是一个小园子，因为是冬天，只有裸露的冻土和依稀可见的塑料大棚用的薄膜。整个院子全部青砖铺地。正中间上房的大门大开，有一圈人正围坐着超大的红木桌子吃饭，看到我们仨走进去，大家停下了筷子。

杨琴笑着说，三爸（叔），你刚才吹牛说你原来是二中的第一名，我们都没见过。但是我现在带来这位真的是。

全场有些哗然，坐在中间上座的男人首先开口，哎，这不是小萍吗？你怎么来了？你爸也来了吗？

萍儿笑着问，叔，你好啊！我和我爸从省城回来过年的。我来找杨琴玩。

杨琴指着我说，爸，这是张萍的——初中同学，也是我初中同学，林畅。

我才意识到这就是传说中新来的那位批一个条子，拿一百万的"杨百万"区长。

杨区长放下碗筷，打量着我，若有所思地问，林畅？人事局林于胜是你？

我说，是我爸。

杨区长哈哈大笑，原来你就是林局长的公子。怪不得！快坐下，一起吃饭！

于是，我和张萍儿、杨琴坐下来，很为难地端着一碗饭，尴尬地吃起来。

杨区长拍了拍旁边一个跟他长得略有些相似的中年人，笑着说，小林，这是我弟弟，现在是美国大学教授，厉害吧！当年也是你们二中的第一名呢。你以后的学习有什么问题可以向杨教授请教！

我和萍儿都听得有些愕然。

杨琴拿筷子敲了敲碗，笑道，三爸，你还真是啊？不过你看我们这第一名，多帅！你再看你，贴个大肚子。哈哈！

杨区长说道，小琴，你怎么没大没小的！这么跟三爸说话。就你学习最差，还好意思说出来。都是让我和你妈惯坏了！你有这么好的同学，怎么不跟人家好好学习？

杨琴不吭声了，红着脸看着我，笑眯眯地说，呵呵。跟你这大仙学啥？

杨琴的三叔有些不苟言笑，盯着我看了一会儿，说了几句我听不懂的话：小林同学，that is good！我跟你讲，你父亲也是局长，你现在有这样的条件，比我们那时强多了。你要好好利用，戒骄戒躁，还有很漫长的路要走。考大学，读研究生，读博士、博士后，到时就会体会到我现在的高度。不然的话，《伤仲永》，you know？

杨区长听完，附和道，是啊！小林，你们现在这些孩子条件都这么好，以后要好好奋斗，才能对得起我们的栽培。听到没，杨琴？

吃完饭，杨琴带我俩到隔壁的耳房坐着聊天，我才从刚才暴风骤雨中舒缓下来。我擦擦汗，看着杨琴。萍儿笑着说，你们家这饭吃的，本来是找你玩儿的，没想到，直接来上思想教育课。而且，长这么大，还第一次见活的美国教授，你看林畅这一脑门汗！

杨琴讽刺地说，哟！你这么快就开始关心起某人啦？

我看到萍儿很为难，只好帮着岔开话题，说，你们家真的好牛啊！

那当然，我三爸这次回来，都是市长亲自陪同的，这都是传说中的人物。我们家是不是很厉害啊？

我和萍儿都不约而同地竖起大拇指。萍儿调侃说，杨琴，你是不是那种睡觉都能笑醒的人啊。幸福得像花儿一样。有句话说，谁比谁赢在起跑线上。你这倒好，直接出生在终点线上！

杨琴叫道，哪有？我很郁闷好不好，在我家我天天被鄙视，被思想教育。我要是有你男朋友这样的脑子，还能在家里快乐点儿。

萍儿连忙打断她，说，你听错了，我说的是，所谓的——普通朋友。

杨琴苦笑着说，唉！好吧好吧，普通朋友。张萍，你不自然了哈，你不是一向很潇洒帅气放得开吗？

两个人坐在沙发上，聊一些我似乎完全听不懂的"省城"故事。我百无聊赖地四周环顾——房间里面的装饰也是富丽堂皇，所有家具红木雕刻，墙上挂着一幅楷体的书法作品"芝兰静芳"，落款是大名鼎鼎的国手李可染。靠门的墙边摆着一台大电视。在那个年代，连耳房里都摆着电视，在我看来简直就是奢侈！一张古代大床，床头摆着几件女生特有的饰物，我猜这是杨琴同学的闺房，但又完全不像闺房，因为桌子上摆着男生玩的四驱车、变形金刚之类的玩具。

我很好奇地问，杨琴，你有弟弟吗？这些都是男生玩的啊！

杨琴看了看桌子，神气地说，这都是我的玩具！我从小到大都不喜欢毛绒玩具的,最近一段时间我研究四驱车。

我非常好奇,说,那简直太巧了,我也是四驱车发烧友啊,我也每天改装车。

杨琴像触电一样,立马眼睛发亮,说,真的吗?那我们可得切磋切磋,你什么车?什么马达?单向差速轮胎?

我还没来得及回答,萍儿说,喂,你俩打住!我回省城后,你们再找时间慢慢赛车去吧!

杨琴努着嘴对萍儿说,你不知道改造一部车多有成就感,是吧,林同学?要不把你普通朋友借我两天吧,好吗?

萍儿没好气地说,你俩真是好幼稚啊!

我突然听到萍儿说"回省城",才意识到我们马上又得分开。

一下午不知不觉过去,走在回去的路上,我不解地问她,你怎么带我来这么个地方,好尴尬啊。

萍儿笑着说,没什么特殊用意啊。就是我觉得要问问杨琴,所以就来了,哈哈。

我俩慢慢地并肩走着,背后是暖暖的夕阳。

到我家的巷子口时,我俩停了下来。我看着她,突然想起来,问道,对了,你是不是马上要去省城?你也开学了吧?

她点点头,神秘地说,其实已经开学了。我是特意回来看你的,明天又要回去了。

感动中突然多出来很多伤感滋味,我看着她,说,我其实明后天也开学了。

我们在巷口胡乱聊着天,站了很久,但始终没有触碰我想问的问题。

她开始觉得有些冷，说，你进去吧，那我回家了！

我说，我送你回去吧。

她说，我去路口打个车就好，我家特别远。

她面带笑意地看了看我，我突然觉得气氛有些尴尬，不知道做什么。她拉了一下我的手，转身离去。

走了几步，我才壮大胆子，问，我问的问题，你还没有回答呢。

她回眸一笑，说，你回去吧，弟弟！

……

新学期开学了。

开始几天，我每天就在课余时间坐在自己座位上发呆。

我新同桌魏晋南嘴里叼着支钢笔，贱兮兮地问我，你傻笑什么呢？老刘家访啦？

我看这哥们儿傻乎乎的，于是小声问他，老魏，哥们儿问个问题，你如实回答，如果一个女生叫你"弟弟"，你觉得这是什么意思？

老魏想了想，若有所思地说，难道不是你姐吗？

我愣住了，仿佛看到了老魏一辈子打光棍的悲惨生活。

突然，孟雨转过头，更加贱兮兮地说，谁？怎么了，谁叫弟弟？

我一听孟雨这厮讲话就生气，不予理会。不料明清也凑过来，故意拿钢笔戳了我一下，哈哈笑道，是不是张同飞要转来咱们班，对你的打击好大，你是不是傻了？我好同情你啊！不过，话说他怎么还没来报到呢？

我没好气地说，张同飞谁啊？

明清说，切！你就装吧！全城人不知道，难道我还不知道，你在张同飞跟前就是"既生瑜，何生亮"啊！

别看魏晋南情商不行，一听八卦，飞蛾扑火般凑过来问，快！班长说说，说说！

我呵斥道，说个屁！你别听她瞎扯，乖乖做题去，不然以后不给你讲题了。

明清一听我威胁困难群众，大义凛然地说，来，姐给你讲"既生瑜，何生亮"的故事。以后不会做题找我。普天之下，莫非王土。我管理之下，居然还有人敢威胁他人！

后面的听众，包括杜丽之流，早已搬好板凳，准备听书。

我实在无可奈何，正好看到王新宇、白明明等人抱着足球往外走，只好混进球队，跟出去避难。

近来关于足球的话题开始流行起来，因为当年的六月份是韩日世界杯。而且，中国队也破天荒地打进了决赛。当时勤劳善良的国人都觉得从此中国足球站起来了。若干年过后，才意识到当时能进决赛就是个意外事故。但在当时，为了表现我们边远山区人民对国家足球的热情，我们每周都会打一场友谊赛。今天刚好是对阵以"野兽"著称的高一（六）班。

白明明忙着排兵布阵，对面有一个粗壮的大汉已经凶神恶煞地叫起来"能不能快点，浪费时间！怎么排你们都是个输啊！"

王新宇听了很生气，准备回敬几句，被我们几个拦了下来。王新宇憋了一肚子火，特意请缨要去防守这大汉。

开踢没三分钟，在一次我方进攻时，白明明将球回传给我，自己往前冲，对面的大汉又冲上来要抢断，我晃过之后，传给门前的白明明，他轻松地将球推进了对方的大门。对方顿时方寸大乱。那大汉开始上火，本以为自己指哪打哪，分分钟可以将我们团灭，没想到自己都被王新宇逼得到处乱窜，狼狈不堪。

这两只猛兽都拼红了眼，在场上搞个人追逐赛，其余人都停下来，成了观众。球从对方区域发出来以后，两人又冲上去抢。两人接球动作不一致，那大汉用头，王新宇用脚，结果脚不偏不倚，正中那人小肚子，踏出了风格，踏出了水平。那人立刻抱个肚子做流产状。

毛主席曾说过，星星之火，可以燎原。于是第一次大战爆发。

那人抱着肚子，大喝一声"你瞎了吗?"说着，一把抓住王新宇的衣领，以迅雷不及掩耳之速将他踏倒在地。

不料王新宇也红了眼睛，顺手从脚下捡了一块土砖，朝那人头上盖了过去。

"啪"——清脆的一声，我们都以为那人脑袋要开，没想到却是板砖碎成两截。

"我，我……"那人用手捂住天灵盖，哼了两声，软倒在操场上，一动不动。血从手指间溢出来，流到操场的黑土上。

我们几个都傻眼了，而对面六班的"群兽"发现可以免费打人的借口，全然不顾队友躺在地上，生死未卜，只是一拥而上，把王新宇围住拳打脚踢。

白明明连忙喊着，你们几个快过去支开他们！又指着我和石头两个说，你俩把他抬到校医室去。不料那人摆了摆手，示意我们不要动，以免破坏现场。而王新宇在一阵操场上扬起的黑土中，就被打成了刚出土的文物。

不多时，肖校长、李主任和校医室的白大褂闻讯赶来。随后，班主任老刘，连同刚才说书的那帮人也都出现在操场上。

两个当事人很快被送去治疗。肖校长气得快要蒸腾，冲着刚才殴

第六章　求医记(上)

打王新宇的几个男生骂道，你们是二中学生吗？学校怎么培养出你们这几个王八蛋！有没有人性？乖乖在这站着，别动！

接着黑着脸，盯着老刘道，你们班这是怎么搞的？不到一个月出了两件事！你这班主任还要不要干了？

老刘被吓得差点口吐白沫，连忙给校长道歉，是！您说得太对了，我们回去一定好好反省。

肖校长冷笑道，回哪儿去？教室？——想得美！所有当事人全部到教务处。这件事必须要严肃处理，相干不相干的全开除！

我也大吃一惊，相干不相干的都得开除？那我也得开除？

到教务处后，肖校长、李主任，还有一个浓妆艳抹的女老师——不知道从哪个领导办公室窜出来的。三个人端坐在一张大桌子后面，纹丝不动，表情严肃，活像庙里的三清。观察团成员一个个耷拉着脑袋，站在大桌子前面，等待校长裁决。我心想这次可能要完蛋，我是不是要被打发回三中念书，而老刘是不是要下岗。

人都到齐了是吗？肖校长拉着脸吼着，你们作为高一唯一的重点班，简直让人不可思议！

尽管我一句都没听进去，但对校长出口成章、声情并茂教育我们二十多分钟的精神，还是非常佩服。不过，最后的几句终于听进去了，因为校长说，经校委会决定，现在撤销你们重点班称号！撤销你们班全体同学评优资格，取消……

乍一听，我们班被剥夺的精光溜圆，但是仔细一分析，好像屁事没有，这不禁让我对肖校长语言天赋和表演才能佩服得五体投地。

出乎意料的是，第二天又一张校示贴在校门口的墙上，所有人一看都傻眼了：王新宇和六班那个大汉被开除！六班动手打人的那几个,被严重记大过处分!我们班被集体记过处分——当然,所有人都没明白,集体记过是个什么形式。

这件事对老刘的打击应该很大,因为他在之后的几天内都没有出现,我们非常担心他会不会想不开跳黄河。

山中无老虎,猴子称大王。明清于是非常官僚地组织大家开班会。她在讲台上踱着官步,侃侃而谈,她先把两件事的来龙去脉给假期在农村没有参加关小伟"先进事迹报告会"的同志重述一遍,然后很庸俗、很幼稚地说,我建议所有的同学都做一个批评和自我批评吧!

前排几个农村来的,没有参加假期会谈的小朋友有些懵,这怎么听两个故事就要自我批评?我们究竟犯了什么错?

明清看全班死寂,有些尴尬。突然,我心里有不祥预感,一般这种情况,她就会想到我来救场。坏了,这家伙是不是又要坑我?

就听明清清脆地说,那谁?林畅,你起来给大家带个头吧。

我怨念地站起来。刚准备说话,就听到有人吼了一声,快看!沙尘暴来了!

众人大惊,向窗外看去,只见天地之间,一片黑黄,分不清白天黑夜。被大风卷起的沙子拍打着窗子咔咔作响,异常恐怖。

明清反应过来,连忙喊道,还等什么?赶快散会回家!一句话提醒了大家,纷纷卷起书包往门外涌。桌子板凳被踢得横七竖八,讨论会圆满结束。

街上能见度低到伸手不见五指。路上,汽车开着雾灯,慢慢地摸索前进。空气中弥漫着沙土,使人睁不开眼睛,沙土一个劲地往口缝里钻。路旁"保护环境"的大广告牌被飞沙打得当当响。我和刘大福艰难地往前走，忽然隐约看到一辆自行车不偏不倚撞在广告牌上，车主已经斜着身子躺在路边。

我们连忙走过去帮忙，居然发现是明清。我俩把她搀起来，刘大福笑着问，班长撞树上啦？哈哈。

明清又疼又气，对我说，你这哥们儿就是"猪"，每次说话都这么损。

我赞同地点点头。

虽然得到我无私的帮助，明清还是恩将仇报，对我不依不饶，刚才班会我问你话呢，你还没回答！现在王新宇还在医院躺着呢，听说要做脾脏手术你知道吗？我们组织大家去看一下他，据说他们家也挺困难的。

我听了亦无可辩驳，只好说，领导，你说了算！领导，小心脚下！

这是我仅有的我们那里春季沙尘暴的记忆。很多年以后，说到这个词，我都会想起明清那被撞扁的自行车轮，和我们一路搀着送她回家的身影。

……

开学不到一周，王新宇就被开除了，估计王新宇在出院后相当长的时间里，懊悔那天出门没看皇历。当然，最悲惨的应该是王新宇他爹，背着愤懑的枷锁，还得四处奔走，到外地给王新宇找转学学校。

其他人在讨论了几天本班风水的问题之后，也恢复了平静。

老刘居然没有跳河！几天后的一个早自习，他又兴冲冲地走进教室，后面还跟着一颗"球"。我定睛一看，才辨识出这是张同飞同学。

明清把头凑过来，悄悄问我，这家伙怎么又胖了三圈？

我说，你咋看出来三圈的？这明明就是个圆圈。

明清神秘地笑着，悄悄跟我说，你知道他为啥要转到咱们班来吗？

我听出话里有话，好奇地说，啊？难道跟我有关系？

明清眯着眼，说，还把你自恋的，你等着看吧。

老刘满面桃花地喊道，静一静！给大家介绍一下，这是从一中转过来的张同飞同学。相信很多的同学都听说过这个名字，这里我简单地介绍一下。

稻花香里说丰年，听取"哇"声一片！

老刘接着说，大家不知道吧，因为张同飞转学的事情，一中重点班的班主任差点辞职。哈哈。

我没好气地心想，老刘你两天前差点被开除，还好意思幸灾乐祸，真是好了伤疤忘了疼！

老刘接着醉意浓浓地高谈，我们这个班啊，现在聚齐了全区中考前三名，是吧？明清，林畅。简直无敌到可以召唤神龙了——对，我看我儿子《七龙珠》上面这样说的（此处做出幽默状，无奈全班没人领会，很尴尬）。希望大家能互相帮助，好好利用周围的资源，争取在每一次考试中都考出我们班应有的成绩。好了，就说这些——那个，那个谁，你坐到后面那个空位去。张同飞，你就坐那个座位。好了，继续上自习！说着，摔门而出。

我瞪大了眼睛，那个谁的座位指的是门璐的同桌！

明清笑着对我说，霸气吧！明白了没，人家是冲着你们班门璐来的。

张同飞面无表情地"滚"到了那个座位上。门璐此刻红着脸，在那里折千纸鹤。两人似乎很微妙，但因为零交流，如狗仔队的孟雨好像并没有发现什么异样。

我简直无法相信明清说的,自言自语地提出了一大堆世纪问题,这俩人初中三年连话都没说过吧?这个胖子不是不近女色的吗?门璐不是和白明明俩人有情况吗?这个世界这么疯狂?

明清看着我,说,喂!口水要流出来了。

我才意识到自己面部表情有些夸张。

明清说,哈哈,有好戏等着看吧,不晓人事的小孩儿。说着,又转回去呱啦呱啦地背英语。

下自习以后,门璐红着脸,第一时间从前门溜出教室,紧跟着白明明从后门走了出去,而对本班状况一无所知的张同飞显然没有觉察到这一混沌事件。

我走过去,坐到门璐座位上,端详着正在假装看书的他,好奇地问,胖子,你脑子是不是被弹弓崩啦?你不知道一中比二中好啊?我想进都进不去。

他放下书本,奸笑道,你个燕雀,安知鸿鹄之志哉。

完了,果然是有情况!

我神秘地问,不是,你你你,说说吧?

前两天在明清几个大喇叭的宣传下,大家都知道了我和张同飞一同飞的故事。我俩这会儿又"世纪握手",居然真的引起周围几个小朋友的指指点点,要不是知道我俩都不是明星,估计有人会跑来要签名。

这厮守口如瓶,我只好回自己座位,刚好碰到门璐回来。她笑着说,你要不还和你原同桌坐吧?

不用说,我猜肯定被白明明安抚一小会儿,心情好很多,居然跟我开起了玩笑。我一本正经地叫道，开什么玩笑？我不要命了我？一溜烟跑了……

但是，不得不承认，张胖子的到来，给我内心确实造成了无形的压力。加上我最近脑子里一直在想我那个"姐姐"，上课上自习经常分神，无精打采，非常紧张自己的学习劲头。不过，转念一想，张胖子也是动机不纯啊。而且据我所知，在上学期期末考试中，我作为二中的第一名总成绩确实比他稍高一些。若不是当时全学区没有集体排名比较，他的不坏金身显然已经被打破了。

果不其然，初来乍到，水土不服，张同飞在期中考试中仅考了班级第三名。除了我，居然还被发挥超常的张渐渐给击败了。最惨的是，好像半学期过去了，张胖子追求门璐的鸿鹄之志似乎没有任何起色。俩人的交流依然停留在"借一下橡皮擦""好的，谢谢"阶段。

期中考试过后，发生了两件大事。

一是世界杯开赛了，全校青年男老师、男生以及明清等人都陷入了癫狂状态。尤其是第一场比赛对阵哥斯达黎加。正上着化学课，化学老师王力宏——这个人不会唱歌也不帅——看了看手表，表情严肃地说，同学们，我们教研组有非常重要的事情，你们开始自习吧。安静一点，不许吵闹！说着，一路小跑消失。

大家心知肚明，只是那个时代没有智能手机，所有人只能带着对王力宏怨念的眼神，在教室里望眼欲穿。这时，富豪明清从书桌里拿出一个像电视一样的盒子，我们都惊呆了，凑上去一看——居然真是个电视！

全班沸腾，把明清围了个大卸八块——哦不——水泄不通，里三层外三层，趴、蹲、站、站凳子、站书桌，俨然照毕业照的架势。

比赛结果很受伤。

第二件事，我突然生了一种怪病——耳鸣。没有疼痛感，也没有任何听力障碍，但是一到晚上睡觉，耳朵里面嘘嘘响，像是有人吹口哨，辗转反侧，夜不能寐。刚开始，我老爸以为是我学习压力太大，睡眠不好，到市医院查了一下，也没有发现任何病变。于是就很悲剧地被大夫定义为疑难杂症。我只好请假两周，在家休养。

有一天，老爸无意在著名期刊《党的建设》上看到省城的一家"红十字康复医院"的广告。其中最重要的，是宣传中医治疗耳聋耳鸣的专家尚全有——尚神医。

于是，我爸叫上单位司机任师傅，拉着我连夜奔赴省城，求仙问药。我们开着一辆快要报废的黑色桑塔纳在偌大个省城转了好几圈，最后经过多方打听，费尽千辛万苦，终于在一个三不管胡同的"修鞋配钥匙""成人保健"的店铺旁边找到了这家"红十字康复医院"。

挂了专家门诊，终于见到了这位尚神医。一个胖乎乎的谢顶老头，戴着厚厚的老花镜，面色红润，很像所谓的专家。

我老爸非常激动，吞吞吐吐地用方言介绍我的病情，但从老神医的神情看，似乎听不懂我们的方言。

我老爸又转成普通话，老神医的神情似乎还是听不懂。

父子俩很纳闷，以为这是个聋子，刚起身，老爷子立刻伸手示意不要过来，说道，先不忙看病——你们远道而来的朋友，能找到这里真是不容易。人啊，就是不能生病，尤其像这种耳鸣啦，头疼啦。你看看你还这么小就得了这种顽疾。啥都不用说，相见就是缘分。这是我数十年经验配制的耳鸣丸，配以耳鸣汤，两个疗程保证有效果！

我们才恍然大悟，原来这老头就是个卖药的。

我爸觉得情况不对，紧张地问，那一个疗程多少钱？

神医闭着眼睛，说，一个疗程一个月，一千五。

这么贵！我差点叫出来。

这里需要介绍时代背景，在那个西瓜一斤一毛钱的年代，一千五还是非常贵的。

神医却不以为然，继续闭着眼睛说，好药哪有不贵的——这是处方！出门右侧缴费拿药。

从医院出来，父亲打量手里这一大袋子药，苦涩地笑了笑，价格贵倒是其次！这一个月的汤药，儿子你可要坚持住啊！

接下来一个月，我每天很痛苦地吃着这些不明颗粒和苦汤，很痛苦地看了三场中国队比赛，一个疗程结束了。我决定放弃治疗，然而父亲的态度强硬——砸锅卖铁也得治病，必须按照老神医说的，再观察一个疗程。

准备再去省城抓药的前一天，我接到了萍儿的电话，她听说我要来省城看病，突然说想让我单独到省城，她可以陪我去医院。这是一个绝好的单独相处的机会，但是我有点恐慌，说，我才高一啊，一个人到省城，恐怕寸步难行。

萍儿狠狠将我鄙视一顿，说，老大，我去年一个人去一趟上海，我还是个女的。四条腿，一张嘴，中文英文都认识，你还寸步难行？你笑死我算了！

这一激果然效果明显，我跟老爸坚持，我这次必须一个人去省城。虽然家里非常担心，但在听取了我关于"成长"的慷慨陈词之后，还是勉强同意我的请求。

第六章 求医记(上)

就在巴西和德国决赛的当天,我一大早搭客车去了省城,在惴惴不安中,花了两个小时终于安全到达了省城汽车站。萍儿早已在出站口向我挥手。她穿着非常时尚的白线衣和牛仔裤,背着一个在我看来什么都装不下的小书包,而且好像脸上画了淡淡的妆——虽然我也看不出来画了什么,但是比上次见时精致了很多。

我们俩三个月没有见,紧紧拥抱在一起。我说,原来省城的女生真的比我们村里的时尚多啦!

她说,平时我从来不这样,但是今天这么特殊,必须好好收拾一下——是吧,男朋友同学。说着,捂着嘴,咯咯地笑起来。

我心想,看来她还是拿我当弟弟了。

我略带抱怨地说,我又不姓男,难道在你眼里我很幼稚吗?

她拉着我的手,哄小孩子似的说,那我可不敢!走吧,先去吃午饭,然后下午带你好好逛逛,再去买药,路线我都提前查好了。不过,你确定那家医院靠谱吗?我怎么觉得像是假医院呢?

我有些心虚,说,党报上登的广告,应该靠谱吧?不过,那我今晚能赶回家吗?我以前从来没有单独在外地留宿过。

她听说我要回去,脸上表情有些失落,问道,你今天一定要赶回去吗?要是太晚,要不你就住我家好了。明天早上再赶回去。

我说,那不方便吧?你家有空闲的地方?我还是尽量回去吧。

萍儿没有回答,只是拽着我往前走。我这个乡巴佬对省城的高楼林立还有些眩晕,一路走着,内心却很复杂,新奇、喜悦、担忧纠缠在一起,而她很开心,似乎一下子小了几岁,变成个幼稚的小姑娘,差点蹦蹦跳跳起来。

走了很久,终于来到了她说的餐厅,是一栋四五层高的楼房,一层是一家高档餐厅，楼上好像是住宿。我俩在靠门的地方坐下来。有个戴着帽子的回族小伙子笑嘻嘻地跑过来，但手里没拿菜单。

萍儿也没看菜单，就跟那小伙子点了七八种东西。

我非常疑惑地问，点这么多我们俩根本吃不了！这家餐厅很有名吗？你好像是常客啊。

萍儿笑了笑，说，我不是常客。不过你刚才不是担心没有住的地方吗？这二楼以上的房间你就随便挑吧——这栋楼是我家的。

我听完以后，无奈地感叹起来，哎！说什么好呢，你还记得我们去河滩吃火锅吗？我调侃你说你们家大财主。没想到，我猜对了啊！

萍儿笑着说，我们家所有的家底都投资在这栋楼上。嘘！也就你我才说的。

我调侃说，那我娶了你，这有半栋就是我的了嘛。

萍儿红着脸，笑道，想得美！我还有两个妹妹呢，再说，你的志向不会就想我家这半栋楼吧？那你也太没出息啦。

"自己家"的这顿饭，一大桌山珍海味，差点没把我吃吐。一下午，萍儿陪着我逛了黄河母亲雕像公园，又打车到著名的九泉山公园爬山，最后到全省最大的购物商场——同芳大厦陪她买了一双鞋。在我感觉腿快要断了的时候，肚子终于消化得差不多了。

我俩坐在同芳大厦三楼拐角的凳子上，我一边揉着肚子，一边测试自己的脚神经是不是全部坏死。萍儿突然看到什么，拽着我和我的脚朝不远处的一个粉色大木柜子走过去。

这是什么东西？我不解地问。

进来你就知道啦。

原来是个可以自拍，打印成贴纸的照相机。我不禁感叹，城里的人可真会玩啊。她拉着我，咔嚓咔嚓拍了好多张合影。

打车去往医院的路上，她笑嘻嘻地看着这一堆贴纸，边看边评论，看到其中一张说，看不出这张你挺帅的嘛！

我看了两眼照片上的自己，没精打采地说，那我不就是我吗，有什么区别？

她凝视着我，慢慢地说，当然不一样，人总是在变，比如，谁知道三年后我们在哪里，还是不是互相认识？但是照片不会，它能使记忆永远停留在那一刻。

我当时只是淡淡地感觉她说的有点意思，直到多年后，我在尘封许久的一本日记本里发现了一张我俩的合影贴纸，才恍如隔世地意识到，她说的是那样的充满哲理。

……

我俩徘徊在那家医院的大厅里，等着拿神药。药房窗口传出一阵阵乙醇的气味和小孩子的哭声。门口玻璃隔开的是挂号室，刚进来时一个长着胡子的女人坐在里面，隔着窗户对外面的病人大叫大嚷。

我看萍儿蹑手蹑脚走到挂号窗口那里，估计是好奇，想看看这个女人是不是梁山下来的。突然，萍儿喊道，啊！

我吃了一惊，连忙走上前去。窗口里的女人已经不见了，旁边放着挂号的病人姓名和病例。就在第一页上，赫然写着，关小伟，膝盖扭伤，病房309等字样。

我俩都不由得呆住了！

我想起来张小虎说的，老关是逃亡省城了。因此，除了政府和局子外，应该所有的单位都有可能是他的藏身之所，自然也包括这家医院。

我感觉前所未有的紧张。萍儿有些微微发抖，不禁抱住了我。我只好安慰说，重名重姓的吧，你别担心，就算是他也没关系。

我又仔细看了看病例名册，名字依然是关小伟。除了没有标注"外号老关"字样，一切的情形似乎都与他天衣无缝。我感到空气非常凝固，有一种想逃跑的冲动，但同时好奇心压制住离开医院的想法，甚至刺激我要上到三楼去看看。

我指着靠近大门口的一排椅子，跟萍儿说，你在那边坐一会儿，我上去看看去。

萍儿拉住我，楚楚可怜地说，你别去，我们走吧！

她这样说，反而让我胆子更加足了，我说，就算是他，我也不怕。你乖乖坐着，我上去看看。

她也"嚯"地站起来说，我跟你一起去。

于是，在紧张的气氛下，冲动促使着我俩蹑手蹑脚地走上三楼，寻找309病房。终于在楼道的最末端，看到"309"门牌号赫然醒目——当然，除了我，也没有醒他人的目。

门朝外虚掩着，但是看不到里面。我刚试图轻轻地推开一点，一个非常婉转动听的女声从里面传出来，小伟！你干什么？快躺下别动！

小伟？我有些纳闷，似乎没有人敢跟老关这样说过话。

我悄悄把眼睛凑过去，顺着门缝往里看：一个三十岁的女人坐在病床边，微笑着看着地上一个大约十岁的小男孩。他手里拿着一把很长的玩具东洋刀舞来舞去，左膝盖上缠着厚厚的绷带。

女人微笑着说，好了好了。你已经玩了很久了，快躺回去。说着把他抱回到床上，笑眯眯地说，你太顽皮了！

小孩子抱着玩具刀，说，妈妈，我长大了你一定要给我买一把真的大刀。

我激动地想，这是小关？

突然间，发现自己的镜片变得模糊——竟然是自己的眼泪。

我和萍儿轻轻地离开了这间病房。我从口袋里掏出擦眼镜布把镜片擦干。眼前的世界又回归正常。在把眼镜布抖落抖落，准备装回口袋的一瞬间，我愣住了。

那块眼镜布——是去年借老关的。

……

那天晚上，我果然没能回去。

我俩站在天下黄河第一大桥边，风从河上扑面而来，冷得有些刺骨。不远处，河边的一些酒吧里正传出足球赛的呐喊声，隐约听得到"罗纳尔多"的名字。

萍儿终于问我了，林畅，你觉得你真的喜欢我吗？

我点点头，看着她。她深邃的目光在昏黄的路灯下，又是另一种迷人。

她盯着我，又问，你真的想让我做你女朋友？

我点点头。

她又问，你觉得你真的能保护我吗？

我还是点点头。

她又问，三年以后你能吗？十年以后呢？

我没有点头。

她说，三年以后你会在哪里？你的路似乎没有尽头。

我静静地盯着东去的河水，看起来波涛滚滚，终是一去不返。

第七章　求医记（下）

光阴如此流逝，总是让人不禁感叹"浮生一片草，岁月催人老"。你很难想象，那个叫罗纳尔多的胖子，当年是踏着怎样的凌波微步，一个人将这个星球上所有的球队踩在脚下。

我也很难理解，我怎么年纪轻轻，居然得了这么个老年人的疾病。在两个月的尚神医牌中药的摧残下，终于——我适应了带着耳鸣一起生活。

我带着萍儿的一堆问题，从省城回来。我把自己封闭在卧室，休整一周之后，才回到学校。

这里我还想再次强调一下，张胖子刚来的时候，前半学期确实给我造成不小的压力和动力，我以为我必须打起精神，悬梁刺股式地学习，但是现在我每天在班里唯一的乐趣，就是观察张胖子的爱情事业进展到哪一步。

很显然，这个胖子是有一些手段的。快到这学期末的时候，俩人的关系已经神速发展到"借一下橡皮""不借！""讨厌"的阶段了。八卦小分队的另一名成员明清，也有些感慨地说，张同飞居然也能考出不是第一名的成绩，而且还是在一个班级里。

我分析说，他以前因为从来不在乎第一名，心无旁骛，所以就考了第一名；现在心里有个鹜，想表现，就开始在乎考试成绩，所以就考不了。不过这胖子说不定哪天又开挂了呢。哎？我跟你一个搞政治的说这些干吗？

她狠狠地白了我一眼，期末你等着瞧吧！

我虽然嘴上不服气，但心里面觉得自己还不如张同飞，至少人家清楚目标是什么，而且很有魄力地在为之奋斗，而我连张萍儿的问题都回答不上来。

不知道是因为世界杯，还是生病，又或者我的内心的情感波动，导致我这学期根本没有状态。期末考试时，我被试卷烤得外焦里嫩。尤其是化学试卷，我居然破天荒地第一次没有答完所有题。

这化学试卷怎么这么变态啊？交完卷子以后，魏晋南一边抱怨，一边敲着桌子。

我自言自语地说，这好像都是高考的真题！哥也没答完。

前面两只大喇叭不约而同地转过头。老孟惊奇地看着我，说，是吗？你化学变态小王子居然也没做完。

明清舒了口气，说，这样的话，我们都平和多啦！

果然，成绩出来后，我的化学刚及格。其他几门虽然好看一些，也是不痛不痒。

放暑假的第一天早上，我拿着我的所有试卷，一个人在操场上溜达。校园里很安静，突然，杜丽不知道从哪个拐角冒了出来。她递给我一张纸，说，这是全班的成绩排名！我看到你刚才在操场瞎溜达，顺便拿给你看看。你知道你这次考了第几名吗？

我说，不知道。

她呵呵一笑，说，竟然考了本班第七名！你怎么搞的？

我虽然早有预感，但生平第一次跌出前三名，还是非常意外，心情有些失落。

我又问，那张同飞呢？

她说，比你稍好点，第五名。对了，他刚才在教室还说找你聊天呢，这会儿可能走了吧。你俩奇葩居然连我都没考过，我都不知道第三名怎么考的。你记得很早之前我说过，肯定要考过你，看看吧！呵呵。

我吃惊道，啊？你天天听周杰伦看武侠，不务正业，也没比我强哪去？

她微微一笑。

我又问，那第一名谁？

她露出神秘的笑容，说，明清。

我站在那里，一刹那，恍惚想起了之前做过的一个梦。

庆幸的是，林局长听完了我的工作汇报，只是面无表情地说了句，好吧，这可能是生病的原因，没关系。不过假期你别乱跑了，我再找找人给你看耳朵。

萍儿下午打电话，说她们学校组织去贵州，采风什么侗族大歌。我虽然不知道那是什么，但是听明白她得快开学才能回来。我也只能无奈地说注意安全，然后挂了电话。心情更加失落。

那个夏天，我被禁足在家，出去放风的次数屈指可数。

任师傅拉着我，又在周边县区见了两个卖神药的老专家。我的乡下好朋友，已经"出家"的老大，热情地邀请我去他家石门乡做客一天，参观了全省有名的陈家沟自然保护区，爬了海拔三千一百米、全市最高的大槐山。爬到山顶后，一眼就能尽收千里黄河美景，真是心旷神怡。

我在百无聊赖中读完一整本《红楼梦》。这也是第一次解了跟我同姓的林黛玉的一生。前几十回，看她们在大观园、秋爽斋以及庐雪庵对诗饮宴，不明白这么写的意思。但到"苦绛珠魂归离恨天"时，才感慨原来所有的盛世繁华，都只为这一段凄惨做铺垫。一刹那，对贾母、王夫人、薛姨妈等人的恨意难以言表。《红楼梦》这本书让我明白了小说的巅峰长什么样。论年龄，黛玉应该跟林思源、明清、萍儿约莫相仿，但这绝代究竟什么模样却很难想象出来。不过，在我来看，并不认为她跟她们中的任何一个人相像，甚至也不认为长得像陈晓旭。

这个时间，播出了一部港版电视剧《雪花神剑》，而那一袭白衣、手持碧箫的梅绛雪一出场，却仿佛让我看到了灵河岸边的绛珠仙草。特别是她与方兆南的爱情因为陈玄霜变成镜花水月，像极了黛玉。

我读完"宝玉悟道归大荒"的时候，萍儿终于回来了。乍一看，我差点没认出来：她特意穿着一套少数民族服饰，皮肤晒得黝黑。我难以置信地摸了摸她的脸，说，你不是去贵州了吗？怎么去非洲了？

她瞪了我一眼，说，也不问我一路是不是安全，只关注脸，哼！好色之徒！

我有些不知怎么回答，胡乱解释：我当然关心你啊！只是你这也晒得太黑了吧！还有啊，今天怎么穿这么一套招摇过市呢？

她在我面前转了一圈，问，特意穿给你看的呀，好看吗？这是传统侗族服饰。刚去的时候，我们学生每天都跟村里人一起下地、一起劳动，结果就给晒成这样了。说到这件衣服，是我住的那家帅哥送给我的。对了，这是给你的礼物。

我看到一个很精致的小布袋，我说，哪个帅哥？

她说，就——咱们还是说这个袋子吧！哈哈，骗你的！这是我跟当地人学一种快要失传的刺绣手艺，特意给你绣的。

布袋上绣着一个卡通男生，歪歪扭扭。我笑着说，这绣的是我吗？

她抿着嘴笑了。由于我们小城很少有少数民族，萍儿的这一身行头获得路人很高的回头率。于是为了避开这些异样目光，我俩特意沿着黄河边往人少的村里走。

闲聊中，我得知杨琴同学去了美国读高中。这在上一代就有海外关系的杨百万区长家是一件多么稀松平常的事，但在我看来也是遥不可及——虽然他叔叔没头没脑地批评我"《伤仲永》，You Know"。

我无意中提及这次期末考试。萍儿听完，用一种失落的眼神看着我，问，唉，你做的那个梦真的应验了吗？会不会因为我影响你的学习？

我非常后悔跟她说考试——显然她真的认为是她影响了我。我只好立刻解释这次考试受世界杯的影响并且并不重要云云。我试图想拉她的手，却感觉她下意识地闪避了一下。第一次，我感觉她有意回避我。

为了打破出乎意料的尴尬，我只好问，你哪天回省城？又是明天？

她看着我，点点头。

经历了很多次，我对这个答案很麻木，只是这一次，我有些不解地感慨道，你怎么老是在我的生活中来去匆匆呢？

她没有回答，一个人低头走路，过了许久，她自言自语地说，匆匆太匆匆，昨夜星辰昨夜风。

我没听懂。

她笑着说，哦，这是我昨天听到的一句诗词，觉得挺好听的，随口说的。

我还是没听懂。

走了几步，她突然说，有个重要的事情，你还记得我们家在这里有个老宅子对吧？就是去年冬天你看到的那个院子。今年初，我父母离婚了！

我心里一惊，叫道，什么？

但是她的脸色却很平静，说道，他们俩是迟早的事儿，已经好几年都不在一起了。我和两个妹妹虽然都不知道发生了什么，但小时候他们经常吵架、摔杯子、砸凳子。我们那个时候就觉得他们还是分开好。前段时间，我妈去四川又建了个家。我跟着我爸搬到了省城——就是你看到的那栋楼，这里的院子也卖了。所以嘛，我每次说我和我爸回老家是在骗你。我只是来看看你——我每次都住酒店里。

我听懂了，看着她，却不知道该说什么。我突然感觉现在的生活就像是被关在牢笼中，看起来每天蹦跶得天上地下，但实际上什么都做不了——对于我这段所谓的初恋，更是什么都做不了。

因为她的故事，我和她都无精打采，漫无目的地在街上逛了一下午。回来的路上，在小巷转角的地方，我突然看到我老妈拎个袋子在前面走。

我小声说，我妈！

我俩马上下意识地松开了手。与此同时，我妈鬼使神差地转头看到了我俩，脸上泛着疑惑的表情。

我说，妈，这是我初中同学。

萍儿马上笑着说，阿姨你好！我叫张萍。

我妈瞅了几秒钟，带着一种复杂的笑容说，你是少数民族？

萍儿笑着连忙解释，在我听来有点语无伦次。

两个人带着浓浓的尴尬，寒暄了几句，我妈立刻盯着我说，那赶紧回家吃晚饭吧——小张，去我家一起吃个晚饭吧。

萍儿连忙笑着说，不用了！阿姨，谢谢您。我跟林畅聊了一会儿，也该回去了。

说着看了我一眼，跟我妈摆摆手，离开了巷子。

我回到家里做好了跟我妈吵架的准备，没想到她只莫名其妙地说了一句，你林叔带着思源夏天去英国旅游，刚才她给你打电话，说她马上要从英国回来了——我和你爸都非常喜欢思源，你林叔希望你在学习上多带带她。

我老妈是一九八一年的大学生——懂历史的人肯定理解这有多牛，但她毕业以后却出人意料地回到当地，还嫁给了政府小职员的我爸，而且默默无闻地在市文联工作直到现在。我说这些的目的是，我妈文学底蕴很深，说话向来自带深意。她居然莫名其妙地提到林思源，让我有些疑惑。

这一次，我跟萍儿连道别的机会都没有。种种情形使我敏感地觉得，我的这段初恋开始走样了。

高二学年的第一天大早，刚进校门，我就光荣地被老刘直接叫去喝茶——他喝茶，我站着。谈话内容非常明确，批斗我上学期"难以置信"的期末考试成绩。

老刘端着茶杯，郁闷地说，你生病情有可原，但你这个成绩也太让我难以交差。肖校长昨天还问我呢,我解释半天他也不相信。还有张同飞,你借口生病,他借口刚来。人人如果都有借口,那还要不要好好学习了?我还听说,你俩原来是同桌,曾经互相鼓励都要上清华。我刚开始觉得你走在那条路上,可是现在,你又跑偏了。你俩能不能用点心?

曾经互相鼓励都要上清华?我听着差点笑出来。

从教研室出来,就碰到张同飞。他一眼就看出来我是被请去喝茶的,大声说,凭什么先叫你后叫我?

我有些生气地说,我去!这种事你也要争。

我看着胖子容光焕发,显然是刻意收拾打扮了,于是笑着问,你还没告诉我你究竟啥时候对那个谁有意思的?现在发展到什么程度了?

如果是公共场合,这胖子肯定要跟我装。但是现在就我俩站在教研室门口扯淡,他原形毕露,得意地说,连你都看出来了,说明你哥我很有魅力啊。不骗你,假期我已约她出去旅游了。

我大惊,这么牛!去哪里旅游了?

他说,黄河边。

我差点吐血!就黄河边,那我现在打个电话,也能约她去溜达一圈,你可太差劲了。你知道我们班原来那个老大老关吗?人家跟我们说,一顿饭就能把莎莎(方言,妹子)骗去开——

他打断我的话,你别扯了,你约出来试试——长得跟个电线杆似的,哪有人喜欢你。

我激动地说,死胖子,你难道不知道人家跟白明明的关系吗?

他不屑一顾地说,知道!那又怎样,这个小城里还没有哥惧怕的人呢。我管他白明明黑明明，统统给我靠边！

我说，你以前被人吹成神，还可以拽一点。现在成绩一塌糊涂，还有脸说？

他又不屑一顾地说，知道！那又怎么地，我先把眼前的追到手再说。一件一件，学习等高三再说吧。

我无话可说，只能献上大拇指，目送他进去。

……

新学年，我们的教室被分配到刚毕业的高三（一）班留下的教室。我拖着疲惫的步子，背着沉重的书包走到教室门口，吓了一跳：桌子板凳横七竖八躺了一地，满屋子挂着红红绿绿的彩带，一个破花盆摔碎在讲台上，满地的泥土、瓜子皮、塑料袋、啤酒瓶。黑板上用彩笔画着各种各样奇形怪状的图案，中间左侧几个明显的大字"二十年后"，后面的字迹被擦除了，变得模糊不清。

我看着黑板，暗自忖度，又是一条好汉？

门口站着十几个人哈哈大笑。

我忙说，不许笑！这怎么回事？被打劫啦？

李乘风懒洋洋地靠在门口，说，估计是上届毕业生最后一天狂欢过，然后痛快地溜了。可苦了下一届的，我们还得打扫。素质真低！

我心里没好气，你们这帮人也真够可以！骂半天人，居然这么安静地捡个可以落脚的地方，一动不动地站着。于是说，你们早到几个小时了，就这么干站着不收拾收拾？

李乘风旁边站着个小个子女生王燕，瞥了我一眼，说，班长不在，没人组织。

我周围看了一下，果然明清不在。王燕笑着说，要不副班长组织一下？

我问，副班长，谁啊？——啊！我。原来我居然是副班长。那我说话好使吗？

众人零零散散地点头。

我终于当了一把领导，蹩脚地组织大家收拾残局。后面进来的人，看到前人在忙碌，也跟着干起来。差不多二十分钟，残破的桌椅板凳各归其位，地上的垃圾在教室后面堆成一座小山。

上自习的时候，明清才睡眼惺忪地出现在教室里。

我把刚才的惨景汇报了一下，她连连打着呵欠说，实在是抱歉。我一个假期都在补课，每天半夜一点才能睡，早上六点就得起的人，今早差点虚脱了。

我疑惑地说，你不是考了第一名吗？还补个屁课！

她听完笑着说，原来你知道姐姐我第一名啊？小七，哈哈。不过我确实补了一假期的课。一中的杨剑峰和三中刘川峰，著名的两峰，侬晓得伐？

我说，别阴阳怪气好不？你是不是看我一天不学无术，想骗我。这俩不是历史和地理老师吗？跟你有什么关系？再说了，现在不是不允许补课了吗？就算你脑子抽风，想补习这两门没用的课，这俩大哥就这么大胆，还敢假期补课？

明清闭着眼睛，说，你答对了。本来不给补课，是我爸花重金请到家里补课的。因为我做了个重大决定。我考虑了一个假期——决定转文科！

什么？我大惊。

她睁开眼睛，看到我夸张的表情，说，你不信？我一个假期都在复习历史、地理呢。你不知道吗？我们这两天要文理分科，姐我马上要跟你道别啦！我要去文科班！

我正思考这厮是不是又给我布什么迷魂阵，老刘推开门走了进来，示意正背得鸟语花香的同学停下来，然后他亮着嗓门说，通知大家一下，这学期开学我们要分班。这是学校的规定，如果有人愿意转到文科班的，下自习来找我。不过大家要想清楚一个不争的事实，理科将来的就业必然是要比文科好。

老刘走后，所有人都开始窃窃私语，聒噪起来。明清靠在自己桌子上，面对后面的所有人说，大家听我说！其实我觉得，文科学好了照样有出息，那些打工的理工科生，他们的管理者和领导全都是文科毕业的，而且文科就业面很宽。我爸他们保险公司董事长、经理、包括我爸，全都是文科毕业的。所以大家也不要轻信老班（班主任）说的。而且，我也决定转文科！

明清的话，简直就像刘翔宣布打篮球一样引起轰动，所有人都声声惊叹，就差没有喝彩鼓掌。而且造成很大的影响，使有的同学自我良心谴责：人家明清全年级第一名，都觉得自己理科弱项，说明我们离一个理科生标准还很有差距，不如转文科算了。

下自习以后，明清屁股后面跟了几乎半教室的人，包括王佳霖、孟雨这些确实适合文科的；包括我同桌魏晋南和王昊这些不知道自己哪科好的；居然还包括每次物理第一名的张渐渐，也尾随其后。这阵仗连我这个历经沧桑的老人都困惑了，难道这帮人得到了什么重要情报，今年文科要比理科就业好？

出去的人个个表情冷峻，坐着的人个个表情发懵。楼道里一阵骚乱，许久才平静下来。

没想到，正当其他人嘀咕这么多人会不会把老刘吓个屁滚尿流时，明清第一个回到教室，脸红彤彤的，嘴里还嘀咕着什么。回到自己座位上，愤愤不平地说，讨厌！

我想这回明清真的生气了，因为这是她平时说的最不文明的脏话。

我推了推她，说，你怎么这么快回来了？老刘跟你说什么？

她说，老刘这家伙跟我说，啊？明清，怎么这么多报文科的？——好了，没你事了，你回去吧。

我正准备笑岔气，半教室人又乌泱泱地回来了。随后进来的老刘气冲冲地一个健步走上讲台，怒吼道，你们开什么玩笑？我越建议你们上理科，你们越要与我背道而驰。

一怒之下，居然奇迹般蹦出他本年度第一个成语——背道而驰。可见人在愤怒时也是潜能无限。

他继续怒道，作为重点班，我想跟你们通知文理科这件事，就是例行公事，听听就好。我预测最差可能就两三个人，最好一个没有。你们倒好，三十个！都高二了，还这么不懂事！点名批评一下两个人，明清，张渐渐。你俩是不是没听清我说什么，就往我办公室跑？

我看到张渐渐一脸无辜的表情，在想这哥们儿是不是以为这帮人是因为自习睡觉被老刘叫去罚站的。

老刘粗暴地说，好！废话不多说，硬性规定，报文科人数上限三人，你们自己讨论，那三个人中午来找我。说完破门而出——门差点破了。

三个名额，僧多粥少，明显要进行一场惨烈淘汰赛。明清觉得自己希望破灭，转头怨念地看着我说，讨厌！

我丈二和尚摸不着头脑。不是，领导，这跟我有什么关系？我刚才就觉得你去了白去。你非要去嘚瑟。

明清拍着我的桌子说，我说刘老头！我暑假花了多大力气，才做好我爸的思想工作。现在一切都泡汤了——当然，你也很讨厌！

班长又在进行家教啊！从后三排飞出陈大福的笑声。

没想到，我同桌魏晋南执意要去文科。明清劝导他，晋南，你数理化学得还不错啊，为什么要去文科呢？我都不去了，你也别想这件事了。你要是也觉得你这个同桌讨厌，倒不如我们联名上书，把他赶出去。

魏晋南缄口不言，拿着一本英语书做出点头发呆看窗户等一系列可能执意要去文科班的动作……

下午自习课时，老刘又冲进来，略微有些高兴地说，好啦！经过与感兴趣同学的协商，以及我的深思熟虑，以下这三位同学可以去高二文科一班。王佳霖、魏晋南、王顺（老大学名），你们到讲台上来。

很显然，这三位已经知道这结果，早早收拾好自己的书桌，第一时间背着书包走到讲台上。

老刘对着三个同学说，大家同学一场，你们三个人临走前，跟大家讲几句话吧！

三个人叽里咕噜地发表了一通感言。

三个人中，我对王佳霖同学几乎没有什么印象，除了知道她语文好，写一手好书法，是王昊的同桌。还记得王昊有一次跟我俩说过，王佳霖对他有意思，以后他想跟她一起走，不跟我俩走了，被我俩狠狠臭骂了一顿。

看着魏晋南和老大，我很是伤感，这俩人分别是我前同桌和现同桌，想不明白，怎么都去文科班了？我又有些紧张，这会不会给其他人印象，跟我做同桌不是好事？

老刘说，那好。你们收拾好你们的东西，去文科一班报道。

我目送着老大和魏晋南离开了教室。

第二天早上，看着同桌空荡荡的，依旧困惑为什么跟我坐同桌的人都走了？难道我不好相处，还是压力太大？困惑着，就困了，趴在桌子上半睡半醒。

不一会儿，清清楚楚地听到老刘迈着沉重的步伐走进教室，后面还跟随着其他脚步声。

老刘说，大家继续吃早点，我顺便说个事：因为三个同学去了文科班，空出位置，有三位非常优秀的同学转到我们班。我给大家介绍一下——

我对此事毫无兴趣，却隐约感觉前面的明清有些骚动，心想难道是看到帅哥了，这么激动？

第一位，马腾同学，二班的学生，很优秀，几乎一直是第一名，可能大家都知道！

我继续趴在桌子上无精打采地听着，传说中的西凉马腾也转到我们班，看来我的超强对手越来越多了。

第二位，张伟，是从外地转学来的，也非常优秀。

这个全国人数排名第一的名字，在老刘说完话后，居然用带有京腔的普通话，主动跟大家打招呼，大家好！我叫张伟，是从河北衡水转学到这里的。

我之前听说过，有一些发达地区的学生，因为当地竞争太激烈，考不上清华北大，于是快到高三的时候，就转学到诸如我们这种不发达的西部地区。由于个人基础好，就很不公平地占用我们省清华北大的名额。虽然我不知道这个人什么套路，但猜也能猜到有什么不可告人的目的。

老刘接着说，第三位是从十二班转过来的，林思源！

什么？我一骨碌爬起来，看到讲台上正是林思源！

她正冲着我微笑。

我惊得一身冷汗，什么魏晋南、老大的困惑全消失得无影无踪——难怪明清刚才骚动，此刻她也扭头笑着看我。

老刘说，好——介绍完了，这三位先找地方坐下。他指着老大的位置，说，张伟，你个头高，暂时坐最后一排那个位置。又指了指王佳霖的位置，说，林思源，你要不就坐那个位置吧。

不料林思源小声说，老师，我个头比较小，想坐前边。一语提醒了老刘，他指着我说，那好，你就坐林畅那吧——真巧你俩都姓林！马腾，那你就先坐那个位置。

隔着万水千山，我已经嗅到王昊失望的气味。

我的学习环境一瞬间发生巨变。我紧张地一早上跟"新同桌"林思源一句话都没说，就怕别人发现我们认识。上最后一节课的时候，我偷偷环顾四周——前后左右果真全是女生——风水"好"到不能直视。

虽然答应过林思源给她补习功课，然而自从上次张渐渐家一别，有半年时间没见过，我差点都忘了有这么个人的存在，突然冷不防坐我旁边，一时间极不适应。好不容易盼到第四节下课，所有人都纷纷往外走，我终于透了口气。

明清立刻转过来，拉着林思源的手，脸上笑开花，这真的是无巧

第七章 求医记(下)

不成书啊！思源妹妹。你怎么会转到我们班呢?

林思源说,我也不清楚怎么回事,昨天我们班主任问我要不要转到一班。那我肯定愿意啊！但没想到竟然和你坐前后桌了。

她故意避开我的视线,只和明清聊天。我收拾完自己的书,刚准备找个话题打破尴尬局面,旁边传来王昊和陈大福的奸笑,喂,要不我们就先走了?你这里亮度太高,我俩电灯泡都交不起电费啦。哈哈。

我只好看了看林思源,跟着两位离开教室。回家的路上,我突然想起来我妈前两天莫名其妙的话,愈发认定这里面有深意。

……

下午第一节课又是李明瑞的物理课！

这是我目前最反感的课程,没有之一。反感的原因很多,最主要的之前说过,明瑞兄讲课实在太啰唆！啰唆到合并一个简单的多项式,他必须把合并的项先移动到等号两边,然后才消元——在我看来简直是将我们重点班学生当弱智对待。久而久之,他上课我再也不听讲。他在课堂上讲第一章,我在下面做第二章的习题。一边做题,一边开小差,在想应该在哪节课哪个情景下和林思源搭讪,第一句话说什么。

正在思绪纷乱地做题,突然感觉林思源轻轻碰了我胳膊一下,我下意识抬起头——李明瑞正站在我书桌旁边,面无表情地盯着我！

所有人的目光都聚焦这里！

我有点懵,不知道发生了什么。李明瑞已经将我桌子上的习题和笔记本拿了起来。端详好久,嘲讽地说,你很厉害嘛！林畅。我说怎么全班就你不听讲,原来当老师的拖你后腿,你都做第二章啦。这样的话,我看你没有必要出现在我的课堂上。

边说边漫无目的地翻我的物理笔记本。

人在倒霉的时候,别说喝水能呛死,就连一个笔记本都有可能要命!

他居然鬼使神差地翻到了我画的肖像画——就是之前杜丽曾经以此威胁我的那头"猪",赫然出现在他面前,旁边字迹清晰地标注"李明瑞"。

李老师的脸上一下子黑云骤起。虽然全班不知道发生了什么,我已预感到黑云压城城欲摧了。

李老师气得说不出话,半晌,甩下一句,跟我走!拿着本子走出教室。

我在"万众瞩目"下,跟着出了教室。

从道德上讲,我这样的行为算是侮辱老师。作为学生,这是非常没素质没教养的表现,以至于现在想起来还觉得有些后悔。当时,明瑞兄在前面平静地走着,我在后面非常惭愧地跟着。他的平静让我感觉害怕,因为按照老刘揍学生的风格,刚开始也是平静地领着学生往教研室走,一进屋,立刻一熊掌拍在脸上。

正是课间,物理教研室一个人都没有。李老师非常安静地坐到自己的椅子上,盯着我,一句话都不说。

我站在旁边,精神紧张,同时在思考,是不是得时刻准备用手护脸。

大约过了老刘将一名学生拍死的时间,明瑞兄终于开始说话了,我知道你是你们班成绩最好的学生,而且考过年级第一。那又怎样?我给你讲一个我小舅子的故事……

第七章 求医记(下)

接下来的二十分钟时间,明瑞给我详细地描述了一个叫杨兆刚的小舅子的故事:他是我媳妇儿的最小的弟弟;他十年前在二中求学,是我的学生;他三年保持全区第一名,比你优秀;他物理竞赛全省前三名,比你优秀;他考上了复旦大学物理系,比你优秀;他目前在北大读博士,比你优秀——他样样比你优秀,还每年都要给我写信,感谢师恩。

说着,从抽屉里拿出一封信,说,我这样跟你说,你肯定以为我在吹牛。不相信,来看看,这是他最近给我写的信,你读读。

我展开信笺,蓝色钢笔字,字迹娟秀,如果不是提前知道这是他小舅子写的,肯定以为是女生的来信。

老实说,我当时因为抱着理亏和愧疚的心理,看到这封信还是非常感动的,因为那封信的结尾,明确地写着,注意身体,教师节快乐!所以读完以后我也是脸上羞愧不已。可是,多年以后,当我平静地回忆时,才觉得自己当时瞎激动了:因为那封信内容跟感谢师恩没有半毛钱关系,只是简单问了一下自己的姐姐、小外甥好不好,最后落款时一笔带过,姐夫注意身体,教师节快乐!

看完以后,他把信收起来,然后问我,你看懂了没有?

我点点头。

他又问,那你看懂什么了?

我摇摇头。

他很失望,于是我们师徒俩又进入僵持状态。不知过了多长时间,其他班物理老师陆陆续续回到教研室,看到两尊人体雕像,有些诧异。一个年轻女老师走过来看了我很久,对明瑞说,等一会儿学校要开教职工会,要不让学生先回去吧?

李明瑞终于从一个僵硬的动作中解放出来。他扶着腰站起来，给自己倒了杯茶，转头对我说，一屋不扫，何以扫天下。你要是觉得自己确实错了，周末前给我交一份检查；如果你觉得你没有错，那以后我上课，你可以不用来。以后无论天涯海角，也不要跟别人说我是你的老师，你走吧。

　　我点点头，突然觉得最后一句话好熟悉，好像在哪部古典小说读过……

　　走出物理教研室的时候，恍如隔世。开学不到三天，我分别被两个老师叫去批评，曾经高一时的神气荡然无存，意志消沉。或许由于紧张，感觉在教研室过了半个小时，但当我看到走廊的挂钟时，惊异地发现，下午放学都半个小时了。我垂头丧气地走到教室里，发现空荡荡的，所有人都走光了。

　　还有一个人没走，静静地坐在那——林思源！

　　与此同时，她抬头看到了我很吃惊，微笑起来。

　　物理课时我设想了好几个搭讪场景，没想到跟林思源说的第一句话竟然是，你怎么还没走？

　　她阳光灿烂地说，刚才学校通知，今晚没晚自习，我怕我走了，教室门一锁，你连书包都拿不走。

　　她脸上挂着的笑容，让我一刹那体会到"烈日当空，饥渴交迫中，望到一眼清泉"的感觉。

　　我走到自己桌子旁边，很认真地说了句，谢谢你！

　　她有些害羞，岔开话题说，听说晚上所有老师组织学习什么的，我也不清楚，总之刚才通知的。

　　我站在凳子旁边，边收拾书包边问，听说你和你爸——林叔——

去了英国？啥时候回来的？

她笑着说，阿姨跟你说啦？嘻嘻，去年我们聊天，你不是跟我讲林徽因的故事嘛，刚巧今年暑假我爸要去欧洲考察一个项目，我就顺便请求他带我去看看康桥。

我说，那你感受如何？

她说，可能还是我境界太低，什么都没有感受到。不过你去年跟我讲的，我还是记忆犹新。或许你去那里，可以感受到徐志摩吧。

我苦笑道，你就别恭维我了！我连老李出现在身后都感受不到，还徐志摩！就我这境界，黄河大桥那走走就行了。再说，我去年说啥我咋都忘了。

她说，啊！你要去黄河边吗？我陪你去吧，刚好放假了。

我连忙说，没有！我就是随便打个比方，我都快饿死了，还是赶快回家吧。

我俩一起出了教室。这时楼里一个鬼影都没有，我才放下心不会被其他同学看到。我看了看林思源，她穿着校服、淡蓝色牛仔裤和白色运动鞋，似乎比一年前长高不少，但走路的姿态以及说话时的神情还是没有变化。孟雨同学与之一比，就如同梁山上下来的。我俩缓步走到校门口，她要去车棚取她的自行车，我知道她家跟我家刚好相反方向，就说，那我就先走了。谢——

话没说完，她有些害羞地说，林畅，要没什么事，一起走走？

我不解地问，你不回家吗？

她说，没事，我有车子，随时都可以回去。上次你一路护送我回家，要不这次我护送你回家吧？哈哈。

我说，我又没仇家，需要人护送？再说，让你一个小姑娘护送，说出去就丢人丢大了!

她听了不服气,说,什么小姑娘,我比你大。你上次看到的,别忘了我也是有黑道背景的好吗?走吧。

我只好说,好吧,黑道大姐,那你顺便给我讲讲你在英国的事情吧。

她头也没回,突然说,不讲!你一直说要帮我补课,快一年了都没有兑现!

我说,冤枉啊!第一,我也没接过你电话,第二,我都不知道你家电话,怎么补课?老实说,要不是你突然出现在一班,我差点都忘了你是二中的。

她有点生气,说,你太过分啦!林畅。好歹我们同姓,而且一起吃过饭,居然把我忘了,目中无人!

我连忙解释不是这个意思,并且尽量岔开话题,问道,主要是比较吃惊你怎么就转到我们班了呢?

貌似我敷衍得还比较有水平,她不再理会刚才很在乎的"目中无人"的问题,说道,有两个原因,第一,我跟明清说的时候,你应该听到了,班主任把我分配到你们班的;第二个嘛,嗯——不告诉你。

我俩沿着南大街往家走,我把刚才发生的事件跟她简单地讲了一遍。她看我心情有些沮丧,一路劝我想开点,像个体贴的知心大姐。快走到我家门口的小巷子时,看到几十号人密密麻麻站在巷口,阵容如同打群架一般,而且喊声震天。快要到巷口时,一股刺鼻的臭味扑面而来,我俩不约而同地捂住鼻子。林思源差点要吐。

我忍住恶心凑过去看了看,原来是巷口的下水道因为年久失修,城建局的人又从来不检查,终于在今天下午堵了,水漫金山。这些巷子里住的老住户们，一边骂着领导，一边拿着撬杠冲着下水道捅来捅去。

我俩只好站得老远观望。林思源说，你们家这条巷子真是够了，比我家附近那条叫文明巷的巷子还恶心。

我惊讶道，啊？在这个城里，还有跟我们这条人民巷相提并论的巷子？你不知道，这条巷子出过两任县长，年年修，年年堵。

林思源捂着鼻子问我，那你怎么进去？

我望洋兴叹，说，很显然，现在要回家，得划船或游泳了。

林思源说，好恶心！

我说，还有一条路，从后面那条巷子绕进去，不过也就多几分钟。那我走了啊。

林思源突然想起什么，说，你等等。说着从书包里拿出一封信。

这个给你！她说。

我接过来看，淡淡的蓝色信封，没有贴邮票，上面字迹娟秀地写着"高二（一）班　林畅收"。

我疑惑地问，我的信？哪里来的？

她红着脸，说，今天下午有个别的班的女生到我们班门口，说她叫滕雅洁，帮她的表姐转交给林畅一封信，刚好问的我，就让我帮忙转交。

我更加疑惑，大脑开始高速运转，滕雅洁？这个名字听起来又熟悉又陌生，好像在哪里听到过？

林思源神秘地笑了笑，骑上自己的小自行车，准备撤离。

我连忙说，你要不要去我家吃饭？

林思源说，我一看你家巷子，今晚什么都吃不进去。

我看她离开,站在原地开始端详这封信。

忽然,远处又传来一声"林畅",抬头看,林思源车停在几步之外。她笑着说,问你个私人问题,你现在有女朋友吗?

我怔住了,慢慢地说,怎么了?

她笑着说,没什么。也没等我回答,就骑车离开了。

我这一天经历了好多事,感觉大脑要爆炸。快步走进小巷子,找了个僻静的拐角,带着满腹的疑惑拆开信:

To 林畅,

很抱歉,种种不巧,使我们这次连道别的机会都没有,尽管我有很多话想跟你说。

我一直用心去体会这段经历,有时候我觉得很勇敢,但很多时候觉得你又很幼稚,就像个小学生。呵呵(笑脸)。

总是感觉,我们两个人的世界差异太大,交叉起来太难,太辛苦。我希望我们能保持目前的状态,不想太多,像上次一样,静静地看着远方。但不知道,未来会发生什么。

突然想起来多年前,我说的是,愿你像鸽子一样快乐地翱翔在蓝天上。

张萍儿

第八章　开挂的张同飞

我想说说张同飞。记忆从初二第一学期开始：当时少不更事，一脸懵懂的我在期末考试中以九门课近乎满分的成绩创造了城关中学近几年的奇迹。第二学期开学的时候，转来一个戴着厚厚的眼镜片、长得黑黑的小胖子，坐我同桌。第一句话就问我，听说你们班有个叫林畅的，你认识吗？

我听了有些紧张，大脑飞速运转，我们是不是有仇家。有些胆怯地说，不太熟，怎么了？

他说，他是不是很厉害？不过，现在我来了，他就不能再做第一名了。

我心想，这个世界上，愤愤不平的人可真多！

此后的岁月里，我就再也没有考过第一名。这个黑胖子每次总是以绝对的优势傲视别人家的好学生，甚至连语文、数学、历史、政治竞赛这种只能发一个三毛钱笔记本的比赛都不放过。只有非常偶尔的一两次，我印象中那个叫明清的"大胖"女生，以微弱的优势超越过张胖子，但都是传言他那个时间拉稀了、中暑了、地震了、亲戚没了等客观不可控因素导致的。

混熟了以后我才慢慢了解了张同飞的家庭情况：他家在远离市区的一个农村，父亲常年在北京打工，母亲一直有疾病——还是从别人口中听到，他母亲得了精神方面的疾病，时而正常，时而发作。他还有个年龄比他大近十岁的姐姐，远嫁云南。所以一直以来，都是母子俩生活。而且，他父亲有赌博的恶习，北京打工挣的钱，在工地上很快又流到别人钱包里。曾经有一次，他父亲把一年挣的好几万输了个精光，于是他母亲的病更重了。因此，我认识的张同飞，好像是没有父亲的。

思想教育课介绍张同飞同志先进事迹时，往往说他如何懂事、如何刻苦，从小当家什么的，很可惜都是骗小朋友的。真实的张胖子每天和后排几个与他同村来的男生混在一起，抽烟喝酒。在我看来，除了身体胖不适合选进黑社会砍人之外，几乎"无恶不作"。就是这么个奇特的人，在我们班上居然有一两个奇特女生私下让我给他传个小纸条，表示喜欢张同飞。更加奇特的是，这厮居然还在小纸条上回复，不喜欢女生，并让我传回去——我当时被深深地震撼了——这个世界真是奇特！

周末给李明瑞写了一份洋洋洒洒的检查。从黑格尔谈到费尔巴哈，从孔子谈到墨子。我虽然不知道如何将这些人跟写检查联系在一起，但抓住了一点真理：这些伟人小时候肯定犯过错误，他们的老师也没有掐死他们，所以要给犯错误的学生机会。李明瑞觉得论点清晰，无可辩驳，所以平息了战火。

我此刻又平静地坐在教室里，不经意看到张胖子和门璐聊得非常**happy**，已经进入完全不需要借助橡皮擦之类的道具的阶段。

这时，老刘走了进来说，过两天是教师节，区里号召所有学生植树。我们班被分配到城外的龙泉寺。今天下午，明清和林畅组织大家到对面那个楼的仓库领取铁锹，会有车拉你们过去。我就不去了，你们俩一定要负责每个人的安全!

老刘是个典型的实用主义，在他看来，除了高考成绩和自己的饭碗，其他一切学校活动都是瞎搞，因此高二以后，所有在他看来"瞎搞"的活动，都不参加。但是我们学生很兴奋，因为每天非常枯燥的高强度的学习，让每个人像笼中鸟一般，期盼着飞出去的机会。难得一次外出集体劳动，竟被当成集体出游一样重视。

我和明清共同组织的意思是：明清站在仓库门口和人聊天；我站在霉味呛人的仓库里面，翻箱倒柜地给每个人找铁锹。由于仓库摆放的如同地震过后一般，我在心里不断默默问候管理员的家属，花了大约半小时，才艰难地给每个人配备了铁锹。手持铁锹的人三三两两、懒散地站在仓库屋檐下晒太阳。我从仓库里出来时，整个衣服全是油和土，像个民工。

明清此刻正和张同飞、马腾三人讨论即将要进行的全国物理竞赛复赛。不远处，球星兼英语明日之星的白明明正和门璐讨论三日后的英语竞赛。张同飞为了取悦悦己之人，也自不量力地参加了自己不擅长的英语，结果没有意外——初赛淘汰，只能一边和另外两位物理复赛选手讨论，一边愤愤地看着白明明和门璐单独相处。

不久前，每年一度的全国物理、化学、英语竞赛初赛刚结束。一班的种子选手们各有斩获，而像我这种发芽选手什么都没参加。我这学期运气太差，情绪太乱，只想着如何静下心来复习功课，能赶快将明清送回第二的宝座，不过看到张、明、马三人物理能进复赛还是相当的嫉妒，因为一个不小心如果拿了全国二等奖，就有可能高考加二十分。

起初以为会有一辆大客车来接我们去郊游，等了很久，驶过来一辆大卡车，将我们所有人像装猪仔一样装到敞篷车厢，一路颠簸到要吐，才缓缓地到达目的地。

龙泉寺在城郊十公里处，是省级重点文物保护单位，始建于北魏。因山涧中涌出清泉，有龙吟之声，得名龙泉。北魏起陆续有人在山涧两侧山崖上雕刻佛像，至唐代达到鼎盛的千佛窟，因而山下建起寺庙，供奉佛龛。历经千年，如今是我们周围著名的旅游景点，每年三月初三庙会，更是游人如织。

从书上抄下来这段话与我们这次种树没有半毛钱关系。

车厢门一打开，众人预备作鸟兽散。但不得不承认，明清的组织能力还是很强的，在她的调配下，大多数不干活的乌合之众都被一一批斗，赶去寺门口的山坡上挖坑。不过总是有一些漏网之鱼，在我的目光注视下，幸运地冲进寺里面郊游去了。

让我们这帮人植树的好处完全的免费劳动力；缺点也非常明显，好多人连树苗哪头插土里都搞不明白。黄土高原，山岜寸草不生，地表裸露。我正蹲在一处高地，监督被发配过来的人在山坡上刨坑，忽听有人喊，那边好像有人打架！

顺着声音看过去，远处一个斜坡上，的确有两个同学打架——确切地说，是一个已经将另一个踹倒在地，因为当时没有裁判，所以他还继续对倒地一方做最后 KO。

此刻正吹起小风，天空中刮起漫天黄土，由于担心两个同学打架，我此刻也想不起来刘邦的"大风起兮云飞扬"的应景诗句。

我和明清分别从两个方向赶过去，才在漫天黄土中看清楚，是白

第八章 开挂的张同飞

明明正在打张同飞!

我和另外两个人赶忙将白明明拉出战场,同时将张胖子扶起来。

白明明整理了一下衣服,嘴里还在絮絮叨叨地说脏话,在两个人的拦阻下,还跃跃欲试地冲过来。

张同飞厚厚的镜片也被打飞了,嘴角边还有血迹,衣服裤子全是土。但相比白明明,他倒是很平静,土也不拍,只是静静地站在一边,可能还没明白过来自己是怎么倒下的。

明清呵斥白明明,你有话好好说,凭什么打人?好猖狂啊!

在一班,我这个副班长是摆设,但所有人,不论男女,都对明清相当尊敬。看到明清小眼睛一瞪,两个人都不动了。

说说你为什么要打人?明清盯着白明明。

这俩人打架还能因为什么?明知故问,我心里笑道。

白明明愤愤不平地说,我在这刨坑,他过的时候不小心铁锹磕到他的腿,他非说我是故意的,还骂我。

这么拙劣的借口!我心里暗笑。

围观群众有碎嘴的,有正在交头接耳的,将我的猜测不小心说了出来。白明明耳朵有点尖,听到了,立刻冲过来要咬这个群众,吼道,你再说一句!

张同飞胖胖的脸上写满委屈,却缄口不言。他有个习惯,就是在十分愤怒的时候,一般不再理会对方说什么——或许是一种非常强大的心理。

此时,门璐正和几个女生站在不远处,惊讶地看着这里发生的一切。

之后长达一下午的时间里,所有人兴致勃勃地聚在一起,什么刨坑种树之类，早都抛到了九霄云外。我们的植树活动，在一片忙乱且欢乐中结束。

　　第二天下午自由活动课，我看周围只有大喇叭孟雨，我想全班只有她分析八卦最权威，就推了推说，哎，昨天种树时有人打架你知道吗？究竟什么原因？

　　打架？谁和谁打架？她竟然疑惑地问。

　　什么？你当时不在现场？我回忆了一下，好像这厮真的不在。

　　哦——对啊！我一听下午种树这么好的机会，刚好省城周杰伦的音乐会，连假都不用请。哈哈。

　　我去！你怎么不跟我请假？没听到老班说让我负责吗？你这个问题太严重了，我今天必须汇报！

　　汇报你个头！她不屑一顾地斜眼看着我，说，小子敢蒙我，人家说的是明清负责，你个副手靠边站！明清是我同桌，根本不需要请假！快说说，昨天下午谁打架？

　　说完盯着我，两眼发出绿光。

　　我对孟雨这样的人才实在是佩服得不得了，连抬杠的勇气都没了。我简单地把白明明和张同飞的事件描述了一遍。

　　孟雨听完马上笑着说，哈哈，这两个人打架的原因难道你看不出来？我给你讲个故事吧……不过，你可不能告诉别人……

　　我听这厮这么说，那肯定是已经告诉全班了，我是最后一个知道的。

　　她说，你还不知道吗？白明明和门璐已经在谈恋爱啦！

　　啊？什么时候？

　　上学期期末。我听说前几天，白明明特意找张同飞，让他和自己换座位来着。估计张同飞不同意，那肯定是为这个打的架吧。

哎呀！老孟人才啊！你在解读咱班八卦的问题上，比何国老师解代数还透彻！

扯淡！我才不八卦呢。她很不明智地反驳。

我不明白，两个男生私下讨论换座位这种事情，她居然都知道，如同在现场跟拍一样，想想都不寒而栗。我不解地问，那俩人谈恋爱你怎么知道的？

白明明跟我家一个小区，我妹妹有一次看到两个人在楼下的车棚边卿卿我我，好像还亲——就说这些吧。说完保持狗仔队特有的神秘感，两手一抱，再问什么都缄口不言。

我非常吃惊，开学张胖子还信誓旦旦地跟我显摆他黄河边一日游的良好起点，原来人家竞争对手早都弯道超车到终点了。

正在发呆，孟雨推了我一把，鄙视地问，你究竟是不是我们班的？虽然我家小区的事情是我的独家消息，但他俩的事都已经不是新闻了，还把你激动成这样？

我说，全班都知道？

她点点头，笑嘻嘻地说，当然！而且嘛——全班还知道了另外一件事——关于你的，哈哈！

我一听，心开始怦怦跳，难道要曝光我和张萍儿？而且，就刚才孟雨八卦的能力，估计我在杨琴家吃了哪几道菜，张萍儿送给我的小布袋上绣了什么图案都看到了。

我故作镇定地问，跟我有关的，什么事情？

她看了看我，贱兮兮地说，你就装吧——你现在和某人关系发展得也是如火如荼，大家都看在眼里，心知肚明。说着噘嘴，往林思源桌子示意了一下。

我大声说，她？你别造谣知道吗？

幸好教室里没几个人，不然又要出大事。

她白了我一眼，说，难道我们不知道，人家姑娘是因为什么才转到我们班的，而且还这么巧就成了你同桌？

我十分恼火，老孟，你信不信我削死你，敢造这种谣！

她也有些面红耳赤，站起身说，嘿！你这个人真没气概，还不如人家白明明敢做敢当，鄙视你！说完，溜出教室。

信息量实在太大，我吃惊地坐在座位上，回忆和消化刚才的对话。我大脑吃力地分析着这个关于我的新闻，连我自己都不知道，孟雨是从哪里看出来的。

首先，我觉得实在是无稽之谈，因为自从林思源成为我同桌，平时我俩都不怎么说话，偶尔问个考试题，就算是交流了。要说亲密感，那更应该传说我和明清。但是，我又觉得这不是空穴来风，一定是有什么问题。结合林思源换座位，那天问我有没有女朋友等事，似乎都另有所指。我越想越糊涂，就看到林思源和明清有说有笑地进教室，坐到自己座位上，什么事情没发生。我呆呆地看着她。

她转头看到我盯着她，笑了笑，小声问我，你怎么了？一脑门汗，饿啦？

我摇摇头，说，没有。

没有？那继续做你的题呗！说完又埋头专心做起题来。

我突然感觉整个教室充满了诡异的气氛。

……

白明明没有通过打架成功说服张同飞离开对门璐同学的追求，其标志是张同飞依然坐在那个位置上。但显然，这场架并不是完全没用，张同飞在接下来的半学期一直有些郁郁寡欢。

我在和孟雨交谈之前，每次看到张胖子和自己同桌相谈甚欢，就觉得这胖子离自己的目标又近了一步。但现在，我却非常悲观地认为，他在浪费自己的时间。

我之所以会这样认为，现在再回头分析，是因为我从小到大都有一种精神洁癖。当一个事物我很想得到，但必须通过手段、竞争或者拆散等不愉快地方式得到，那我宁愿选择放弃，远远看着。我精神洁癖的第二种症状是，当我欣赏喜欢的人或事物在我看来不完美了，哪怕它不属于我，我也会感觉非常伤悲，然后就想着自己是不是能当个救世主，出来补救一下。

那个学期的后半学期，几乎没有什么事情值得记述的。唯一的一场校级的足球赛，也因为王新宇事件带来的后遗症，我们一班直接弃权。

我甚至连我学习了什么，期末考了多少分，排名第几都忘记了。但是我很清楚地记得，在放寒假的第一天早上，我就迫不及待地给萍儿打电话。

我说，我又一个学期没见到你了，我想——看看你。

电话那头扑哧一声笑出声来。过了一会儿，她也羞涩地说，其实，我——也想某人。不过我们学院还没有放假，一放假我立刻回去看你好吗？有个事情要和你说，这周六是我们一年一度的音乐会。我还有独唱节目，你一定要来看啊！

我说，为什么？

她故弄玄虚地说，或许跟你有关也说不定啊。

打完电话，我开始躺在卧室床上，思考如何编造一个必须去省城的完美谎言，想得入神，突然门外有人敲门打断了我。我打开门，探进来一个脑袋——林思源！

她笑着说，意外吧？哈哈。

怎么是你？我吃惊道。就听我妈在客厅里喊，出来林畅！看谁来了！

我和林思源来到客厅，看到她父亲和一位四十岁左右，穿得珠光宝气，面相很像林思源的女士，正坐在沙发上吃橘子。茶几边摆着一堆礼物——我猜是他们带来的。

女士脸上挂满笑容，上下不断打量了我半天，微笑着说，这就是林畅吧？真帅！

我妈笑着说，这是思源的爸爸妈妈——快去给叔叔阿姨倒茶！

林思源老爸扭头对她老妈说，你不知道，我都跟小畅他父亲谈好了，将来考大学也是要往北京考的。

林思源妈妈操着一口标准的京腔——很多年后我才知道这叫京腔——说道，那感情好，到时儿跟姆（我们）家老爷子说一声儿，帮儿操作一下。要儿在北京可太好了，跟姆家思源一样嘞。

林父笑着说，思源能考回北京就不错了，哪还能挑学校？但是，小林的能力，或许仅仅盯着那一两所学校。

林思源妈点头称是。

我妈听得有些愣，很疑惑地看林思源妈。林思源爸看出我妈不解，忙解释道，嫂子，思源姥爷是北京高考招办的领导，等林畅高考的时候说不定能帮上忙呢。

我妈一听，恨不能扎西德勒巴扎黑，连忙对充满怨念眼神的我说，还不赶快谢谢你叔叔阿姨——思源，你也来坐这儿吃橘子。

我倒完水，靠电视站着，一边看他们表演，一边猜测这一家三口出现的目的。

林思源看着我，说，林畅，我想请你帮我寒假补习物理、数学。

林父马上接话，小林，你看我们思源也转到你们班一学期了，而且我听说你俩现在是同桌——这很好嘛。不过，她的数学、物理感觉越发吃力了。我和你阿姨很着急。思源这孩子比较内向，平时课堂上也不好意思请你帮助，所以我跟你父亲聊了一下，我知道你也很忙，但这个假期，在尽量不耽误你复习功课的情况下，或者就在平时做作业的时候，让思源跟你一起学习。我家有很大的书房，可以供你们俩看书；或者你不愿意出门，就让她过来找你，你觉得如何？

林父果然是个生意人，一开口就给我使了三十六计中的好几招，到最后这个问号已经没有任何作用了。

还没来得及分析林父分别用了哪些计策，我妈就连连答应道，那太好了，你就让思源到我们家，还可以帮着管管他。林畅一到假期就想着往外跑——我昨天还听他跟谁在电话里说，是不是要出门。

我连忙争辩，我啥时候说要出门了？

还跟我装！还说要去省城，你咋不去北京？你还想上天？

我内心非常气愤加崩溃，怀疑她是不是在电话上装了监控。

林父一听马上和颜悦色地说，去省城没问题啊！我可以派车送你和思源去好好玩玩。玩好了，才可以认真复习嘛，劳逸结合！

我妈说，思源爸，你放心，他哪里都不去，就好好在家待着给思源补习功课。要不你们现在就去复习，等会儿等老林回来咱们一起吃晚饭。你们第一次来，就在我家吃饭。

思源妈忙说，对啊！思源，你不是刚好有问题要请教的嘛！

正说着，我爸推门进来。我只好示意林思源跟我进了卧室兼书房。

进屋的时候，就听到我妈小声对林思源爸妈说，思源这孩子我很喜欢的。说句开玩笑的话，你们别见笑，这两个孩子都很小，还没考大学，不然我都要问问愿不愿意说给我做儿媳妇。

客厅传来几个人哈哈大笑声。

林思源估计也听到了，脸红彤彤的，非常尴尬。我也不知道该说什么，过了好一会儿，说道，那什么——你刚才有问题要问我，拿出来看看吧。

林思源"哦"一声，从书包里拿出物理的习题。

我盯着那些物理题发呆，一个字都看不进去，脑子里考虑的几个去省城的借口貌似要全部作废。

当天晚上，我妈准备了一大桌子菜，气氛非常热烈。我爸和思源爸喝了很多酒，称兄道弟胡吃海侃。我妈和思源妈在那里叽叽咕咕不知道又在说什么。林思源一家和我爸妈，形成一堵无形的墙，挡住了我去省城的路。

……

第二天早上，我趁父母上班，赶快给萍儿打电话，说我自己被绑架给一个同学补习功课，开溜出去很是困难，向她请教支着儿。

萍儿问，男的女的？

我说，女的。

电话那头喃喃地说，有这好事，那你别来啦！

我听出来她可能有些生气，只好说是我表妹，被我妈逼着补课的。

萍儿想了想，明天刚好杨琴来省城，她会开车，你可以坐她车来；

晚上她回的时候再送你回去。你要不私下问问你表妹，如果她同意，请给你半天假，她如果愿意帮你隐瞒，你父母哪里知道。

我问，杨琴从美国回来了？她都会开车了，这么牛？

她说，对啊！她放寒假回来了，所以我也邀请她参加我们的音乐会。主要是因为她是我们班第一个出国的，辅导员想请她顺便做个报告。

我想了想，觉得这真的是个好主意。下午，林思源按照约定出现在我家。她特意换了一件新的羽绒服和褐色的小皮靴，再配上她短短的头发，跟我见到穿校服或棉花包的林思源大不一样。

我说，思源，今天算是我帮你补课第一天，要我帮你补一个假期的课，你得先答应我两个条件。

林思源忽闪着大眼睛，你说吧！

我说，第一，一个假期天天补，对我压力太大，我必须周末或者有事情的时候请假；第二，我请假的时候，你妈或者我妈问起来，你要帮我说谎。

林思源马上说，那不行，我从来不跟我妈说谎。

我一听计划要泡汤，马上换方案，那你就说你今天不想补课，休息一天。

那也不行，我每天都想补课！她扑闪着眼睛，疑惑地看着我。

我有些生气，那你回去吧。我每天都不想补课！

林思源看我生气了，只好妥协。我趁着这个机会，立刻说，那好！我明天一天有事要出去，你明天在家歇一天，后天开始。如果我妈问起来，你就说我给你补课了，**OK**？

林思源说，明天就要出去？要去省城？那我也去。

我摇头说，不是，你别听我妈瞎说。我真有事，不能带你去。

林思源脸上露出失望的表情，说，那好吧。不过说好啊，就这一次！

做通林思源的工作之后，我非常轻松，马上联络杨琴。第二天上午九点，我在我老妈嘱咐去思源家小心的唠叨中，愉快地出了门。鼓楼前停着一辆黑色的桑塔纳轿车，杨琴正斜靠车头站着。她穿着一套灰色的运动装，顶着美国黑人常见的连上衣的斗篷帽子，戴着黑色的蛤蟆镜，阳光洒在身上，显得非常帅气。

她看到我，马上摘下墨镜，笑着打招呼，Morning！

我被逗乐了，说道，你怎么一学期就不会说中文了？

她画着浓浓的妆，十七岁左右的女生画成了二十七岁。这让我们小城的广场舞大妈评价，肯定会说，一个女娃娃搞得像个媳妇子。

她笑着说，Don't worry——没有啦！突然回来有些不习惯，改不了口。来，拥抱一个。

我吓了一跳，说，这不好吧，美国人就来这个？让别人看到多不好，我才高中，你看上去都二十七八岁了。

她瞪了我一眼，说，我去！我哪里二十七八了？美国高中生参加宴会也都这么画的。好吧，不跟你说了，上车！

我称赞说，杨琴，你太厉害了，居然都会开车。这车谁的？

她说，我爸单位的。你不知道，美国人到十六岁人人都有驾照，都得开车。走路上学不现实，给你看看我的美国驾照吧。

说着拿出一张塑料卡片，上面很不清晰地贴着她的大头照和密密麻麻不认识的英文字母。这还是我生平第一次见真正的"美国货"。我新奇地拿着卡片把玩，问，这美国驾照也能在我们这开车？

第八章　开挂的张同飞

她悄悄说，原则上是不行的！不过，你不说，哪个警察会知道呢？

我紧张地说，啊？那你这样可不行，要是被抓了怎么办？

她风轻云淡地说，别担心，出事有我爸呢。

我心想也对，在杨区长的地盘，公主开坦克估计也没人敢管吧。不过，杨琴开车彪悍，也充分证明她爹还是区长这一点。零下五摄氏度，开着车窗，放着音乐，一辆接一辆地超车。

我早上没怎么吃早饭，在她的四处漏风的飞车里头晕目眩，大有想吐的感觉。我只好苦苦哀求道，喂！大姐，你能不能开慢点，我心脏病要犯了。还有——你能不能摇起车窗，这又不是夏天！

她鄙视地看着我，说，你又不是老年人，哪来的心脏病？美国人都这么开车的！

我说，你们美国这一套我们中国实在受不了。你把音乐关小点，温柔地跟我讲讲你在 USA 的生活吧？你现在太彪悍了，你爸知道吗？

此时车里正放着几个男人沙哑的歌声，粤语歌词，我之前也没听过，自然也听不懂，只是简单地有"迎接光辉岁月""风雨中"之类的词。杨琴把音乐调小，跟我讲起自己的一些故事，虽然她说的是我们当地方言，但我还是有很多没听懂，只是简单地记住了，她的教授叔叔帮她介绍到当地的公立高中，在一个叫什么"内拉不拉州"的地方——我也没听清楚这个地名。但是，她没在她叔叔家住，因为她婶子是个白人，非常介意别人住他们家——亲戚也不行——这让我非常吃惊。所以，无奈，她叔叔只好把她寄宿在一个美国人家里，离学校很远，周围也很荒凉，所以只能自己开车。平时生活非常无聊，除了学习吃饭，就是和家里或者张萍儿等国内朋友聊 QQ。

正说着，到黄河铁桥收费站，杨琴指着放在副驾驶车窗边的一个红皮夹子说，林畅，那个是我钱包，取五块钱给我。

我打开夹子，里面鼓鼓地塞着百元大钞和一些美元。我抽出一张五块钱递给她，突然什么东西顺着钱掉了出来。我捡起来看，是一张小贴纸照片，上面杨琴和一个黑人年轻人脸贴脸。她像是坐在床上，看上去已经喝得醉眼迷离。那个黑人半裸着身子，斜靠在她身上。

杨琴突然激动地说，快给我！别看，哈哈。

我心想是不是发现了什么秘密。只好递给她，保持沉默。她笑着说，也不是什么秘密，我在美国找了个男朋友，他叫乔治。

我不解地问，黑人？

她说，对啊！喂，你别用那种眼神好吗？其实黑人挺温柔的，而且他这个人还挺逗的，跟你一样挺会讲笑话的。

听她把我和一个黑人比较，浑身不自在。我没好气地说，我哪里会讲笑话，你记错了吧？我在想，这个黑人嘛，你不认为他有什么企图吗？

她哈哈笑道，我又不会和他结婚，他能有什么企图？在美国很正常的嘛，玩一玩，就散了呗！

我又一次不由自主地对杨琴竖起大拇指，世界观被刷新，一句话都说不出来。

杨琴继续说道，其实我根本没想过要留在美国，现在年龄还小，但是我觉得留在美国也有这个可能！因为我非常喜欢美国。如果要打算留在美国的话，那我倒是可以考虑和这个黑人小哥结婚，拿绿卡，拿完我们就分手。

车里依旧飘着那几个唱着粤语的男人的苍老歌声。

我们的车从新中国成立初苏联援建的黄河大桥呼啸而过，进入一段山高沟深的国道。这个地方属于邻市的水川村，地势险峻，路段年久失修，非常难走。

杨琴突然问我，不说我啦！你跟她，究竟现在是怎么个状态？

我说，我跟谁？哦——什么叫怎么个状态？

她笑着说，老实说，当时在我家，就觉得你俩是一时心血来潮过家家，最多坚持一年就不闹了，因为我觉得你俩根本不可能——你别生气啊！但不可思议的是，不但坚持了一年，居然还保持着一年前的状态，跟普通朋友一样，你去看她一天，她来看你一天——看一眼就走。你们在演现代牛郎织女吗？换我的话，顶多一周就好聚好散啦！

我没有说话，默默看着窗外。但是，她似乎也不需要回答，跟着音乐哼哼哈哈地唱起来。

对了，我听说一个情况，你知道吗？她突然说道，最近一段时间，这条路好像有水川村的几个人在设路障，收过路费。

什么？我摇摇头，心里紧张起来。

我也是回国这几天才听几个朋友说的，这里兴起的一伙黑社会团伙，很牛，据说为首的还有枪。

我想了想说，要不我们改道走吧，安全为上！

凭什么改道？Why？这是去省城最近的一条道。再说了，姐我还想见见呢！小弟弟你不要怕。杨琴笑着说道。

话音未落，就看到前方路中间架起一根很粗的木头，很多石头、土块堆满两边。有几个人站在路边，嘴里冒着白汽。虽是冬日早晨，这条路人烟稀少，但已经有两辆车被拦在路边。

杨琴刚准备要免费吹自己在美国如何牛，一看前面，大叫一声，我去，真有啊！

我的心直接提到了嗓子眼——这还是我生平第一次碰到拦路抢劫的!

杨琴把车停下来,刚准备掉头,对面两个人以百米冲刺的速度冲了过来,一前一后,把车围住。其中一个手里拎着明晃晃的砍刀,喊道,敢掉头!弄死你信不信?

显然这姐们刚才豪言壮语全都是假的,这会儿已经吓得要晕。我看到车窗车门都是锁死的,急忙跟她说,你快报警啊!或者给你爸打电话!

哦,对对对对!一语惊醒梦中人,她立刻手忙脚乱地找手机。

悲催的是,这辆车玻璃是全透明的。那个人一看,立刻用砍刀对着车窗猛砸,吼道,不许打电话!赶快熄火下车,不然砸玻璃了啊!

杨琴被这一吼,手一抖,手机又掉在地上了。另外一个人倒是不慌不忙走到司机窗户这边,不知道用了什么魔法,"啪"的一声,门居然被打开了。相比刚才那一位,这个人倒是很随和地说,原来是两个小孩儿。请你俩下车,到路边,我们只收过路费。

杨琴战战兢兢地说,叔叔,能放我们走吗?你要多少钱给你。

这个人乐了,说,你们现在还不能走,前面两辆车还没交钱呢!虽然你一看就是有钱人家的小孩儿,但我们一次性放行,明白吗?哎哟!你别哭啊小朋友,我们是收费站的员工,又不是黑社会。快下车,到那边那辆车旁边待一会儿。

车门都被打开了,我俩像小猴子一样从车上被拎下来,扔到路旁。

除了这两个人,路障边还坐着三个人。旁边两个大约二十岁的年轻人,手里拿着长筒的鸟枪。中间的一个年纪稍微大一点,嘴里叼根烟，手里拿着一部手机，貌似是这一伙人的老大。路边被拦的一个女士呜呜地哭起来，那个老大站起身，面无表情地说，你们别哭，我们就是收一点路桥费而已，对你们也没有什么损失！马上就可以走了，我们也不想惹麻烦，知道吗？

我虽然也很害怕，但转念一想，这里既不是中东，又不是非洲，再说这几个人一口标准的当地方言，所以我们不至于有生命危险。看到杨琴身体已经有一些瑟瑟发抖，我轻轻拍了拍她肩膀说，别担心，我觉得他们应该只是要钱。

她说，如果真是要钱的话，那倒好吧，我带了很多钱啊。

我连忙小声说，他要多少，你给多少，给得越多越危险知道吗？

她点点头，像一头受惊的小鹿。

十分钟后，又一辆车缓缓驶了过来，是一辆黑色的红旗，挂着邻省省会的车牌。牌号非常显眼——A0008，不过这帮人或许没有注意到。那两个壮汉又冲了上去。车门打开，两个穿西服的中年人搀扶着一个穿中山装的老年人也被赶到路边，跟我俩只有几步之遥。

老人花白头发，黑面庞，倒显得非常平静，甚至有些轻松。他看到不远处的我和杨琴，冲我们笑了笑。

拿手机的老大似乎也看到了这辆车的牌照，脸上出现了异样的神色。他走过来，在老人旁边转圈，问道，邻省过来的？

旁边的一个中年人有些生气地说，你们这是要做什么？

老大吸了一口烟，说，既然你们是外省人，可能不清楚，那我解释一下，是这样的，这条路呢，年前被泥石流冲断了，我们村自己集资修了这一段，现在村委会也是欠了我们村民一屁股债，只好委派我们几个人在这里跟过往车辆征收一些过路费。我们都是合法的收费。

老人很平静，微笑着问，集资修路？那你打算收多少？

这老大说，收多少一般是看车！你这车嘛——一人五百。

老人一听，呵呵笑起来，说，你知道这是国道吗？就算泥石流，那也是国家来修，你们村没有必要自己修吧！

话音未落，那老大喊道，一人两千！再多嘴，再加！

老人的随从有点恼怒，大声说，你们知道拦的谁的车吗？

那老大吼道，天王老子过也得收钱！

老人立刻打了个手势，示意随从不要说话。他转头对"老大"说，好的好的，您也别生气。我们赶路，你给这几辆车放行，我给你一万。小何，把我手机拿来，我打电话让朋友来送钱。

老大一听，立刻笑逐颜开，递上自己的手机说，爽快人！不过你不要用你的手机，用我的！但咱们丑话说前面，三十分钟必须把钱送过来。不然的话，我们自己搜车。

电话通了，他笑着对电话里说，喂，老陆，我老马呀！对，我正去往你那儿的路上啊！但在国道这边被拦下来了，你知道吗？这里有人要收过路费啊，一万块钱！老陆，都什么年代，你这居然还有这种事情，我真是对你刮目相看啊。赶快给我送钱来吧，哈哈！你可别耍滑头害了我知道吗？人家有枪！

说完，笑呵呵把手机又递了回去，说，你放心，最多二十分钟，我这个同事老陆肯定送钱来。

那老大接过手机，盯着老人的笑脸，疑惑地问，你们究竟什么人？

老人说，我们是来你们省谈生意的——你们有枪怕啥！

那老大一听，对啊！于是心下稍安，收回手机，又到路障边上坐着。

第八章 开挂的张同飞

老人往我俩蹲着的地方靠了靠，慈祥地问，学生娃，这是要去哪里？

我说，省城。

老人说，第一次碰到这种事吧？不要说你们，我都是第一次，这简直是天下奇闻！不过你们不要害怕，总会有解决的办法的。

不一会儿，老人说的解决办法终于出现了——简直是天下奇闻！

我和杨琴蹲在路边，眼睁睁看着：两辆迷彩色越野车，后面一辆军车，呼啸着直接开到路障前面。从车厢里冲下来三十多名全副武装的军人！

那几个设路障的"黑社会"哪里见过这场面，当场吓瘫在地。为首的老大还示意性地掏枪，准备抵抗。一个军官走过去，像老师没收幼儿园小学生玩具一样，轻轻地把枪收到口袋里，转身走了。

有军队清场，道路复原，像什么事情都没发生过。指挥官示意将那一伙人带走。

那老大路过我们时，惊恐地盯着老人，嘴里重复着，你！你！

旁边的随从冷笑一声，说道，你们这些村民连省委书记的车都敢截，真有创意！

很快，军队消失在晨雾中。

老人也要走了，笑着跟我俩打个招呼，说，学生娃，不要害怕。前面的路都是畅通的。祝你们好运！

老人的车开走后的十分钟，其他人还像是被点了穴一样，一动不动。我慢慢回过神，拍醒梦中的杨琴，开始搀着她向车走去。还没到车跟前，杨琴一把抱住我，哇哇地哭起来。

我自己也惊魂未定，但看到她哭得稀里哗啦，心想原来这家伙之前在车里描述的自己，全都是假的。我只好安慰她说，都没事啦，同学！而且那老爷爷都走了半天，你才哭，反射弧太长了吧！

她擦了擦眼泪，说，我不是因为拦路的事哭！我是觉得我爸这次要完蛋！

我才意识到，对啊，我怎么没想到！不过这种事情，我肯定没有资格发言。只好安慰她说，你放宽心，这又不是我们市的地盘，跟你老爸肯定没关系。

她突然意识到，这是邻市，才慢慢平静下来。进了车，她软绵绵地瘫在驾驶员座位上说，我腿软，这会儿开不成车。

于是，我俩又在车里休息了差不多一个小时，才重新上路。杨琴还是因为刚才的事情，将汽车开出轮椅的感觉，到张萍儿学校的时候，已经是下午三点了。

我和杨琴从停车场出来，看到萍儿正站在对面音乐厅前的一棵枯树下，穿着一套黑色的套裙和黑色的高跟鞋，画着很浓的妆——这也是我第一次看到她化妆，乍一看差点没认出来。我猜想因为晚上的音乐会，她才穿成这样。之前每次见到她时，都是穿得很随意。突然变成这样，觉着有些不适应。萍儿嘴角微斜，笑着看了看我，一句话都不说。

杨琴走过去，一把抱住她，又开始哇哇大哭，边哭边说，美女，我都差点见不到你了！你都不知道，我俩来的路上发生了什么！是这样的——

我这会儿已经完全平静了，看到萍儿有些瑟瑟发抖，打断了杨琴的哭诉，说道，她感觉很冷，我们赶快进去吧。

杨琴才意识到，对萍儿说，Oh Sorry，快进去吧，还是你男朋友体贴！

音乐会进场的人很多，我们三个人随着人流挤进楼里，找了个靠近后场门口的拐角站着。她开始口若悬河地将早上发生的事情讲出了科幻片的版本，听得萍儿脸上紫一块青一块。

过了好久，萍儿才从故事中缓过神，吃惊地说，我说你们俩怎么这会儿才到？而且我打了好几个电话都不接，担心你俩出事了呢！再晚来一会儿，我们音乐会就开始了。

杨琴因为没有按计划赶到学校，安排在中午的讲座只能挪到下午四点，和音乐会时间冲突，她只好放弃音乐会。我们三个人驻足了大约二十分钟，她看了看表，说了声"遗憾"，就风风火火地离开了。

刚才由于杨琴在的缘故，我和萍儿竟有些拘束。我有一学期没见到她，但是看到她穿得如此庄重，也不知道做什么说什么合适，只是尴尬地笑了笑。

萍儿看着杨琴离去的身影，说，这娃美国汉堡吃得有点神经了！

我说，是啊！神经了一路。刚才那个老人走了以后，抱着我哇哇大哭，说他爹要完蛋。她还跟我说，她找了个黑人男朋友。

萍儿听完，差点笑哭，扶着我的肩膀说，……不行了……我等会儿还得上台呢，别把妆给笑花了。

她停止了笑，盯着我看了半天，说，你怎么又变黑啦！上次你还批评我，这次该我批评你了。

我说，我这一个学期过得很惨，很憔悴。唉！不说我上课考试了，我真差点没认出来你。

她低头看了看自己，笑着说，是不是看着很不适应？其实我也不适应呢，第一次这么穿。

我说，确实有点。不过——

她看了看手机，叫道，哎呀，三点半，其他人还在等我呢。这样吧，这是你的票，这是杨琴的，连座儿，你一个人躺着坐着都行。等会儿结束后，你还在这个地方等我，我们和杨琴一起吃饭去。

说完，转身从后场进去了。

张萍儿目前在省师范学院修声乐专科课程。今天的音乐会是她们阶段性汇报表演，因此被安排在音乐学院最大的音乐厅。进到会场，一片漆黑，密密麻麻坐满了观众。会场很大，分上下两层，我找了很久才找到我的座位。因为折腾了一天，坐下来以后立刻感觉浑身散架。

我端详起节目单，其中倒数第二个节目是女声独唱——《梦驼铃》，表演者：张萍儿。

我朦胧中想起来初一班里的元旦晚会，是多才多艺的张萍儿主持。所有人都是即兴发挥。有想表演的在前一个人节目的时候给她传递个悄悄话或者递个纸条。当时，正是她破天荒地送给我贺卡之后的几天，在班里引起轩然大波，夹杂着很多流言蜚语，对于我来说，感觉非常别扭。因此，每次看到她也觉得很别扭，也不说话。我就坐在前排的一个角落里发呆。突然她走过来，小声问我，班主任说，下一个节目你来表演。

她主动跟我说话，倒是让我很吃惊，我说，真的假的？

她笑着说，他看到你发呆，违反纪律，所以罚你表演个节目。

我一听班主任命令，只好冥思苦想半天，说，那我唱《梦驼铃》吧。

她点点头，笑着走到前场，报告说：下一个节目，林畅演唱，《美国人》……

……

我突然醒了，才意识到自己伴着台上音乐的催眠，睡了很久。

这时，台上报幕，下一个节目，声乐系张萍儿演唱，《梦驼铃》。

全场响起雷鸣般掌声，我看到萍儿款款走到台前。灯光打在她黑色的长裙和白皙的脸上，如同电视里明星一般。

背景音乐响起，她开始婉转悠扬地唱起来：

攀登高峰望故乡，黄沙万里长，

……

后排两个男生正在窃窃私语。一个男生说，这女生叫什么？唱得也好，长得也很美。

另一个说，这是我们声乐系系花之一啊。

之一？你们声乐系美女很多吗？

废话！说实话，她在我们声乐系其实不算突出，但因为声音好，所以才有独唱的机会。

你有她联系方式吗？给哥们介绍认识一下。

她我不太熟——不过，难道你不知道吗？这些美女背后都有人，你懂不？你这样没钱没背景的，我劝你还是算了……

此时，歌声终了，伴着结尾音乐，张萍儿轻轻地说，这首歌送给我的一位初中同学，几年前我曾经欺骗过他，让他在我们班面前出丑演唱过。在这里，想跟他道个歉，同时以此纪念我们这几年做的梦。

我刹那间出神了。听不清，也看不清，台上的那个她究竟是不是那个她。

……

我忘了她跟我说过，让我在后场门口等她，一个人静静地坐在座位上——现在回忆当时在想什么,却什么都忆不起来。

有人拍了拍我,林畅!

我才反应过来,张萍儿正坐在旁边的座位上,已经卸了妆,又恢复到我熟悉的那张脸庞,裙子和鞋都没有换,只是外边加了一件薄薄的羽绒服。

我刚才在后门等了你很久,全场都散了,也不见你。你咋了?不舒服?她摸了摸我的额头。

我说,哦,没什么?睡着了。

那你没看到我的表演?

看了!

哦!那你听到我最后说的几句话了吗?你还记得吗?

记得什么?

看来你是真的忘了!你看起来不太高兴。

没有啊!我只是刚才听到你说的话,想得入神,忘了时间。其实,我是在回忆刚才那两个男生说的话。

萍儿说,你是不是在想我刚才见你时,态度有些冷淡,不知为什么是吗?其实我没有啊,你看现在,整个剧场就剩我们两个人,你有什么话就说呗,呵呵。说着,她把头靠在我的肩膀上。

我下意识地抖了一下,问道,那个,你冷不冷?要不再加上我的外套吧。

我看了看自己,正穿着非常幼稚的高中生特色的夹克外套。我问,你有没有感觉,就是——我的行为像个高中生,小孩儿;而你的生活像个大学生,大人?

她一愣,眉头一皱,说,我不明白你说的意思,我的生活怎么像大人了呢？

哦！没有，我就是突然想问。我说——

刚要解释，后面传来一个老头的声音，喂！已经散场了，我们要关灯关门。

……

我俩缓缓走出音乐厅，已是晚上六点，天幕落下来，有些漆黑。我突然意识到，一整天没有和家里联系，和林思源定的谎言计划百分之百已经败露。我虽然很担忧，但也无可奈何。

她说，本来打算就和你、杨琴三个一起吃饭，但是刚才音乐会几个组织者说想晚上一起吃饭唱歌，杨琴都认识，她想和他们一起。你怎么说？

我心里有些生气，不是非常愿意，没有回答。

她看我没有说话，就说，你要不愿意的话，我陪你去吃饭吧！

我只好说，不用！就一起好了。

沟通了一会儿，她不再执着我究竟怎么想的，于是带着我拐过音乐学院后面小巷子，进到一个门口闪着霓虹灯光的酒吧。内部昏暗，门口矗立着两个超大音响，正发出"砰砰"的爆裂声，对于第一次进酒吧的我，感觉心脏都共振起来。

萍儿拉着我继续往里走，边走边说，你第一次来酒吧这种地方吧？我们这些朋友跟你平时交往的不一样。待会儿如果有人说了不中听的话，你千万给我面子，不要往心里去。

但是由于音响太大，我基本没听清，只好对着她耳朵喊，我知道啦！

我边走边想，她难道担心她的朋友会吓着我，难道他们打扮得都像摇滚乐里面的朋克造型,或者洗剪吹杀马特?

走进屋子里,这些念头完全打消:这里的一切,都显得很正常。一个不太大的 KTV 包厢,装修很奢华。左侧一排长沙发,对面摆放着一台超大的等离子电视。我进去的时候,桌子上正摆放着一些快餐、零食和啤酒——非常整齐地摆放着。三个男生坐在正面的长沙发上聊天,其中两个还穿着刚才表演时的黑色礼服,另一个则穿着羽绒服。杨琴已经坐在对面侧沙发上,表情夸张地跟旁边穿着和萍儿类似长裙的女生讲述早上的奇闻。

我俩推门进来,杨琴马上站起来说,几位!就是他,今早就我俩,他可以作证我刚才说的都是真的!哦对,几位老大,给你们隆重介绍一下——林畅,我和张萍儿初中同学,不过现在身份非常特殊,是——

"是"了几秒钟终究没有下文,这时一个穿礼服,留着谢霆锋发型,长得却像谢逊的汉子,站起来说,不用介绍,看都看出来了——来晚了罚酒三杯。说完端起两个杯子,斟满啤酒递过来。

杨琴看着我说,林畅,你能喝吗?不行就让你们那一位替你喝吧——大家不知道,这个小朋友是我们全区的年级第一名。所以,人家跟我们不是一个圈子。

其他几个人发出"哦"的声音。和杨琴交谈的女生更是手捂着嘴,瞪大眼睛盯着我。

我觉得有些尴尬,只好说,喝啤酒还分圈子啊?谁平时不是这么喝的!

她起哄道,那你觉得你可以,索性就替你们张萍儿也喝了吧。

众目睽睽下,我心里一激动,果真一口气喝了六杯。随后的几分钟，感觉自己飘了起来，想用筷子夹口菜，根本瞄不准方向；旁边有人跟我说话，我好像也没能理解对方的意思，只记得靠着什么睡了很久，才慢慢苏醒过来。

我睁开眼，看到萍儿的大眼睛正盯着我看——原来是她抱着我睡的。我想起来旁边还有人看着，突然有些尴尬。

你终于醒过来了！她说。

我睡了多久？

她说，半个小时吧。你可能是饿着肚子一下子又喝了六大杯冰啤酒，醉了。

我坐起来以后，感觉头很痛，看到桌上所有食物都已经风卷残云，只剩下凌乱的饭盒和酒瓶。杨琴和其他几个人正摇头晃脑地对着电视唱歌。沙发上只剩下一个长得非常白净的男生，孤独地点着一支烟。他看到我坐起来，略带嘲讽地说，那个你叫啥来着，我们都没来得及劝你，你就愣头愣脑地喝了，会不会喝酒？

萍儿瞪了一眼，说，跟你有什么关系？

那人不再言语。

我却完全没有力气理会他说什么，只想尽力站起来，因为出现一种强烈的尿急。

萍儿说，我扶你吧。

那个男生站起来，说，算了，还是我扶你出去透透风，会清醒很多。

萍儿点了点头，他扶着我到厕所一圈，又出了酒吧。我俩站在酒吧的门口，他嘴里叼着一支烟，问我抽不抽。

我也不知道他叫什么，也没好意思问他叫什么，因为我想可能他们那个圈子的人有自己的规矩，就是不问姓名来路。我只好摇摇头，简单地说了句，谢谢。

他没有回应，沉默了很久才说，你真觉得你是张萍儿男朋友？

我点点头。

他说，我从来都没在学校见过你，而我每天都见到她。

我说，我们基本上一学期才能见一次。

他扑哧笑了，说，所以你觉得你是她男朋友？

我没听懂。

他接着说，你了解她吗？

我想说是，但是突然觉得我又没听懂。

他说，我老实告诉你吧，你们俩是没有可能的。说着，转身走进酒吧。

一阵冷风袭来，我感觉全身被刺醒了。

我在酒吧门口站了很久，冷到每一个毛孔都有些疼，才看到她走出来。她抓住我的胳膊说，你怎么不进去？他跟你说什么呢？对了，他主修小提琴的，之前我们是一个学院。不过他说什么，你都不要相信。

我有些"好笑"地说，他说他很喜欢你。

萍儿瞪大眼睛，说，他这么跟你说的？我跟他说过我有男朋友——你别这么想，我会跟他解释的。说着紧紧抱住我。

我今天经历了三个男生说她，觉得自己的心情已经坏到极点，苦笑着岔开话题，说道，好饿啊！你们把所有的东西吃光了。

她愣了一下，说，好，你等我一下，我去拿衣服，我们去外边吃吧。

第八章 开挂的张同飞

我看着她走进酒吧的背影，突然在想这女的是谁……

……

杨琴带我连夜赶回家，已是晚上十一点。之后进行的对于我"撒谎、逃跑、夜不归宿"等重大问题的批斗会，我几乎断片了。因为我的大脑一直在重复下午音乐厅那两个男生说的话和晚上酒吧门口那个叫李超说的话。

批斗会开完第二天，我被判刑，禁闭一假期。不过对于我内心来说，已经不在乎了，因为我认为可能这个假期再也见不到她。或许，我自己都有点不想见。此时此刻，我感觉有些痛苦。

我之所以这样想，是因为之前描述过，我有天生的精神洁癖：当一个事物我很想得到，但必须通过手段、竞争或者拆散等不愉快的方式得到，我是不会去做的，只会消极地看着事物来主动找我；或者当我觉得在追求的事物发生了不完美，那我很有可能就会选择放弃，远远看着。

第二天，林思源来到我家，看到我第一句话是，林畅，我问个问题你别生气，你是不是真的在谈恋爱？是跟那封信有关系？

我心里一惊，支支吾吾一阵儿，突然意识到，我不用回答，就说，这个是我隐私，你好像不能问吧！

她说，我觉得你最近变化很大，上次在张渐渐家聊天的时候，你活泼又风趣，但是最近这一学期，你像是完全变了一个人，老是闷闷不乐，呆呆傻傻。我觉得吧，你在想乱七八糟的事情。如果有什么愿意分享的，我愿意帮你分享，如果有什么不好的事，我能不能劝你放弃？

我心里有些生气，问，为什么？

她说，我觉得你是在浪费时间！因为你未来的生活不在这里，眼前经历的这些人，未来都不会出现在你的世界里。说完，盯着我卧室满墙的奖状。

虽然这女生老是"我觉得、我觉得"，但这次我没有辩解，因为我觉得她说的话好像有些让我开悟。

……

第二学期刚开学，张同飞居然好事临门——当然，不是门璐抛弃白明明选择了他。去年秋天进行的全国物理竞赛，张同飞一路过关，最终获得全国二等奖，成为全学区唯一获得国家级奖的选手。从理论上，他会因为这个奖项，在一年后的高考中加二十分。

这是一个令人无比羡慕的优惠券，让我和明清非常嫉妒。我甚至出现一种感觉，今后的考试，我应该不会再超越他。张同飞自己虽然内心强大，表现很平静，但神采间还是流露出喜悦感，头上如同戴着桂冠一般，甚至幼稚地以为，他的爱情会因为这个奖变得柳暗花明又一村。

我对一脸红润的张同飞说，又不是你送人家门璐高考二十分，凭什么这么想？

他却自不量力地表示，这至少可以证明我比那个姓白的有前途啊！

我把这个笑话带给明清，她快笑哭了，说道，这个同飞好幼稚啊！要是被门璐听到，只会更加反感他。而且从心里讲，我也觉得白明明和门璐还挺般配的，你看白明明学习也好，球技一流，长得也帅——干吗那种眼神看我？

我听她说得津津有味，好奇地问，不会吧？难道你也……白明明？

第八章　开挂的张同飞

明清怒目圆睁地说，讨厌！才不会呢，我得上了大学再找，鼠目寸光！我是觉得你和张同飞好哥们，让你去劝劝他。

我连忙说，我和白明明关系也不差，得罪人的事情我才不干呢！

林思源停下笔，小声跟我说，林畅，我觉得你还是认真学习吧。人家已经在起跑线上赢了你一段。

我看了看林思源，活脱脱一个"薛宝钗"的形象。

不过，张同飞桂冠没戴几天，有件事彻底改变了他。

我们所在的城市，是属于佛光不能普照的边远贫困地区。当"非典"这个词向我们走来时，东部地区的疫情已经到白热化状态。而我们这里，大多数人都还搞不清楚"非典"和非碘盐是不是同一种东西。

不过，还是有一些先进的人着急忙慌地响应起来。在我们班，第一个就是明清。五月初的一天，她带着个口罩进教室，这一举动深深吸引了全班的目光。而她自己，径直走到座位坐下来，丝毫没有感觉到四下异样的目光。

最近一直关注我学习的"薛宝钗"也忍不住问，明清姐，你得了什么病？

明清回答的声音很大，刻意让周围更大范围的好奇者也听到。她说，你们难道不知道吗？全城的口罩和板蓝根都脱销啦！我妈好不容易才抢到几只口罩。从今天开始，你们最好戴上。

我看着明清同学绣着 Hello Kitty 的棉布口罩，情不自禁地想，如果这种口罩都能防病毒，那剪一件外套我们全家就能高枕无忧。

早上第一节课刚开始，李明瑞正在黑板上满头大汗地推导公式，两个穿着白大褂的人突然推门而入，把他吓了一跳，粉笔掉在地上摔成两段。这俩人手里拎着一只硕大的喷壶，对着墙壁和地面疯狂喷雾。刹那间，一股刺鼻的味道弥漫整个教室。所有人都捂着鼻子，我也是第一次闻到这种味道，后来才知道这就是传说中的"八四"消毒水。喷完之后，一个白大褂回到讲台上说道，今天开始，我们每天早上、下午会来喷洒一次消毒水。如果有感觉到头疼发热等症状，请第一时间到校医室。稍后，我们会带一个体温汇报表，每人每天填写三次体温，我们校医室要随时记录。

"非典"在学校产生的第一个效应，是让校医室的那几个整天搬小板凳晒太阳思索自己存在价值的员工终于有些忙碌。刚开始几个白大褂非常激动，每天穿梭在教室中喷消毒水、测体温，深情期盼某某人体温超过三十八度，名正言顺地拉校医室观察演练一番。出乎意料的是，我们都太不懂事，一个个体温低得惊人。没过两周，政策变成每班派人去校医室领消毒水和体温计。到后来，温度计都没人领了，每个人根据自己的状态，编造自己体温的数据。校医室门口，又能看到几只小板凳在晒太阳。

我们每天茶前饭后也在闲聊和思辨"非典"究竟是个什么东西。孟雨跟我们吹，说北京城已经如何如何了，只准进不准出，不允许公开场合卿卿我我，等等之类。这让我们这些偏远山区的孩子听到后，对北京充满无限遐想。

但有一个人此时却非常紧张、焦急，这个人就是张同飞。

根据大喇叭八卦团提供的不同版本，可以零散地拼凑出一个相对完整的故事：张同飞母亲担心她父亲在北京乱搞男女关系，前段时间孤身一人去北京临时突击（这是孟雨分析的原因，让我对这厮崇拜透了）。好在没有发现任何迹象，除了张父还没戒除赌博的恶习，非常及时地没收了一部分尚未流失的钱。等张母从北京回来一下火车，就被市二院派专车抓去观察！张母一辈子哪里受到过这种待遇：二十四小时专人轮流守护；吃饭上厕所睡觉都有人守在门口；每天好吃好喝伺候，也不催缴住院费；每天三次，都会有一大群人进来问寒问暖，每个人都头戴面具，全身白色大褂，如同被外星人劫持一般。

张同飞三天之后才接到二院的电话，说她母亲体温偏高，已经被隔离了，也不允许他去探视，在家等待消息。如果一周之内，体温没有异常，就放回去。可是已经过了一周，他母亲还是没被放回家，张同飞去探视，连人影都没见到，医院门诊的大夫在电脑系统里搜了一圈儿，居然没有发现他母亲的名字！

什么？我母亲居然凭空消失了？张同飞开始怀疑自己学期初加二十分也是在做梦。

张同飞母亲在哪里？

这不是个科幻题目，而是这几天我们全班都在讨论的话题。张同飞自己终于坐不住了，跟老刘请了一天假，说是去找他母亲。

但是，他第二天还是没有回来。

第三天早上，大喇叭广播站播送一条惊人的消息：张同飞母亲去世了！

……

根据孟雨版本，张同飞母亲在二院观察了一周，发现体温持续走高。而且，她开始昏迷。二院沸腾了，因为这可能真的是本市历史上第一个 SARS 病人！

但问题是，怎么治呢？

在着急忙慌地施用各种葡萄糖生理盐水青霉素板蓝根无解后，这帮人只好连夜送他母亲去省城。结果，因为治疗拖延时间太久，他母亲昨日在省城呼吸衰竭去世了！

我们觉得孟雨这次实在太扯了，在哗众取宠，不能辨别其中真伪。但接下来长达一周的日子，张同飞果真没有回来上课。这件事一时间在二中上到校长下到看门都在传着。

而在他不在的这些日子里，众人看到白明明明明白白坐在张同飞的座位上，借着晚自习讨论问题的名义，跟门璐夜夜窃窃私语。

第二周星期一，张同飞在全班众目睽睽下回来了，眼睛里红红的血丝。但接下来几分钟，他收拾完自己所有的东西，又在众目睽睽之下，离开了教室！从他回到教室，打包，到离开，总共十分钟不到，也没有再看门璐同学一眼。

第二天班会，老刘失望地说，张同飞已经跟校领导打好报告，不打算继续在二中念书，又转学回一中了。

老刘并没有过多解释，但是孟雨却说，因为张同飞觉得自己在这里浪费了太多时间，对不起自己的母亲，决定痛改前非，重新开始学习。在一中领导的保驾护航下，他转回到原来的班。

我知道，张同飞终于放下心里的一件事，决定要开挂！

第九章　横竖总来由定数，迷人何用求全误（上）

杜丽是个妙人。

她虽然也很没有创意地喜欢八卦，喜欢一些连汉语发音都不清晰的歌手，偶尔也跟周围的人嘻嘻哈哈，但却与班上其他女生有本质不同，她这个人可以对周围发生的一切冷眼旁观，从不夹杂一丝个人的喜怒，说话无不苛求公正客观，速度慢而事无巨细。

她也留着短头发，个头比明清高，身体也比明清略胖。单看长相，她可能是我们班最符合中国人美学标准的人之一。不过，反而因为这样，这种美没有特点，没有吸引人的地方。再加上明清当时的光芒太盛，其他人都被淹没其中。当然，这些事情在她看来连浮云都不算。她总是一张淡淡的、冷静的脸，举手投足带着禅意之风，如同出世一般。

我想写她，作为这段故事的开头。

……

前些年，也时不时有流言蜚语说这个病毒那个病毒要过境我们这里，让大家提前做好防范，但是从来没有见过病毒长什么样子，中毒后是不是和鼓楼前那个疯女人一个症状，久而久之，大家都以为这些病毒细菌都不适合在我们这种不能"阳春布德泽，万物生光辉"的地方生存，所以电视上报道的新闻在我们看来就跟拍科幻片一样。

张同飞母亲，总算让这个小城明白原来"非典"这玩意儿还真能死人。所有人一时间惊恐万分，那些用来作秀的、衣服改的口罩，以及过期的或者其他药物冒充的板蓝根，统统扔掉，换上防恐用的设备。公共汽车虽然不及北京地铁那般夸张，但也没人敢在公共场合做亲密无间的动作，甚至包括发展速度极其夸张的白明明、门璐"夫妇"，以及在我和陈大福强烈阻拦下也准备化蝶双飞的王昊和王佳霖这一对痴男怨女。

当我给林思源补习了长达半年的课，甚至将我在物理、数学上很多的独门绝杀式算法都倾囊相授之后，她高二第二学期期中考试还是这么差，这使得我不得不思考这家伙找我补习是否真有什么别的企图。而与此同时，班上悄然骤起一阵恋爱之风。

应该客观地说，作为重点班的一班，在秉承肖校长和老刘提出的不允许早恋这件事上，还是相当的听话。在过去的一年多时间里，除了有寂寞的男生坐在高高的谷堆旁边，听老关讲那歌舞厅泡妹子的故事，以及剧情扑朔迷离的白张二人龙泉寺门口的决斗，几乎没有过公开的恋爱事件，学风好到让其他班的人愤怒。有一次，一个体育班男生在老乡李乘风的带领下，闯进一班教室，并且在教室里观察了很久，出门的时候跟李乘风说，我去！你们班这么多美女，居然没人留意！这要是在我们班，孩子都要出生了！

这一言论让我们班男生对体育班神往不已。

或许是因为春季到了，荷尔蒙分泌过多，又或许是"非典"病毒传播的副作用，整个班的局面出现大变革。那些学习好的诸如张渐渐、马腾等人，门前冷落鞍马稀，而长得漂亮且目前还公认单身状态的女生，却是"一曲红绡不知数"。以前晚自习的时候，有个把人换座位，那都是差学生换到好学生跟前请教数学、物理、化学问题。最近一段时间变成了长得五大三粗的、内分泌失调的男生换到小姑娘旁边请教天文、历史、地理问题。

有天晚自习，我去得比较晚，刚进教室，就发现自己的座位被人占了。走近一看，是那个从河北转学过来的张伟，正主动跟林思源探讨天文、历史、地理等问题。你白羊星座的？啊，我金牛的；你们祖籍是北京的？这么巧，我也是；你喜欢爬山吗？太巧了我也是，这周末一起去爬南山有空吗？

我走过去，满脸通红的林思源委屈地盯着我看，像是在求救。

我敲了敲桌子，才唤醒正在梦中的张伟。他很不情愿地站起来，临走时冲我笑着说，哈，林畅，你这个位置是班主任特意安排的吧，真牛掰！

我没理会他，坐下来看着林思源。她做出无辜的表情说，你怎么这么迟？我也不知道这家伙怎么回事，你作为副班长要管管啊！

我看到她说得很真切，一激动说道，你别担心，我管你。

说完我才意识到用词、发音、语气都出现问题，林思源脸刷一下红起来，她笑着问，你刚才说什么？

我有些尴尬，故作镇定地说，没什么。

过了一分钟，她细声细语地说，这句话就当是你送给我的礼物吧。

当时说话声音非常小，周围只有我听得真真切切，然后大脑简单分析其中意思，顿时一阵发麻。我连忙转头看她，她却迅速埋下头，写起作业来。

一瞬间，我这个在感情方面极度被动且后知后觉的人，开始回忆从我跟萍儿碰到我老妈说的话开始，一直到刚才，终于似乎听懂了林思源这句话的意思。半晌，我想说点什么，竟不知道怎么开口。

这几天，不知道学校哪位领导神经搭错，为了能在最后一年榨干我们每一滴汗水，脑门一拍，带着一批高二即将升高三的班主任，跑到河北等地的几个著名高考兵工厂参观学习。老刘一走，一到晚自习，教室里跟菜市场比就差摆俩摊了。

当时还没有被耳鸣这个疾病影响得很深，我的记忆力依然还是超乎常人。如果在一个极度安静的环境中，一段大约三百字左右的文字，例如文学、政治，只要不是非常晦涩难懂，我只需要高度集中地看一遍，基本可以完全背诵。例如，此刻我正拿着语文书，屈原的《离骚》节选，感觉也不是非常晦涩，大脑高度集中地看了一遍，然后闭上眼睛，大脑里就会闪现出"我管你，就当是送给我的礼物吧"这句话。

我心神不安地又睁开眼睛，环顾四周，观察这个因为男女换座位导致的陌生的教室。白明明、门璐的座位是空的，王昊的座位是空的。孟雨的座位是空的。居然连杜丽的座位也是空的！

我问杜丽的同桌陈小梅同学，你同桌呢？

她抬起头看了看我，摇摇头，一句话没说，又埋头做题。

奇怪，啥时候我连陈小梅也得罪了吗？我心想。明清听到我说话，转头看了看，说，哦，杜丽请假，身体不舒服。孟雨嘛，对啊！孟雨哪去了？

我说，难道周杰伦又来省城开演唱会啦？

林思源可能感觉气氛有些缓和，也插话道，什么周杰伦演唱会？

我看她求知欲望很浓，就解释道，周杰伦是一个人，但跟周杰不是同一个人，周杰你知道吗？就最近这两天演的那个特别恐怖的电视剧，叫《少年包青天》，你看过没？

我看明清准备用她的钢笔神功阻止我继续讲话，很识相地立刻停止。明清笑着对林思源说，思源，你摊上这么二的同桌，图个啥？

不料，林思源说，明清姐，咋了？他说得没错，包青天我这两天看了几集，好恐怖，吓得我都不敢一个人睡觉。

明清差点儿没吐血，停顿了很久，语重心长地说，这个世界上的事情真是奇妙，三国时期有一个愿打一个愿挨的故事，现代也有一个踢球一个愿挨的事儿。不说了，二位慢慢探讨吧。

我说，明清，你别转过去啊！给你看个好东西。

总归是小姑娘，被我这么一说，她立刻又转回来问，快说，什么好东西？

我从书桌里拿出下午收的所有人的会考准考证，摞在桌子上，说，你帮我一个一个念准考证号，代课老师让我登记。

明清拿起钢笔说，你信不信我一钢笔戳死你！

林思源笑着说，我看看什么好东西？说着拿起上面的几个准考证，端详起来，几秒钟后惊讶地叫起来，明清姐，你还有长头发的照片呢？真漂亮！

什么？我连忙抢过来看，果然，明清的准考证上，赫然是长发披肩，也没戴眼镜。我很惊奇地问，什么时候照的？

明清有些得意地说，去年冬天就留长头发，假期照的，小孩儿，姐这张照片如何？

对于明清的气质,我不得不承认,但我跟她聊天,绝对不可能承认任何事实,以免说话落了下风。于是说道,呵!你看这——活脱脱的金毛狮王啊!

说时迟那时快,就在我迅雷之势拿起语文书防御,右胳膊上已经挨了一钢笔,疼得我叫起来。

林思源哈哈笑起来,连忙跟明清说,明清姐,你别生气,你看这张!

两个人拿着另外一张端详了半天,我才意识到那是我的准考证。林思源瞅着照片,对明清说,这简直就两个人啊。你看这照片憨憨的,还挺帅的。

明清不耐烦地说,什么呀?帅个屁,小瘦猴子!

金毛狮王!

小瘦猴子!

……

轮番骂阵几轮之后,我俩都觉得这个游戏不好玩。明清出了个主意,她说,我们仨玩个游戏,一人三分之一卡片,轮着出,比谁出的牌大,但要说出理由来。比如,思源,你出林畅的准考证,然后我出我的,我就赢了,因为我官比他大。或者你出林畅,我出这张,你看,他比林畅重,我也就赢了。最后谁输,谁请客出去给其他人买雪糕吃。

我一听,就知道明清耍诡计,说,不玩!想让买雪糕直接说不就好了吗?

林思源却笑着说,我觉得挺好玩的啊!来吧,我们试试。

我抓了一把准考证,第一张居然是林思源的,和她本人几乎没有变化，短头发，特别像明清。我觉得很有意思，就把她的准考证打出去，说，来，我出一张最大的！

林思源正拿着自己的一把准考证思考，瞅了瞅桌面，闪电般的速度把这张没收了，明清都没看到发生了什么，好奇地问，发生了什么？

林思源红着脸说，这张不能打！

明清问，为什么？

林思源说，这样吧，我们三个人的准考证就不打了，也不好自己夸自己啊。

明清点点头，说，下一轮吧！这次不行，来，一张最大的。

赫然就是我的准考证！

明清说，这张最大，理由，张同飞走了以后，学习成绩最好。

听的连我都觉得不好意思了，起身说，你厉害，你拿着大王你赢了，我去买雪糕吧。

林思源连忙说，好吧，我这张最大。理由学习成绩最高，长得最漂亮。

我一猜就是明清的！

明清说，转来转去就我们三个，没意思。出别人的。

轮到我出牌，我看到王燕的准考证，虽然跟她不是很熟悉，但看着长得眉清目秀，就打了出去，我说，这张，年龄最小。

明清想了想，居然打出"李乘风"！

我纳闷地问，凭什么？

明清神秘兮兮地说，你不知道吗？

一听就是有故事，我和林思源立刻做狗仔队状。

明清神秘地小声说，话说最近一段时间发生了很有意思的事情，我听老孟说，王燕已经很多次都不小心把钢笔和橡皮掉在地上。而且每次掉的时间都是在李乘风路过的前三秒。你说好笑不好笑。

我听得有点愣，好笑在哪里？

明清鄙视地说，笨蛋啊你！然后呢，李乘风捡起来，两个人可以对视十秒钟，或者交流几句话啊。

我看到明清戛然而止，郁闷地说，完啦？你这故事没头没尾，能说明个屁问题。

明清连忙激动地说，这还不能说明问题？你不知道高中生谈恋爱都是从橡皮擦谈起的吗？不说了，说了你也不懂。我看你要打一辈子光棍……啊，想起来了，你不会，你有个挨球的人帮你兜底，唉，对人家来说真是悲剧！

林思源立刻做出响应，红着脸说，明清姐，你怎么这样啊？每次能不能别瞎说。

我心想明清肯定要把这个梗一直用到高考吧，没好气地说，你还玩不玩？不玩就给我俩买雪糕去。

这时，门口第一排的一个小孩儿喊道，明清，林畅，门口有人找你俩！

我们三个正在洗牌，突然被这么一喊，吓了一跳。与此同时，所有人放下手里的道具，齐刷刷看到我正和两个美女玩游戏。我闻到了浓浓的羡慕嫉妒恨的气息。

我跟明清站起来在众目睽睽下往外走，陈大福突然阴阳怪气地说，你俩是不是出去钻小树林去啊？

全班一下子哄堂大笑起来，让我实在尴尬到不知所措。但是，这

第九章 横竖总来由定数，迷人何用求全误（上）

时只见明清表情严肃，转身径直走到陈大福桌子边，拿起桌子上的书本，对着陈大福脑袋一顿猛敲，然后若无其事地出了教室。全班的目光立刻转向受了重伤、满脸通红的陈大福。

我俩走出去，门口站着一位三十岁左右的女老师，春风满面地问，林畅、明清是吧？我是教务处的老师，肖校长委托我今天私下找你们俩谈话，因为这件事情不能通过官方来通知！

我和明清面面相觑，不知道发生了什么。

她马上解释说，哦，学校的意思是，让你们俩人提前高考！

什么？明清大叫起来。

那老师看到明清的表情，哈哈笑起来，说，明清同学，不好意思我没解释清楚！是这样，学校对你俩寄予厚望，希望明年高考能冲刺清华北大。所以，私下帮你们报了今年的高考，主要是让你们去体验一下真正的高考，这样明年再去考的话，心理上会轻松很多。给！这是你俩的准考证，拿好别丢了。说完打了个招呼离开了。

说着，从兜里拿出两张准考证。我接过来看自己的，照片用的赫然是这次会考拍的一寸照片，但我准考证上的名字，叫李适；而明清的准考证，赫然写着王鄻鄻。

我拍着准考证对明清说，看看！唐德宗，霸气不霸气？

明清皱着眉头半天不吭声，很显然，她不认字，苦笑着说，你要会念这个字我才算你霸气。肖校长真是的，取的什么破名字！

我猜测说，可能他们是觉得起得太简单，容易与他人重名。如果出事，也不至于被查出什么。咱们这里高考你也知道，不透光，不透风，要是占便宜还好，一旦吃亏，哭死都没人理你。

我和明清站在门口，又仔细研究了一番这两个假证，最后一致认定是真的。看到准考证上我们的考场在原来的初中——城关中学，心里居然有些紧张。我猛然间意识到：三天以后，这届高考结束后，我们这一届也进入高考的倒计时！

回到教室以后，我看到林思源不高兴，正在漫不经心地做题，刚玩的会考证整整齐齐地摆在我桌子上。我凑过去看她做什么，她瞪了我一眼，立刻扭转头不再理我。这让我很纳闷，难道是因为刚才和明清一起出去，又或者是陈大福说的话？

不过，想到几天以后的高考，我的心情就如同一个农民正扛着锄头锄地，突然有军队过来，强行塞把大刀，说前面就是战场，要我去前线杀敌。紧张激动之下，旁边地里的林思源高不高兴，全然不再关注。

前排明清同学喃喃自语，这破字原来念"零"！真是气死姐了！

下晚自习铃声响起，明清刚转过头说，思源，咱俩一起……话音未落，林思源就气冲冲地收拾书包，第一个离开教室。

我觉得实在莫名其妙，明清却扑哧一下笑了，说，哎哟！难道思源吃我醋啦？这傻孩子。

……

三日后，最特殊的一届高考拉开序幕。

因为只是试水，我爸妈没把这件事当真，所以高考伙食并没有提高到一级战备状态。吃完我们家万年不变的早餐——花卷咸菜白开水，我拎着自己临时拼凑的考试袋出了门。早上八点左右，往城关中学的一路上，到处是三三两两的考生。我抱着一种"不必当真"的心态，走到学校的门口时，发现已经排起了几条长龙，老远处校门口，十几个白大褂一夫当关，手里拿着在当时看起来很高端的仪器，对着进场考生的脑门扫描。

排了二十分钟，终于艰难进到校园里面，一种熟悉而陌生的感觉油然而生——这是我曾经生活过三年的初中母校。我拿着准考证按图索骥，就看到明清轻盈地走过来，说，李适，你好啊！好久不见，我已经看到你的考场号了，就在我考场对门，走吧！对了，明天考完要不要交流一下经验？

我反驳说，那个王——王什么来着！咱俩是冒牌的，你还当真了你？

她却认为既然学校拿自己当种子选手，那就要小试牛刀，如果一不小心今年就考上重点大学，那她说不定就准备去读。我们俩在曾经上课的主教学楼前一直晃荡到所有人进场时，才慢慢往里走。快走到教室时，明清想起什么似的，说，对了，你那个考场有谁，你知道吗？我摇摇头。她神秘地说，李进府！然后指指我的考场，笑嘻嘻地进了自己的考场。

我大吃一惊——李进府是二中应届生的第一名，属于和张同飞齐名的人物，牛到被人认为考清华就是来走过场的。我无意识地瞟了一眼门上贴着的名单，他的名字赫然在一号位置，靠门口第一个座位，不禁觉得霸气十足！

等我坐定之后，就看到一个长得瘦瘦高高、有些憔悴、戴着厚厚的镜片的男生，脚步沉重地坐到那个座位上，与此同时，几个角落零星传出微弱的"嘘"声——看来这个教室里特殊关注那个座位的人不止我一个！

第一天早上的语文考试乏味至极，实在无甚可记。现在回忆，只隐约记得我作文别出心裁地写了八百字的短话剧，描述诚实与撒谎题材的故事。

下午数学试卷发下来以后，我傻眼了——一道题都不会做！这是一种什么概念？我在想作为高二年级的第一名，好赖总不至于卡在第一道选择题上吧！此时，我大脑高速运转在思考一个问题，究竟发生了什么？虽然曾告诫自己重在参与，但眼前这是真正的高考试卷，手心开始冒汗。我仔细盯着试卷上的题目，毫无章法地在草稿上乱涂乱画，几乎没有一道题做过之后可以拍着胸脯说，百分之百正确。这是我以往考试所完全没有的感觉。当我艰难地爬行到最后四分之一页试卷时，讲台上传来一个声音，同学们，最后十分钟！

我看了看自己，还停留在倒数第三道计算台风路径的题目，被台上的声音一惊吓，我居然开始想台风长什么样子！

按照这个风格，我基本可以预测本题没得救了，在这千钧一发的时刻，我开始着急忙慌地堆砌数学公式在试卷上，希望得一分算一分。突然教室里有人喊道，老师，有人晕倒啦！吓了我一跳，抬头一看，只见靠门第一个座位上的李进府，已经躺在地上抽搐，口吐白沫，翻着白眼，人事不省，手里还死死攥着圆珠笔和一张草稿纸。讲台上两个监考老师吓坏了，其中一个年轻女老师，估计第一次监考，脸色苍白，站在讲台边跟着地上这位同频率颤抖。好在另一位中年男老师经验丰富，一边大声跟考生说，最后十分钟很宝贵，你们不要受影响，一面摔门走出教室。

当然，他虽然这么说，在当时的情景下，没几个人能再安然进入考试状态，全都盯着地上，指指点点，交头接耳。

不多时，门外响起一阵急促的脚步声，进来十几号人，其中两个像是刚才测体温的白大褂。他们将李进府翻过身，平躺在地上，然后拿着手电筒之类的工具测试他。其他十几号人围成一个圈，把门口堵了个水泄不通。过了几分钟，他俩说，不是肺炎，应该是情绪激动引发癫痫，得赶紧送医院！

这时下考场铃声响起来！

中年老师本能地喊，停止答题！开始交卷！说完，拍着还在颤抖的年轻女老师说，你赶快去收试卷！女老师这才意识到自己傻了，于是一阵高跟鞋的噔噔声，她风一般穿梭在座位间，将数学试卷都收起来。

走到最后一张桌子，就是出事地点，她刚凑近拥堵人群，手伸过去要抽桌上的试卷，不料地上躺着的李进府竟然"活"了，一把抱住女老师的腿，放声大哭，嘴里一直重复着，老师，再给我一次机会！

那女老师满头大汗，不知道如何处理。好在，一分钟后，一个担架送了进来，他被抬走了。其他人也离开了教室，整个楼又恢复了寂静，像是一切都没发生过。

回家路上，刚才那一幅惊恐却悲凉的画面深深烙在我心里。我低着头思索李进府何等的传奇人物，就这样被高考轻易地摧毁了。人生中短暂的十分钟，真是足以改变一辈子的命运！

毫不意外的，我想到明年的今天，我将正式地在这场考试里。那时的我是否可以像看官一样看戏？而且，我会不会重蹈李进府的覆辙，不得而知。回到家里，继续沉浸在今天下午突发事件的沉思当中，爸妈问任何问题全都置若罔闻。他们估计我考砸了，也没好再问。

考试第二天，淅淅沥沥下了一整天小雨。我在一种复杂的情绪中结束了英语和理科综合的考试。李适的身份也随即结束。我长舒一口气,缓缓地走出考场,刚准备要打伞,身后却有一把超大的黑伞罩过来。我转头看,明清正神采奕奕地看着我,说,走,请你吃饭。

她看我脸上写满疑惑,说,林畅,你还记得高一运动会时,我曾答应过请某人吃饭的吗?两年过去了,一直都没有机会,今天总算是碰到一个好机会——高考结束!

我心想太阳从西边出来了,这家伙是不是又要坑我。她却不由分说,直接拽着我往校外的东大街走,边走边说,你这个人真没意思。给你个机会,陪本班长庆祝一下都不明白,真是个榆木脑袋!

我说,哎哟,明清!算你有良心,还记得欠我的饭。

出城关中学的大门,就能看到东大街美食城,主要是回族聚集区。这是个著名的地方,很多人初中时代的一大半回忆都曾在这里发生,打架斗殴,谈情说爱,甚至包括当年我跟宁宁险些打群架那次,也是在这附近选的场地。当然,这里还是让我每天望眼欲穿的地方,每天中午放学,一出校门,就能闻到飘来的阵阵烤羊肉串的香味,好几次馋得骑不动自己的坐骑……

想起一些往事,我突然特别想吃烤羊肉,就跟明清提议。但这个女人实在太特立独行,她说了一声"好",就拽着我从美食城活生生穿了过去,却没有停步。我心想,你不吃,你"好"个屁啊!

一路向北走,就在我差点跑断腿的时候,终于走到黄河边的一家农家乐,她也上气不接下气地感叹,你不说我都想不起来,这家有本地最有名的黄焖羊羔肉和清汤羊肉!

我才恍然大悟。

这个小城最有名的当属黄河滩上散养出来的滩羊。招待外宾最拿得出手的也是羊肉。酒香不怕巷子深,即使已经偏僻到要跑断腿,但

第九章　横竖总来由定数，迷人何用求全误（上）

当我们去的时候，还是排起了长队。小院里面只摆着六张桌子，明清在我各种抱怨声中，又等了足足半个小时，才等到一张空位。用怨念的眼神请我吃到传说中的黄焖羊羔肉。

可能是因为饿极了的原因，从农家小院出来时，我和明清撑到走不动道。此时雨过天晴，黄河落日，晚霞绚烂，我俩就沿着河边寸移。我跟她讲昨天李进府事件，明清听得也是目瞪口呆，感慨万千。不过，过了一会儿，明清突然笑着说，真有意思！

我不解地问，什么有意思？

她说，你不知道吗？女生们经常开玩笑说，在咱们这座小城，第一次在黄河边压马路也算是女生的第一次。我刚才意识到，我怎么就把这个第一次给了你这个男生，哈哈！

我有些尴尬地说，黄河边溜达一圈居然还有这么奇葩的象征意义？你别告诉我要让我赔偿啊，我可赔不起！

她哈哈笑道，看给你吓得！我才不在乎呢。这些说法在我看就是无稽之谈，浪费时间。

我看到不远处立着一个石碑，上面写着"河滩村"。猛地回忆起这原来就是一年前我和萍儿吃火锅的村庄。只是当时大雪覆盖，苍茫一片，不辨经纬。我环顾左右，别说分辨不出那家河滩火锅在哪里，就连上次从哪里到这儿的，我都看不明白。

突然有人拍我的肩膀，把我从回忆中拉回来。不知道是今天考晕了，还是吃晕了，我在回头的一瞬间，居然出现了幻觉，看到萍儿微笑着站在旁边。几秒钟后，才回过神，还是精致的明清同学。

她可能看到我神情不对，伸手在我额头上摸了一下，说，你发烧了吗？

我摇头，示意我没事，问道，你刚才要说什么？

她顿时激动地指着老远处说，你快看，那两个人是谁？

顺着她指的位置，我看到好像是张伟正和一个女生往河边的一处白桦林里走。张伟的个头很高，因此我一眼就辨认出来。女生矮矮胖胖，却没看清楚是谁。

明清做不可思议状，说，那不是孟雨吗？这俩怎么搞到一块去了？

我吃惊地快要叫出来了，什么？

明清"嘘"了一声，小声说，不要瞎激动！免得被他俩发现。老孟太奇怪了吧！前两天才跟我说，她喜欢二班的一个男生，这不是张伟吗？

刚说完，意识到自己泄漏了天机，马上严肃地对我说，我刚才什么都没说，你什么都没听到！知道不？不然就把你灭口！

我都没理会她说什么，此刻沉浸在感叹老孟这个狗仔队头目，这次居然被我抓了个现行，只可惜当时也没有相机拍下来。一直看到两个人消失在那片桦树林里，明清才开始感慨万千地说，哎呀妈呀！太疯狂，难道我们班都犯了桃花劫了？

我说，老孟找张伟，我觉得不稀奇啊！因为老孟不是一直向往去北京吗？那人家这次找对人了，那个张伟祖籍就是北京的。别看了，我们回去吧！

她站在原地，思考了一下，说，我突然想看电影，你要不陪我去网吧？

网吧？我惊讶地说，以前从来没去过。你一个小女生敢进去？

她白了我一眼，说，鄙视你！

走了不多远，就在靠近市二院的路边，看到一家"星辰网吧"。明清神气地掀开大厚门帘走了进去。这还是我生平第一次进网吧，一股烟熏火燎呛人的味道扑鼻而来，约莫能感觉有一个教室大，黑洞洞一片，只有摆着的好几十台电脑屏幕闪烁。坐着的一排排脑袋，个个戴着耳机，目光呆滞地盯着屏幕。

走到柜台前，明清问我，你要自己玩还是看电影？

我说，这个不谦虚！我真的不会，你看着办吧！

前台是个二十几岁，胡子拉碴的小伙子，听到有人主动说不会电脑，用一种非常鄙视的目光打量我一番。

于是，明清只开了一台电脑，笑着对我说，人家都是带着女生上网，你这倒好，一大老爷们儿，被女生带着来上网。

我刚欲辩解，她就抢白说，好男不跟女斗！让我说两句不行吗？老是跟我斗嘴，真不爷们儿。咱俩也别吵啦！我听说最近上映的《骇客帝国》特别厉害，好莱坞拍的，你安安静静陪我看电影。

估计是因为高考结束，当天网吧人员爆满。虽然已经交了钱，但我俩来回走了两圈，还是没看到空座位。好容易看到一个犄角旮旯的地方有一台电脑空着，却只有一把椅子。

明清看了看，问，怎么办？

我笑着说，你掏的钱，要不你玩吧。我回去。

明清说，喂！你这个人怎么这样？等会儿太晚，我一个人可不敢回去，你得负责送我！——行啦！别矜持啦，挤挤，咱俩又不是第一次挤板凳。

什么？啥时候啊？你可别诬陷我。

你不记得了吗？高一有一次班长开会，不就挤一个板凳吗？说着，自己先坐下来输密码。

我和明清虽然平日里因为诸多战争，皮肤接触早已是稀松平常，但时过境迁，在这个环境下，当我坐到椅子上碰到她时，她还是下意识抖了一下，这使得我更加尴尬了。好在周围的人都只全神贯注自己的电脑。她很聪明，故意将键盘敲得很响，使得我的注意力转移到屏幕上，很快就搜到电影。我从高二开始才接触好莱坞电影，这次是用电脑看，新鲜度又加深了一层。

起初，我以为她要看的是什么大清帝国之类的历史剧，但一看——外国电影，我就觉得自己智商完全不够用。开场不到十分钟，已经看不懂在演什么故事，人物关系如何，几个黑衣黑裤的人，还穿梭平行世界，简直想不明白在瞎搞什么！明清却全神贯注，入定一般，全然忘了旁边还挤着个人。

我更加百无聊赖、左顾右盼。突然，瞟了一眼旁边座位上一个民工打扮的人的屏幕，我真真切切看到：一对赤身裸体的男人和女人，正在做着一些零距离动作！

一刹那，我的世界观似乎崩塌了！在这之前，我也曾经好奇过，为什么男人和女人一结婚就会生孩子。我猜测是有一股气流，在两个人睡觉的时候，从男人体内流到女人体内，然后女人就怀孕！而此时此刻，全然明白过来，这个世界上一些自己之前不明白的道理！虽然我强装表情一如既往地冷静，内心活动却实在无可描述。

我紧张到刻意避开跟明清有身体接触，有些冒汗，如坐针毡地过了几分钟后，明清突然摘下耳机，傻兮兮地问，你怎么了？

我用眼神示意旁边正流口水的民工。她扭头往旁边的屏幕上瞅了一眼，立刻用一种怨念的眼神看着我，说，这什么啊？不看啦，走！

说着，撂下耳机，气冲冲走出网吧。我也跟着走出来，才看清她满脸通红，问道，你没事吧？

她却不说话，只是独自往前走。我猜她可能生气或者害羞，因为我自己都感觉脸在发烧。好在大街上人非常多，熙熙攘攘，分散了注意力。没几分钟，我先平静下来，再看她的神色也逐渐缓和。她开始滔滔不绝地抱怨，男的真恶心！为什么喜欢看这种恶心的东西。

我争辩说，又不是我在看，你别带上我好吗？

明清瞪着大眼睛，盯着我，一本正经地问，真的吗？你敢说你以前没有看过？

我乱七八糟发了一通誓，赶紧把我对男人女人生孩子的理论给她讲了一下，她才哈哈大笑起来，说，这还差不多！我猜你肯定和我一样白痴！

送她回家的路上，经过一条偏僻的巷子，我俩埋着头安静地走着，都不言语，气氛有一些尴尬。我的心情发生很大变化，不由得又想起来刚才那一幕。明清突然停下脚步，细声细气地问我，林畅，我有个问题想问你。

从来没有听到明清这么小鸟依人的说话，乍一听还有些不适应。

她接着说，其实也不算问题，就是有几句话。因为我看你最近几次考试飘忽不定，有些担心。你别多想啊！虽然咱俩平时嘻嘻哈哈，老是斗嘴，但我能不能提醒你慎重考虑考大学的事情。

我不解地摇头，大脑飞速测算是不是又在给我设坑下套。

林畅！突然背后有人喊我的名字。

这个声音如此熟悉，我不由得心里一惊，就是我期盼已久的声音啊！

我扭头一看，真的是萍儿！

她穿着一条白色的连衣裙，近在咫尺，沐浴在落日余晖的巷口，微笑看着我。我不敢相信自己的眼睛，以为自己思念过度导致幻觉。看了一眼旁边，发现明清还在，才明白这真的是萍儿！

我激动地想立刻走过去，拥抱这个思念到让我差点想不起来的女朋友，突然意识到明清的存在，一时间竟不知道怎么处理这个场景。似乎是同样的原因，萍儿也有些尴尬，她向我走过来，却轻盈地跟我保持一定的距离。她指着旁边的一座红砖黛瓦的老院子说，这个是我表妹滕雅洁家，我跟你说过她，不知道你还记得吗？她叔叔今天办婚礼，我刚好放假，来凑热闹的。

我听着有些生气，你回来不联系我？你确定？

她欲言又止，看着旁边的明清，保持一脸微笑，但故意没有主动问她是谁。

反而是明清大方地伸出手说，你好！我叫明清。你是？

萍儿想了想说，名字好耳熟，记得原来城关中学有一个学霸，叫明清，是你吗？

明清笑着说，这个名字应该不会有第二个吧？这么说，你也是城关中学的？你叫什么？

她指了指我，说，我跟林畅一个班的。不过，你们都是名人，我就不说自己的名字了吧。

我在旁边不知道怎么互相介绍两个人，有些窘迫。萍儿盯着我，问道，你们俩这是？

我说，我刚才去参加高考。那个……她也……去参加高考。

我意识到自己说话舌头打结。

明清这家伙，却突然故意笑着说，是啊！我陪林畅去参加高考，然后我们一块儿吃饭，他现在送我回家！

萍儿脸色疑云密布，冷冷地说了一句，那你们继续吧！转身就往回走。

我顿时感觉自己的世界紊乱，指着正在抿嘴笑的明清说，你又害我！

萍儿已经走出小巷，我赶紧跟了上去，也没想把明清落在小巷会怎样。萍儿看到我跟上来，生气地说，你来做什么？你得送她回家吧！

我着急地说，你真的误会啦！学校委派我俩试水一下今年高考，考完她说要请我吃饭，吃完有点晚了，我才送她回家的。真的不是你想象的那样。

我凑过去看时，发现她热泪盈眶——这是我第一次看到她哭！

我非常懊悔自己气人能力很强，但这会儿想哄人，却能力全无。我跟着她，看她很伤心，不知道该说什么劝慰，好半天，吞吞吐吐地蹦出一句话，我这半年想你想得很郁闷！

她停下脚步，看着我，泪花还在眼眶里打转。不知道是觉得太可怜，还是太激动，我当时也不知道哪里来的冲动，在大庭广众之下，紧紧地抱住了她。这一次，她没有挣脱，说话的口气也软了，喃喃地说，你能说出这句话，可真不容易！上次在我们学校那件事你误会了我。我一次次想跟你解释，但我也很生气。因为我想如果你信任我，我都不必解释；如果你不相信我，我解释也没用。但很多次，我还是说服不了自己，觉得你生气了，我得来哄哄你。

我说，我又不是小孩儿，让你大费周折地来哄我。

她说，你虽然故意装得成熟老练，其实有时候像小孩儿。知道这次来，为什么没有告诉你吗？因为我本打算明天去找你，给你惊喜。可是，真太不巧，刚才——

我连忙再解释，明清吗？你千万别多想，我跟她真的是一起考完试，她上次欠我一顿饭，这次顺便请了。我跟她就是同班同学啊！

她委屈地说，刚才听到她的名字，我觉得你和她才更合适。我们本来——

我说，不是一个圈子的？我要再给你解释一遍，我跟谁合适或者不合适吗？内心所想，好像也不是别人觉得怎么样就怎样吧。

她问，那你内心想什么？

我说，一个人，曾经当众让我唱《美国人》的女生！

她委婉地说，原来你还记得啊！上次，台上唱歌时说的话其实你都听到了，也都明白，只是在跟我装糊涂而已吧？所以，你当时就明白，那首歌就是送给你的。

我点点头。

她终于好了——破涕为笑——虽然眼睛里还闪着泪花。那一刻，我觉得她在我的世界里邂逅的女生中，是最美的，无与伦比。

她突然说，林畅，我已经好啦，但明清还被你晾在巷子里，这样不太好吧？要不我陪你回去，把人家送回家。

我一边跟着她往巷子走，一边看着这个不可思议的女生。很可惜的是，我们回到巷子时，明清已经离开了。她惋惜地说，这下，你真的得罪人家明清了。回头你替我好好跟人家说声对不起吧。好啦！既然美人儿送不成，就劳驾送姐回住的地方呗，护花使者！

我抬头看到滕雅洁家深宅大院，钟鸣鼎食，以为她今晚会住在这里。她摇摇头，说，我还是住酒店，我不喜欢被人打扰。

很讽刺的是，我陪着她，又走回到黄河边的田园酒店，马路对面就是下午和明清吃饭的农家乐。萍儿听完我说这件事，哈哈笑起来说，你找人算一卦吧，以后的命运里，会不会因为我和她，足迹成一个圆圈。

这个田园大酒店是小城唯一的星级酒店，三年前为了迎接联合国教科文组织的外宾来访特意修建的，地理位置非常棒，站在酒店的房间里就能看到黄河，但是价格贵到普通人只能在门口晃一下，就当旅游参观。六层高的大楼，外部装修得像美国国会。大门口除了来回巡逻的保安，还站着两个身材修长、穿旗袍的年轻美女，再加上霓虹灯闪烁，第一次路过的人十之八九都会以为是个非正当场所。

讽刺的是，那次外宾只待了一下午，就回省城了！

由于刚刚重归于好，我内心久别重逢的感觉非常强烈，紧紧抓着她的手，实在不愿意分开。站在酒店门口，我开玩笑地说，富婆，今晚我能不能蹭住，感受一下星级酒店？

她听完脸红了，惊恐地说，你要干什么？这恐怕不太好吧？

我听她这么说，有些胆怯，只好马上改口，啊！不是那个意思，我是说——那好吧！你上去吧，我回啦。我猜她是不是误会我了，于是很尴尬。

突然，她想了想，在我耳边轻轻说道，你自己看着办吧，我无所谓。

我有些惊讶，真的吗？那你别反悔。

她没理我，直接往里走。进到房间里面后，发现是有两张床的标准间，虽然陈设都很新，但非常窄小。她笑着说，你，靠窗户；别跟我抢靠墙这张。

听她说话很轻松，我的尴尬紧张情绪也减弱了七八分。我用房间电话给家里撒谎，今晚去陈大福家看电影，明早回。因为之前寒暑假曾经干过几次，我老妈在电话里虽然唠唠叨叨，但最终也没怀疑。

那一晚，她抱着被子躺着。我拉着她的手，靠墙坐着。她让我给她讲故事，我就讲爷爷曾经讲过的，我们家族的历史可以追溯到道光年间。我们的第十五代先祖如何从山西逃难至此，一直讲到我老爸的光辉历程……她眼睛睁得大大的，一直在听。

我说林氏家谱上，女性的故事都非常简单，几乎没有记载。她有些生气，你们家这么老封建，女儿尚且如此，给你们家当媳妇儿，是不是连名字都没记载。

我说，听你的意思，想给我们家当媳妇儿啦？

她笑着说，我才不要呢，男女都不平等。

讲到最后，我自己都不知道几时囫囵昏睡过去……

第二天一大早，匆匆洗了把脸，晨光里把她送上回省城的大巴。走的时候，她眼睛红红地，说道，你还有一年才能毕业，逃出小城的笼子；我下一学期就要毕业了，也不知道算好消息还是坏消息。要是我回到这里，在初中当个音乐老师，好不好？

我激动地说，那好啊！我就不用天天想着逃出牢笼去看你。但是，我想起第一次和她吃饭的时候她说的话，问道，那次你说，将来有一天有可能要出国，事情靠谱吗？

她摇头说，你安心学习，别想太多，我不会离开你的！

看着她的背影，我心里明白，这是一句谎话。

回家路上突然回想起昨天网吧里民工看的那一幕，才意识到昨晚有一两次，她冷不丁地说"你做什么我都愿意"的话的意思。心想自

己真是傻到家了,现在才明白过来。但是太困了,回到家倒头睡了个昏天黑地,期间做了个诡异的梦:

我和一个女生站在一堵巨墙前面。我牵着她的手,只觉得她很熟悉,但脸是模糊的,分辨不出来到底是谁。静静站在墙前许久,我问她,你看到什么了?

她摇头,说,什么都看不到。要不你仔细看看?

我睁大眼睛,过了一会儿,巨墙上居然出现了一个卷轴,最左边最早出现的一幅画,上面画着两只特别可爱的老鼠。一只穿着黑色的西服,一只穿着白色的纱裙,手牵手站在太阳下。遥远的地平线上,还站着两只老鼠,模糊不清。卷轴逐渐展开,画面多起来,像是连载画一般,故事丰富多彩起来。有黑衣小老鼠自己的故事,有白裙小老鼠自己的故事,一直到倒数第二幅画面,出现了老鼠的战争。密密麻麻的老鼠,扛着长枪短炮,画面非常乱。看得我头都晕了。

卷轴展开到最后一幅面,那只白色的小老鼠穿起白色的婚纱,坐着白色的婚礼马车。黑色西服的老鼠站在婚车前。

……

我从沉沉的睡梦中醒来。

第十章　横竖总来由定数，迷人何用求全误（下）

萍儿的出现，非但没有扭转我对这段关系的绝望，反而打破了我用一学期艰难建立起的平和心态。这一次，因"离别"出现严重的内心创伤，在她离开的一周之内尤其痛苦，肚子里一直有股气，使得我非常憋闷，尤其到傍晚，茶饭不思。脑海中每隔几分钟就不由得蹦出那个面庞，然后我的思维就中断一次，过好久才意识到我不能想她，因为这已经影响到我正常思维。这个假期，我完全放弃看书，把自己关在家里只看电视剧和电影，借此转移注意力。可悲的是，每当看到电视里有场景或者一句话与我和她的经历有关，痛苦又出现。

再次将内伤调整到尚能控制，并且能简单看懂教科书的时候，高考成绩公布了。

这年的高考，由于变态的全国卷，北方多省"哀鸿遍野"。重点本科的分数线跟我平时两门课成绩不相上下，普通本科线更不用说，掷骰子就能上。乱世出枭雄，像我这种每门课将就答了几道题的裸考生，居然总成绩超过重点本科线。参加完考试，我虽然自己无事可做，但后面帮李适同学报志愿等流程，肖校长却一样都没少。没想到，不几日还真收到南京某重点大学的录取通知书。

第二天下午，从学校代领完李适的大学录取通知书，我的心情有些复杂。高二参加高考，居然考上重点大学，脑海中突然有些泄气，蹦出一种想法，要不索性就拿着这张通知书上大学？

回到家后，林思源老爸正和我爸坐在客厅沙发上窃窃私语，并鬼鬼祟祟地说着"好，就这么定"之类的暗语。我明显预感有不好的事即将发生。

思源爸看到我，神秘地笑道，小林回来啦？我正和你父亲说你呢。你那个——通知书取回来没？

通知书？

我爸也很神秘地问，录取通知书给我。

我很纳闷儿，把通知书交过去。两个人如获至宝，仔细端详起来，指手画脚。

您二位这是要？

我老爸头也没抬，这次高考发挥得不错，考上重点大学。你林叔大女儿——就是思源的姐姐——这次高考没发挥好。反正你今年也不去，我们商量把这个机会给思源姐姐，让她去读大学。

什么？我以为自己听错了，大学录取还能转给别人？再说，您不知道这是假身份考的吗？

我爹淡定地说，知道！正因为这张通知书是个假名字，你林叔才觉得可以试一下。要是你的名字，我们也不能冒险。

林思源爸跷着二郎腿，边抖边说，小林，你不要激动！这件事其实是这个理解方式：名字是假的，但录取通知书是真的，所以没人去读的话，那不就浪费国家资源吗？如果有个人能真去读书，那岂不两全其美？你放心，后面的事情我和你爸来操办就好，你就踏踏实实准备好你明年的高考。再说，你还要和思源一起去北京上大学呢？北大招生办那边有我一个表弟，到时候都会照顾一下。

我心里没好气，真是满嘴跑火车！上次来我家说是自己岳父，这会儿又表弟。刚欲再辩解，我爹立刻摆出家长做派，严厉呵斥，说，别管，废什么话？去厨房帮你妈做点什么！

平地一声惊雷，把思源老爸惊了一跳，用一种莫名的怪表情看他。我虽然很愤怒，但多说无益，只好郁闷地回到自己的卧室。此刻，我抱着一种隔岸观火的心态：这俩老家伙怎么搞成这件事。

……

不料，几日后的一天中午，从我爸那里得知，林思源神通广大的父亲成功地把录取资格转到自己女儿身上了！并且预订这个月底摆宴席庆祝。

此事深深触动了我：那个时代的高考，录取流程多为人工操作，这给聪明人以无限施展绝技的机会。或许林思源老爹偷梁换柱的本领还不算非常高明，要我说，索性来一张清华的录取通知书才好呢。我虽然以粗浅的阅历认定，这是一种"违法"行为，但现实情况是，这个在我看来不美好的环境，一切都那么风平浪静，那么合理，就像什么都不曾发生。

话说两头，老刘从河北等地变态学校参观回来以后，性情大变，马上变态，想了很多狠招，其中之一是怂恿学校暑假给新一届高三年级补课，导致我们的暑假时间由一个月缩短成十天。此刻我对萍儿的心伤未愈，被迫召回到教室里，看见任何人都觉得是灰色的。教室也是乱哄哄，除了绝大多数对补课骂娘的，再就是坊间谈论有个叫李适的高二学生考上重点大学；甚至有侦探小说看多的，竟然怀疑李适是个假名字——这让我佩服得毛骨悚然。

为了自身安全，打死我都不能透露真相。但转念一想，要做到万无一失，还必须封一个人的嘴。这个人在我进教室以后，用蔑视的目光瞥了我一眼。

林思源悄悄问，你得罪明清啦？

你怎么知道？她刚才说什么了吗？

她无辜地看着我，我才提到你，她马上就扭头不理我了。

我只好"嘘"道，发生一些小误会，没什么大事。但心里很不是滋味，后悔那天晚上一时冲动，将人家独自撇在小巷子里，深刻感觉自己心智不全。

但此刻苦恼的是，该怎么跟她解释道歉呢？直到最后一节课间，林思源和孟雨都不在，我觉得是个机会，便鼓起勇气，轻轻拍了拍她，小声说，班长！

她没反应。

我只好又用力拍了下她后背，她故意还是没反应。

我心想，算了吧！你永远都叫不醒一个装睡的人。不过转而灵机一动，我写了张字条：上次的事情真是对不起！给个解释的机会如何？然后扔到她桌上。

没想到，她顺手拿起来，就准备抛弃。

我连忙恳求别扔，她才停手。过了一会儿，纸条传回来。我打开看，我的留言下面，多了一行娟秀的红字：中午放学，逸夫楼后门。

我看着纹丝不动的这一位，苦笑一声，道个歉，搞成约会小树林。但也无可奈何，我猜全班男生都已经习惯明清骨子里那股傲慢之气。

上课前，林思源问我，月底我爸要见你，跟你说没？

她可能嗓门没控制好,此时所有人都安静坐等上数学课,此话一出,如同在死水中投入一块大石头。异常安静几秒钟,继而爆发出一阵哄笑声和嘘声。

林思源面色像喝了一瓶二锅头。我虽然有些窘迫,但更多是生气,对全班吼道,安静点!别瞎想!

该死的陈大福,在一声诡异的笑声过后,接话道,我们啥都没想啊!你想让我们瞎想什么?哈哈!

这句话就如同做实案情一般,让所有人笑得更加欢实,直到数学老师何国走进来才呵斥住。惊魂未定,一节课思绪全在九霄云外。林思源则更胜一筹,头差点埋进课桌里,像鸵鸟一样。看着既可怜又可气。可怜的是,看着脖子都疼;可气的是,她姐这事最好是天知地知,没有想到被这家人搞得这么大张旗鼓,想想都有点厌恶。

煎熬到中午放学,林思源也不打招呼,气冲冲地第一个奔出教室。我此时心思全无,只记得要见明清同学。只好等所有人走完,按照纸条上写的,来到逸夫楼的后门。明清正站在篮球场边的走廊前若有所思地踱步。

我走过去说,您老人家神清气爽,看来是上次的事情原谅我了。

她冷笑道,哼,你哪知眼睛看出来原谅的?早上纸条骚扰我的事情还没有道歉呢。

我心里一凉,这是要跟我打持久战!只好岔开话题问,对了,那个"王零"高考成绩如何?

不怎么样,哪有"李适"一鸣惊人啊!她眨着眼睛,顿了一下,怒道,别转移话题!快说!

说什么?我真诚道歉!那天不应该把你一个人丢在小巷子。我缺心眼！

明清面无表情地盯着我看了许久，冷笑一声，扬长而去。临走时抛下一句，连生气的点都没找到，道的哪门子歉？

看着明清的背影，我意识到她生气似乎是因为张萍儿。转念一想，不应该啊！她不是明确说不考虑任何与感情相关的人或者事情吗？想来想去，也没有理出头绪。但是，她在接下来好几天时间，更加刻意不跟我说话，甚至也不转头和林思源说话。作为精神洁癖患者，眼前摆着这么件不完美的人事关系，让我非常闹心。好几次想怎么再跟她道歉，始终找不到理由，时间就这么流逝着。

高考录取进入最后阶段，学校门口贴着的光荣榜一时成为小城的临时 CBD。吃瓜群众一到晚饭时分，把校门口围得水泄不通，以至于上自习的人都得从人群中生穿过去。虽然捧场的人如此火爆，但二中今年的高考成绩却暗淡失色。文理科全学区前十名，几乎全部被一中占据。录取榜上，除了星星点点几个名校高挂，其余一片惨淡，出现各种奇形怪状的大学名称，乍看以为是台湾、香港那边的学校。

人群中有人叹息，奇怪！二中今年一个清华北大都没有！

是啊！记得这一届有个大名鼎鼎的神童李进府，居然没有出现在光荣榜上！

我听说啊，二中这一届还招了一个唱歌跳舞的艺术班，全部都是那种没考上高中，但长得好看的女生，一到下午穿得妖妖艳艳的在教室里练舞蹈健美操，引得人心躁动不安。

还有啊，听说管财务的那个副校长出事被抓啦！

是吗？唉，这学校完了！幸好我女儿明年考高中，这么看，只能考虑一中！

听得我一愣一愣。健美操和副校长简直像听奇幻故事。至于李进府，作为目击者，我自然知道缘故，然而我在叹息他心理素质不佳的同时，依然认为这一切的缔造者，是这年变态的高考题目——虽然一中的张同飞同学肯定不这么认为。

天气实在太热！教室里像蒸笼一样，从门窗外飘进来的风让所有人恨不得吐舌头。后排几个男生不顾形象，索性穿着跨栏背心，抱着暖水瓶来上自习。再加上本就是暑假非法补课，没人有心思认真学习，教室里一时间百花齐放、百家争鸣。以张渐渐为代表的梦游派，无论周围噪音多大，一直处于休眠状态；以杜丽为代表的恬静派，一本习题册掩护着后面的武侠小说；人数最多的还是调情派，三三两两都在探讨天文地理、生理卫生等问题。经历这次高考，本来未痊愈的耳鸣又加重不少，脑袋嗡嗡响，根本无心看书，盯着明清后背薄衬衫里面印出的和背心不一样的衣服构造发呆。

林畅，明天周六，中午，你——到——我家，我爸说的。林思源耷拉着脑袋，有些不好意思。

我起初以为自己听错了，不知道啥意思。她看我奇怪的表情，解释说，你忘啦？我爸跟你爸说过的嘛，我姐下周去南京报到。

哦！猛然间意识到时光如此迅速，这么快又到月底了，离上次见到萍儿又两月有余。

第二天中午，我们一家三口来到林思源家小区门口时，我被深深震撼了：整个小区锣鼓喧天，红旗招展，人山人海。院子里搭起至少能摆三十张大桌子的帐篷。门口立着两人高的广告牌，金色的大字写着"热烈祝贺林思婷同学被南京XX大学录取"。牌子下两个人坐在一张条案后，络绎不绝的人群凑上去交钱，一个收钱，另一个人记账。

我妈排队静静等着随礼，林思源父母这时从帐篷里走出来，连忙走过去拉住，笑道，嫂子，你快别这样！将来都要一家人了，你自己给自己随礼，这不是多此一举吗？再说了，得是我们感谢你才对啊！思婷，快过来！

从帐篷里走出一个瘦瘦高高的女生，穿着金光闪闪的连衣裙，乍一看还以为是林思源一夜之间望风而长。

林思源爸笑着解释说，不止一次跟你提到的林叔和阿姨，还有林畅！

林思婷刚出来时，脸上还堆满笑容，听他爸一说，立刻露出惊讶的表情，有些不好意思地跟我们三个人摆摆手，打了个招呼，但刻意避开我的眼神。

我妈上下打量着林思婷，不由地夸赞道，你们两口子真是有福气！两个女儿长得像花一样，哪像我们家，就这一个不省心的。唉，生儿子是个赔钱买卖啊！哦，对了，你儿子今年没回来吗？

林思源妈哈哈大笑，说，嫂子您可太谦虚了。你要觉得不省心，给我们家倒插门算了！

林思源爸说，老大今年暑假实习，马上要毕业，忙着找工作。唉！我们仨加起来顶不上你们家一个。所以我要再三强调，我提前预订啦，你们两口子一定要记住啊！

几个人当着我和林思婷的面肆无忌惮地哈哈大笑。

林思源爸说，思婷，你带林畅去找思源。我和你叔、姨楼上说点事。

她冲我点点头，转身走向帐篷，沉默地在前面带路，我只好跟着，一言不发地往里走。至于原因，彼此都很清楚。没几步就看到林思源和一群学生坐在靠里侧的一张大圆桌旁，她看到我进来，站起来说，你俩已经认识啦?

林思源毕竟和我很熟悉,场面也缓和了很多,林思婷于是指着旁边的空座位,冲她妹妹笑着说,哟!占座?心机很深啊!

林思源瞪着她姐说道,再瞎扯,信不信我剁了你!

这话居然从林思源口中而出,着实让我吃惊!

林思婷转头看了看我说,看到没有?我们家黑老大,没人敢惹,动不动就要砍人!林畅,这货你敢要吗?哈哈。

我还没听清楚她说什么,她身子便往旁边一闪,随后一记重拳从侧面袭来,打在我肩膀上。林思源脸色涨红,也不理会打了我,飞奔冲出帐篷,去追她姐。其他人的目光也齐刷刷聚焦过来。我很尴尬,只好静静地坐下,环顾四周,发现一个人都不认识。

一直到宴席开始时,林思源才又回来,气喘吁吁地坐回原座位。

这么久,你俩黄河边转了一圈吧?

她却说,刚才她说的都是胡说,你别信啊!没打疼你吧?

我看到她有些害羞,调侃说,我当然相信啊,你姐可是在你发飙后才说的,原形毕露,可信度很高啊!嗯,不考虑!

她有些出神,盯着桌子一动不动,非常沉默地坐了几分钟,便起身要走。

我连忙问,你要去哪儿?

她也不回答。

起初我以为她只是去上厕所,就没再理会,看到一桌子山珍海味,肚子饿得咕咕叫,于是跟其他人一起大快朵颐。

旁边坐着个胖乎乎的男生,边吃边问我,二中的?

是啊,你呢?

他指着周围，说，我们都是林思婷高中同学。你是她初中同学？

我不是。我跟她妹妹一个班的。

哦，林思源。那男生笑着说，就刚才走的那位吧？跟她姐好像。这么说，你是高二（一）班的？

是啊！

他想了想，说，你们班是不是有个叫林畅的？

高年级还知道我的名字？我心里一怔，说，你认识？

不认识。听说很有名啊，据说还参加这一次的高考呢，还考上了重点大学，不过后来也没下文了。

我很吃惊！这件事不是学校私下找我和明清的吗？路人怎么知道的？我终于意识到，这个世界上本就没有不透风的墙，太危险！要想绝对安全，就是别做！我突然有些担心，林思源父亲这次玩火，虽然给林思婷一个机会，但千万不要祸从口出，烧到我身上。

我搪塞几句，各自吃饭，一直到宴席结束。

正要起身，林思婷突然跑进来，走到我面前，脸色惨白地说，林畅，不好了！你快看看去！

还没来得及问，就被她一把拽起来往外走。院子门口停着一辆小轿车，我爸和思源爸正站在小轿车旁嘀嘀咕咕说个不停。

刚走到跟前，我爸便劈头盖脸地骂道，混球，你是不是跟思源说了什么不该说的话？

思源爸连忙说，你别生气！跟林畅没关系，都是林思婷这个死孩子。你还不赶紧和林畅去医院！

医院？

林思婷脸色难看地像是去参加追悼会，吓了我一大跳。终于，上车之后她才解释，刚才思源酒精中毒昏厥，被120拉去医院抢救。

林思婷眼泪夺眶而出，支支吾吾地说，都怪我，刚才我在你面前说损她的话。后来她回去陪你吃饭，我以为她没事。没想到一会儿工夫，我妈就喊我，说思源喝酒中毒。等我跑到楼上看时，已经倒在卧室床上一动不动了，嘴里还吐着白沫。

我听得目瞪口呆，像听玄幻小说。

因为有开车司机，林思婷发完自责言论后，凑到我耳朵边小声说，你知道吗？林思源心里有一块儿心病，那就是你！

我？

是啊！我虽然没有见过你，但是很多事情都知道。所以，我不该在你面前开她玩笑。你知道她很喜欢你吗？这件事已经在我们家是公开的秘密了。林思源这家伙心很实。如果你有印象，你应该记得，很久之前，他们仨在你家做客吧。回来以后，我爸调侃说，等你俩上了大学，要把思源嫁给你，你知道吗？自那次之后，林畅这个名字在我家很敏感啊！谁只要一提，她就不对劲，不是害羞就是骂人！所以刚才打我……

我隐约想起来那次在我家发生的事情，但真没想到这件事对林思源的影响如此之大。

还有，刚才你是不是跟她说什么，她才这样的？我爸还骂我！

信息量如此巨大，劈头盖脸地砸过来，一时间有些不知该说什么，我深深担忧起林思源。万幸的是，赶到医院的时候，她已经脱离危险，在普通病房观察。思源妈正站在桌子旁倒水；我妈坐在沙发上发呆。看到我们进来，林思源盯着我，好一会儿，委屈地说，林思婷害我！

这冷不丁的话把几个人都逗笑了。

思源妈苦笑着对我妈说，老林那是有七八个心眼儿的人精儿，没想到生的这俩心眼都这么瓷实！

我妈忙说，心眼实好，我就喜欢思源，一看就孝顺！

两个人咯咯笑了一会儿，我妈说，林畅，你陪思源坐会儿，我们出去走走。

林思婷本就站在门口，见状一闪就不见了人影。

……

病房里静悄悄。我看着林思源，心有余悸。我在想她这一个小时的壮举，是真的喜欢一个人的表现，还是火爆的性格所致。我走到病床前，看到穿着病号服的她面色苍白，楚楚可怜，便无意识地轻轻在头上点了一下，说，我是开玩笑的。你可真——

她突然一把抱住了我，伤心地哭起来，这让我始料未及，一刹那终于明白，之前班里的传言和刚才林思婷说的话都是真的。可是，我不知道怎么处理这一突发事件，更不知道如何劝慰，只是呆若木鸡般站着。

林畅，我喜欢你！

我——

我就是太喜欢你了，你说的每一句话，我都当真。所以你刚才说"不考虑"，让我伤心到绝望。可是，我姐跟你说的那些话，都是开玩笑的，你如果真的相信，那我……

我刚才真的是开玩笑的。你——我——没有想太多，你别当真。

林畅，本来我不打算说，因为觉得上大学后更好。而且，我相信我肯定能跟你在一起。但是经历刚才的事情，我突然有好多问题，如果现在不问，可能会后悔。

她说完，平复了一下心情，缓缓松开手。我在她床边坐下说，你好好躺着，问吧！

你有女朋友对吗？

我想到萍儿，但又恍惚起来。我不知道怎么回答这个问题，只是看着她不言语。

你还记得吗，去年夏天，我帮人给你传递一封信；还有冬天补课，你自己一个人溜出去省城。这些都跟一个人有关吗？

哦——

林畅，从第一次在张渐渐家见面时，我就喜欢上你了！后来鬼使神差成为你同桌，真让我相信缘分。我以为我有两年的时间，机会很多。可是，我最近越来越感觉，你好像有女朋友，最让我郁闷的是，我觉得你讨厌我！

我连忙说，我没有讨厌你啊！其实——我——第一次见到你，就踢球砸到你那次，就感觉真的很好。那次回教室的时候，我还因为在想你差点撞墙。

她听完，扑哧一声笑了出来，羞涩地说，真的吗？

我就把那次的情景跟她描述了一下，这让她很开心。我又感慨地说，可能是后来我们两家变得这么熟悉亲近，我突然不知道和你究竟持什么关系了，兄妹？

我看着她有些出神：的确，我在第一次见到林思源的时候，有些喜欢她。但是后来发生的事情，让我完全忽略我对她究竟持怎样一种心态。就好像说，她被我爸妈指定成我未来的妻子，我没有排斥和抗争，于是逐渐忽略了这个人究竟是谁；或者我想抗争，但发现这件事还早得没边，根本没有抗争的必要，他们爱说什么说什么，我爱做什么就做什么。

简单地说，我的感情线是，从高一开始，我喜欢上了张萍儿，渐渐地忽略了林思源。

但这件事，我突然临时决定不告诉她。

她说，林畅，既然你知道我怎么想，我也不再隐瞒和逃避，但也不会放弃。别人夸你的话，我也不会说，只是觉得你应该是需要把高考作为唯一目标。总有一天，你会明白我们究竟是怎么一种关系。我想，那个人就算是明清，我也不怕。

听完这些话，看着眼前的林思源，突然恍惚地想，这个人是谁。

过了很久，林思源妈回到病房，才打破房间的沉默。她笑着说，林畅，刚才我让你妈和思婷回家去了，宴会还在进行，需要应酬。刚才我去值班室，大夫说思源恢复得差不多了，随时想走都可以，所以你现在帮我收拾，我们这就回去吧！唉！这一天过得，真真儿——

思源妈在缴费窗口办理完出院手续，就跟她爸打电话找车来接我们。我和林思源站在医院大厅，望着门口。这时，门外突然响起急促的120警报声，只见几个人推着一部担架车往急诊大厅飞奔，后面跟着十几号人，场面一阵混乱。

一阵喧哗过后，两个白大褂从急诊室门口出来，吼道，喂！你们别乱跑，抢救室这边！

担架车又折返回来，很快被送了进去。一个白大褂跟着进了抢救室，另一个则留在门口和家属沟通做笔录。

人群里排头是一个约莫五十岁、穿着土气的男士，他一把抓住白大褂，扑通一声跪地，大夫！赶快——救——但是哽咽地半句话也讲不出来。

旁边站着一位约莫四十岁的男人，急促地说，大夫，赶快救人啊！这是我们学校的学生，特别优秀，千万不要延误时间。

我看着这个人有些面熟，但是一时想不起来是谁。

大夫开始在纸上记录起来，你们哪个学校？说说情况。

我是二中的教导处副主任。这学生是高三毕业生，刚才在学校教学楼不小心失足掉了下去——大夫，其他的你别多问，赶快救人！这孩子真的特别优秀，务必要保住啊！另外，这件事情一定要保密，千万不要惊动媒体——我们肖校长和你们李院长很熟悉，千叮咛万嘱咐一定要全力和保密！

大夫先是一惊，继而会意地点点头，但有些不耐烦地说，你看，手术灯都亮了！我们肯定在全力抢救！我这里做笔录，所以必须问清楚，请你们配合，无关的话你可以找领导。

教导主任只好唯唯诺诺地说，好！您继续问吧。跪倒在地的男士已然是泣不成声。

姓名？

李进府！

……

暑期补习班正式结束的时候，距高三学年开学只剩一周假期。

我用好几个月时间，平复了对萍儿的思念之苦。而且，我慢慢发现，在经历过太多次的离别之苦和求之不得后，自己的心态居然在慢慢发生变化：自己可能有些坚持不下去，到了要和她找个机会说再见的时候。如果大脑可以分成两半使用，我原本把一半空间留给平静的思念，另一半预留给静心高考。出乎我之所料，几天之内，另一半思维竟被林思源在医院的一出戏给占据了。虽然情况不一样,一个是自己慢慢装满的,而另一个是短期填鸭式塞满的。再加上,那个副主任的三个字"李进府",使我深深地震惊了。我感觉如果以这样的状态去参加高考,必然要完蛋。

我在家里的沙发上坐着,感觉憋闷地要发疯。幸好,爷爷从另外一个城市来到家里,说自己要去邻市结算生意尾款,问我要不要出去散散心。

这让我喜出望外——我终于有机会再次出城,简直迫不及待。

其实我的童年,因为父母工作在外地,几乎是在爷爷的货车上度过的,对他的这条生意线路也非常熟悉。去往邻市的省道,是历史上著名的汉王朝和匈奴的疆界,一直通往远处的天边。沿途有很多汉代丝绸之路的屯垦和驿站。据说汉武帝西巡也曾到过这里。虽然距我们小城仅仅一百公里,却讲着一口完全听不懂的奇怪方言。再往南的地方,是我印象中的完全不服王化的蛮夷之地。一切是如此陌生和新鲜:这里的人,被我们称为"南人",打扮特别土气,穿着深蓝色或者黑色的粗布衣服,黄胶鞋,肩膀上挑着扁担挂着筐。

汽车冒着滚滚黑烟,以极慢的速度爬一座巍峨的大山,名叫华岭。爬到山顶之后,四野郁郁葱葱,烟雾缭绕,如同仙境一般。走在公路两边的学生,三五成群。这些孩子就来自大山沟深处的村落,每天早上都是从山沟里爬上山,然后会有固定时间的班车载他们去几十里外上初中或高中。如果没有赶上班车,那就只能徒步来回数十里。有时候我们停车,小朋友也会拥过来打招呼,但他们说的话我完全听不懂。

我们在山顶靠近解放军雷达站的一个小镇子停车休息。这个小镇子看上去还算繁华。小卖店、小餐馆、电话亭、理发店分列两侧。商店门口摆着一张乒乓球桌和一张台球桌。几个梳着油油的中分，戴着墨镜，穿着喇叭裤的小伙子在打台球。一切的一切，就如同二十世纪七十年代的老电影一般。

八月的天气说变就变，我们刚在路边的大树下歇了不到十分钟，大雨便倾盆而至，视野顿时一片水烟。我和爷爷只好回到车里。这时，在雨幕下，朦胧地看到路边一个跟我年纪相仿的年轻姑娘跑过来，向我们的车招手，示意想搭顺风车。

爷爷笑着说，林畅，把门打开。行路之人，遇到大雨，能帮助一定要帮一把！

我打开车门，她赶忙进到驾驶室。四目相对，我惊呆了！

杜丽！

她也惊得目瞪口呆，叫道，林畅！

爷爷也很吃惊，看着我们俩，问道，你们认识？

这是我高中同学！我有些不敢相信自己的眼睛。

杜丽全身湿透，有些狼狈，一边用我递给她的干毛巾擦脸和头发，一边有些害羞地说，不好意思，让你见笑啦！

那个——你怎么在这里？

我家是这里的啊！就前面那个村子。我从小农村长大的，因为爸妈在市里做生意，所以才把我转学到市二中的。我每年夏天都回到这里，和爷爷奶奶住。

我们的车在大雨中缓缓前行了一段距离，又雨过天晴了。杜丽指着路边的一户人家，说道，这是我家——爷爷到家里歇歇，吃口西瓜再赶路吧？

爷爷不语，笑着看着我。

长这么大，我是第一次体会到唐诗里写的"他乡遇故知"的感觉，非常新鲜，因此执意要去她家看看。

爷爷说，本来要赶路的，但碰到这么巧的事情，那我们就去小丽家坐坐好了。

黄土砌的围墙里面，是三间低矮的青砖黛瓦的老房子和干净整洁的农家小院。杜丽爷爷奶奶正坐在上房门口，看到我们进来，都迎了上去。又听说是同学，非常高兴，一阵手忙脚乱。没几分钟，上房的餐桌上摆上了各种美食。屋子里有些昏暗，但十分整洁朴素，中堂墙上挂着三世佛像，堂桌上正中间摆着香炉，旁边摆着三个果盘。

三个老人就在上房里拉家常，我在房子里坐着吃了一口西瓜，便和杜丽来到院子里。

她指着房檐说，这里老房子都是明清时期的，我觉得你特别喜欢历史，这次可以好好了解一下哈。

顺着她指的方向，我看到这青砖黛瓦的小房子，仿佛一下子穿越到明清时代。我打量眼前的这个杜丽：穿着朴素，皮肤白皙，大大的眼睛，和班里的那个开心乐呵的杜丽完全判若两人，不觉看呆了。

她笑着说，你看什么呢？是不是觉得穿得这么土，不像之前的我？

何止是土。简直是天然去雕饰！

呵呵，你这是在夸我吗？那我可受之不起，我是个俗人，哪有什么天然？

我笑了笑，跟着她在院子里参观一番。靠近左边耳房时，一股淡淡的香味从屋子里扑鼻而来，我不觉有些陶醉。

这是你的闺房？哪来的花香？

她点点头，说，这不是花香，是檀香。我奶奶早起拜佛时点的。

我很好奇，问道，你也信佛？

我没有宗教信仰，但是小时候和爷爷奶奶一起生活。他俩静坐参禅，我没事干，只能跟着。他们教我静坐，我每次没有几分钟就睡着了。但是，我后来发现，爷爷奶奶的这些法门，也不是没有用。长大以后，心里烦躁的事情很多，也会听听佛音，点一炷檀香，心情会平和好多。

我回想起她在班级里的很多事情，联想到这里，终于理解了她为什么总是一种"安静恬淡"的处世态度。我在她卧室的沙发上坐着，观察房内简单的陈设：单人床、旧沙发、大衣柜，全都是老家具，但擦拭得异常干净。大衣柜旁边的地上倒是摆着一张小书桌，应该是她临时回来住才特意买的。书桌上整整齐齐摆着很多书，除了很多我熟悉的高考复习资料，还放着小说和杂志。

她静静地站在靠门口的地上微笑，恬淡地着看我。

我说，你这生活，真的是自在逍遥游啊！

她苦笑一声，说道，农村生活都这样，没有什么特殊的！或许因为你城里长大，才感觉到新鲜吧！再说了，我每天高考题库都做不完，哪来的时间逍遥游？我之所以一到夏天回到这里，也是因为感觉城市有些燥热，这里安静清凉，这样我可以闲来看看小说，画画漫画啥的。

她想了一下，又笑着说，我们都不像你这天才，还能到处游山玩水！

我真不是游山玩水！我是心里烦心事很多，特别烦，才跟我爷出来散心的！

我跟她讲我小时候经常跟爷爷走这条路，她有些惊奇，说，真的吗？那我们那些年怎么一次都没见过呢？

我也有些感慨地说，是啊！要是真的有缘，说不定我们早就认识了。说不定我就第一时间来你家搞搞禅修，也就不会有这么多烦心事啦。

刚说完，她指着门口说，快看，彩虹！

果然，顺着她的指的方向，两边翠山之间，加起来一道彩虹，美不胜收。

她笑着说，你来得真是时候！赶快对着彩虹许个愿吧！说不定能把你的烦恼带走。

我心情大好，按照她说的，心里默默许了个愿。

她笑着说，我很想知道你许了个什么愿，但是我不会问的。

我说，嗯——如果将来有合适的机会，我肯定会告诉你的。

我远望对面翠绿的群山，心想这里环境真好，要是拿本书，坐在对面的山上，一边看看书，一边看看蓝天、白云、绿树……

她笑着说，我每天下午就在对面山上坐着看风景，困了就直接躺在树下睡着了。

我羡慕极了，说道，这么美的景色你可不要独享，明年夏天高考完，如果你回这里，一定把我也带上，来你家住两天，让我感受一下"不觉碧山暮，秋云暗几重"。

她笑着点点头，时间凝固在这小小的房子里。

……

爷爷在院子里喊我走。

我只好起身，出门时不小心打翻桌子上一本她画的漫画。书本掉落的瞬间，露出来一幅画：两只小老鼠并排站在一堵墙前，一只穿着黑色的西服，一只穿着白色的纱裙。

241

第十一章 终章

炎夏八月，生活单调的小城，只有一条劲爆新闻——李进府的奋力一跳！

教导处主任在手术室门口搬出"肖校长"大名看来也没好使。担架车从这边门一进去，消息就已经从另一边漏了出去。这件事影响之大，前所未有。省市的诸多媒体每天蹲点在二中门口，见人就采访，就连自打关小伟事件之后一度被人遗忘的门神"黑猫"也时不时抱着话筒站在摄像机前，一本正经地冒着"这个""我认为"之类的词语。

前两年说起高考，我都会不由得想着那是"李进府他们的世界"。现在"他们"变成"我们"的时候，耳根却异常清净，再也听不到有人评说这件事。因为我们成了风景，观风景的人静静地看着我们。

开学以后，每天早上六点被闹钟强行唤醒，带着仍在沉睡的大脑回到教室。早餐时间，讲台上的喇叭开始播放高考英语听力，催眠效果神奇：往往不到第一节上课，一半人已然昏睡，呼噜声此起彼伏。所幸的是，桌上的书堆能完全掩护它主人的各种睡姿。在长期与任课老师的斗争中积攒起来的经验，可以完美地将书本立起来一个角度，

第十一章 终章

从而实现从讲台方向观察，这里都是低头记笔记的假象。但是很可惜，一般只能安然睡过第一节课，因为几十本辅导书被翻来覆去地换，题目多到连任课老师也经常记错位置。

高三生活，使我深刻体会到一个字——困！

前两年，觉得高三教室很神秘，属于三不管地带，不跑早操，不做课间操，更不打扫卫生。时光轮回，我们很快也搬到这里，成为别人眼中的神秘地带。但是我们高三（一）班的神奇之处在于，台上老刘斗志昂扬地高喊"掉两斤肉，多换几分"的口号；后边的黑板上赫然醒目着"高考倒计时180天"的警示牌；每天饱受题海战术的摧残，却丝毫不忘初心，每到晚自习就进入恋爱季。风气之鼎盛，令人瞠目结舌：整个晚自习几乎没有哪个区域是可以安静地做一些高考习题，听一些英语听力。除了老刘出现的几分钟能伴装做题之外，乱哄哄地你方唱罢我登场，一直持续到下自习。据孟雨不完全统计，班里已经有四对在黄河边钻小树林时，被正在小树林里的她和张伟确认并锁定。

高三第一学期刚开始，却出现一件让我意想不到的事情：林思源主动找人换座位，离开了我！

她估计找了一圈，只成功游说了一个人。此时此刻我旁边坐着的，确切地说，趴着的，是她所谓的表哥，一动不动的张渐渐。

林思源的到来，给新环境的一圈人带去不小的躁动，其中包括王昊，每天晚上如同喝了人参酒一般，又醉又热，恨不能耍酒疯。这时我才惊异地发现，真正的林思源，原来性格非常活泛！很短一段时间，就和周围一帮男生女生熟悉到晚自习一起玩扑克的程度。和她之前在我旁边时的风格大相径庭，使我疑惑她是不是太压抑才离开的，但是她的行为如此突然，完全没有顾及我的想法，使我有些尴尬，且不明白为什么。

我想起暑假将她从医院送回家后发生的一件事：

我爸妈担心林思源是因为和我发生口角才住院的，心里很愧疚，一直陪着他们一家到十点多，我们才拖着疲惫的身躯回到家。我躺在自己床上，脑子开始回忆想那辆担架车和那三个字，毫无睡意。这时我妈推门进来，说，有几句话要跟你说。

我扔下手里的小说，想转身装睡。

我妈也不理会，就坐在床边，说，林畅，你林叔叮嘱有个礼物送给你，感谢你帮思婷。但是这个礼物我得先替你保管，我就是跟你说这事的，你睡吧。

我很好奇，连忙转过身问，什么礼物？

我妈神秘兮兮地从兜里拿出一张工商银行的存折。我仔细看，里面写着我的名字，存款的数额赫然写着五万！

这么多！我吃惊地叫出来。

本来有些话，没打算告诉你。但今天林思源出了这么个事儿，让我觉得有必要给你提个醒。你知道，你林叔为什么给你这个吗？

那个时代，五万绝对是一笔巨款。即使是为感谢我的大学录取通知书，也没有必要这么下血本，所以我一下子明白其中的真正原因。

我妈突然冷不丁说道，去年暑假那个叫张萍的女生。我虽然不知道你们是不是还有联系，但能感觉出来，你们关系有些不一般。你林叔虽然不止一次跟我们提过，要让思源给我做儿媳妇，但是我今天下午很生气，后来跟她爸妈说，高考就这么一回，什么事情都不能影响你的高考！所以我这里也要警告你，不要和张萍或者林思源关系不清不楚,把精力放在学习上!

我有些生气,发怒道,出去出去!

我妈晾在身后几分钟,生气地丢下句"这孩子脑子有病吧",便转身出去了。

……

思绪回到教室里,我突然意识到,莫非是她爸妈担心坐同桌彼此影响,让她这一年避开我。我虽然这样想,但每天看着她和王昊越聊越 happy,也开始不自信起来,怀疑起那天医院的事件是不是我的幻想。

对林思源的疑惑没持续几天,明清竟然也主动跑到后排,和西凉马腾成了同桌!虽然不清楚这个行为与我有无关系,但是她一离开,我跟她之间的结就再也没有机会解开。而且因为两个人同时换座位,构成了群体事件,负面舆论一时全部倒向我,认为我高傲孤僻,请教问题经常不理会,所有同桌都不能长久相处,于是我的形象就如同一幅名画,挂在墙上供人远观,走近却没人理会,更没人鉴赏。

十月底,《萌芽》杂志举办第四届新概念作文大赛。这种比赛获奖的选手,一般都是像我一样高考作文得分不超过一半,经常被当成反面案例被班主任当面批评的人。从高一开始看《萌芽》,久而久之,我的作文被众多"新概念"作家熏陶得风格大变。有一次老刘布置作文,题目是"我的理想"。全班所有人都洋洋洒洒地描述自己要成为"市长"、"局长"、"村长"、"家长";我则花了八百字,渲染自己"驾着飞龙,翱翔九天"!

——第二天被当成跑题作文,被老刘当场宣读羞辱一番。

对于这次作文比赛,我非常重视,绞尽脑汁地拼凑一篇奇特文体的短篇小说，满怀期望的投递出去。

……

临近期末，张萍儿突然回到小城。

上次一别之后，我的内心已经开始出现"分手"的想法，想渐渐抹去这个形象。接到她的电话，我却有些意外，听她说想见我，我思考再三，还是怀着一颗复杂的心情去了，一路上在思考应该以什么口吻、态度和面部表情和她交流。

走到鼓楼前，看到她穿着笔挺的正装，梳着马尾辫，神采奕奕地站在寒风里。我回想起高中第一次见面，她也是在凛冽的寒风中。我从一个叫环兆祥的故人旁边带走了她。

大冷天的，你穿这么精神，去面试？

她说，是啊！我来面试城关中学音乐老师的职位。怎么样？信守承诺吧？

我平静的内心又沸腾起来。我以为上次她走的时候只是一句安慰我的谎话，没想到她真的来兑现诺言啦。那一刻，我又忘了我要"分"的想法，激动地抱着她说，有些冥冥中的事情，真的很神奇，咱俩的故事，从城关中学的一张贺卡开始，你也是从那里离开，现在又回到这里，真是不可说不可说。这次，我陪你去面试！

她笑而不答。在我眼中，那就是小城的一道风景。

我逃课陪她去了城关中学。面试结束后，我俩把校园里的每一处角落都丈量了一遍。她跟我讲起许多她的初中往事。在这些大多是喜怒哀乐、快意恩仇的故事里，出场许多人物，诸如杨琴等。我对这些名字既熟悉又陌生，因为她们几乎都是我的初中同学，但几乎又都跟我的世界没有交集。

第十一章　终章

但我依然津津有味地听着。

我想,如果没有什么天意不可违,我要娶她!娶了她,那我们的世界肯定会慢慢交织在一起的。

因为她要回来了!

……

小城初雪的时候,我在银装素裹的鼓楼前第二次见到她。

我又一次体会到"冥冥中"三个字,开心地说,好像三年前,我们第一次一起吃饭,也下着大雪……

是啊!而且你还……

话没说完,她微笑着,有些羞涩起来。

我说,我们去的那家火锅店。要不我们还去那里吃饭?

她说,可惜早拆了!我们明天毕业典礼,你来吗?

是吗?恭喜啊!但是,我早上六点到晚上十一点全程监控,根本没有自己的时间。再说,你不是很快就会回来吗?

她点头不语。

我隐隐感觉到,这件事出现了意外。

她喃喃地说,有件事——我拿到上海音乐学院的录取,可以继续读本科。

我刚开始以为这件事情会向着悲剧的方向发展,心里很紧张,听她这样说完,却又激动起来,拉着她的手说,真的吗?太棒啦!

啊?她有些吃惊,我以为我要哭着跟你说 sorry 呢。

我笑着说,上次你来面试,我虽然也很开心。但是等你走后,我才意识到,只顾考虑让你来小城工作的想法是很自私的,而且有问题。因为,我明年高考完,也会离开这里。到那时,我们又天各一方。当时，我不想让你到处跑，我怕自己去不了那个城市——索性你就在这里待着等我——总之，我的想法太自私。

她听完面露喜色，但是很快脸又阴沉沉的，说，可是，你也不一定会去上海啊！所有人都期望你去北京的，我心里都清楚。

相信我，我本来就打算去上海的大学，等着我。

她笑得非常开心，说，真的吗？

你不相信我的实力？我笑着问。

她开心地说，相信你，现在相信你相信到都不相信这是真的。

因为我晚上还有晚自习，也没时间送她去车站，我们在一中校门口附近的牛肉面馆匆匆吃了几口，又道别了。

临走时，我看她眼眶里有些湿润，笑着说，傻姑娘，你哭什么？

她擦了擦，说，你一定要考虑清楚啊！其实，我不想因为我，你才去上海上学！但是……

她哽咽了一下，说道，但是，我又想，你必须到上海……你知道吗？那个李超——就是上次你在酒吧见到的男生……

我有些疑惑，问，他怎么了？

她说，他一直——还是没有放弃。我以为我去了上海，就不用再跟他解释什么了，因为他的成绩很差，能毕业都不容易。但是他不知道托了什么关系，也拿到上海音乐学院的录取通知书。

我听完，心情突然变得有些郁闷，但是又无可奈何。

她看我脸色变了，连忙说，你别担心！我只等你来上海找我。

我想说点什么，但是又无话可说。淡淡地说了句，放心吧，我一定去！

……

第十一章 终章

虽然因为"李超"这个名字，使我有一丝隐隐不爽，但过了两三天后，内心却一下变得豁然开朗，大脑顿时感觉释放出很多有效的空间可以学习。自此之后，学校里的很多活动，例如高三秋季运动会、国庆节假期、明清和白明明等人组织的黄河古渡踏青等，无一例外地都不参加了。当我静下心来复习功课的时候，整个晚自习的教室对我来说，所有的嘈杂的声音都是悦耳的。月末进行的第一次高考模拟考试中，我重回久违的第一名，内心突然有一种傲视群雄的感觉。

当然，放眼全学区，那个张同飞的总成绩，还是将包括我在内的所有人实力碾压。若干年后，我回忆起当年的张同飞，突然领悟到一些真理：当你意气风发的时候，千万不要过分乐观，因为你绝对不是最厉害的那一个；相反，当你困难缠身时，也不要过分悲观，因为你也绝对不是最惨的那一个。

很巧的是，模拟考试结束后的一天下午，我在回家的路上碰到张同飞。他穿着一中校服，胳膊肘夹着一本化学书，大步流星地正往一中走，跟我打了个照面。

我感慨地说，好像一年多没见你了吧？上次从我们班教室离开的时候很帅啊！连个招呼都不打。

他感叹道，打什么招呼？我在你们班待了大半年，屁事没干，还损兵折将的，不说了……

我知道他说的"损兵折将"，是指他母亲，心里也有些伤感，就问，那你现在？

没人管我，很畅快啊！他笑得有些苦涩。

你爸呢？

唉！不说了……

他摆摆手，示意我不要再问。我猜测他父亲肯定是没有回来照顾他，心里有些遗憾，只好东拉西扯地寒暄了几句没用的废话，又说到李进府的事。

他突然笑着问，我听说，你去年也去参加高考了，还考上了重点本科？

这都是谁造的谣，没有的事！

别管谁说的！高二参加高考，这肯定得家里想办法，才能操作的；再加上本人有实力，我不猜你还会猜谁？

这家伙真是人精到必须被老天收走了。我只好尴尬地笑着，不再言语。

我很纳闷，那你怎么不去呢？他又问。

我笑着说，我提前走了，谁给你高考压力啊？

哈哈！你想多啦！老实说，你要是从省城来的学生，我还能当真；现在的你，实力还真不够。

我有些面红耳赤，问，为什么？

你那英语和我一样烂，物理也不咋的，也就能虎一下二中的学生，放眼全省，你的实力就是二流选手！再说了，我这还有二十分加分呢！

我没有什么压力。我要去上海！

为什么？他本来要走，突然转身，疑惑地问。

那门璐呢？

他先是一愣，继而爽朗地说，我放下啦！

我佩服地说，胖子，你真牛！这么容易就能放下？

他接着说，骗你呢，哪能？等我考上清华，一身光彩的时候，再

第十一章 终章

来拿走她。

说完，不屑一顾地走了。

我差点笑出声，心想，你以为那是个物件儿，你想什么时候拿就能拿走？人和事，错过了，就真的错过了……

元旦过后，我居然神奇地收到"新概念比赛"的复试邀请。我以为这将会是个轰动性新闻，没想到恰恰相反，众人一听，觉得搞"新概念"作文的人都是怪胎，再加上之前明清、林思源跳槽事件，对我更加疏远。眼下只有我的现同桌张渐渐，困了就趴在我旁边一如既然地睡觉，醒来就给我讲最近看的好莱坞大片，什么《怪物史莱克》《X战警》《指环王》啥的。对于"新概念比赛"，在思量再三之后，我最终放弃继续跟进，虽然那正是一趟通往上海的火车，但我自信满满，决定光明正大地考过去读理工科。

第一次高考模拟考试之后，我被老肖叫到办公室。他拿着张同飞的成绩单，慷慨激昂地对我进行洗脑，希望我能麻痹自己，相信自己在六月份一定能战胜张同飞。我站在他的办公桌前，看着老肖手里的烟卷和眼前的浓烟，一刹那，仿佛看到一年前李进府似乎也曾站在此地。

我说，肖老师，人跟人不一样的。

肖校长吐了个烟圈，说，怎么不一样？在我看来，你俩就是一样的。

我心里说，我说的不一样是，我只想去上海。

什么？肖校长嗓门提高了两个量级，噌地一下从椅子上弹了起来。

……

不知道我爸妈是不是从学校听到什么消息，又或者是吃错了药，又或者被学校施压，总之放寒假回家之后，破天荒地第一次干涉我的自由：早上八点不到，开始催命般地催我起床；看电视时间超过二十分钟，蛮横地上前关电视；下午出门时间不得超过一小时；晚上在家持续上自习状态；十一点准备睡觉。从出生到长这么大，从来没有过问过学习，现在居然开始全天候地监督我。最可笑的是，我妈隔三岔五不知从哪里的神庙道观搞来一些过期的水果馒头，甚至烧纸灰烬，让我吃下去，不吃就跟我急。吃完以后，从裤兜里拿出一张黄色的纸，用打火机点着，在我脑袋上摇来晃去，嘴里嗡嗡念。最后再摸出一根红绳套在脖子上，告诉我洗澡也不能摘。

种种行为让我有些崩溃，摊上这样的父母，真够受的！我甚至有点羡慕张同飞，没人管，又或者是陈大福，虽然父母没什么本事，但也是无拘无束……

正想着，就接到陈大福不知从哪里打来的神秘电话。之所以神秘，是因为他只是一个劲儿地叫我出来到哪里碰头，却不说发生了什么。

我走了半个小时，终于在人迹罕至的河滩边见到头发凌乱的他。

他脸色非常憔悴，见到我说的第一句话是，借钱！

你找我借钱？我嘲笑道，你这搞笑的想法从何而来？

我——真的有急事！你别多问，就说能不能借？他说的一本正经，眼睛有些发红，看起来不像是开玩笑。

借多少？

一千！

我以为自己听错了，叫道，多少？你没搞错吧？我每天早上起来，

第十一章 终章

只有一块钱的早点钱,要不三年后,等我攒够,再来拿吧!

他有些着急,还有些愤怒,转身要走。我只好一把拉住,说,究竟是怎么回事?说清楚,我帮你想办法。

他目光很呆滞,从口袋里掏出一支烟点上,抽了很久,才吞吞吐吐地说,有个特别要好的朋友,女朋友意外怀孕,要堕胎!

什么?

你别嚷啊!

在那个年代,当我初次听到这种事,真的是以为自己听错了,既激动又觉得神奇。我问,你们初中同学?谁啊?我认不认识?

哎呀,你别问了!关系特别好的一哥们儿,现在也是没有办法。能凑一点算一点吧兄弟。我知道你家有钱。

我看他神色特别不对,但是说不出为什么。我俩在冷风中僵持到快要僵的时候,终于答应了这个望眼欲穿的货。回到家,趁父母都不在,我在曾经不止一次预谋未遂的柜子里,偷偷拿出一条不知道什么牌子的香烟,递给他,说道,自己去换吧。

他端详了半天,苦涩地笑了笑,消失在夜幕下。

……

许多年后,我从其他一些朋友的闲言碎语中听到,他说的那个要好的朋友,其实就是他自己。

……

不知不觉中,后面黑板上挂着的高考倒计时牌子上的数字,减少到两位数。很多人意识到,自己的高考要来临了。

然而,这根本阻挡不住班里的乱。

一天晚自习,所有人都聚精会神地做除学习以外的事,突然被

"咔嚓"一声巨响吓了一大跳。

抬头看，只见不远处王昊和他前面的一个长得很帅的男生刘勇已站在场中，怒目相向，剑拔弩张。刘勇的桌子此时已应声坍塌，书本撒了一地。

周围的人开始兴奋地挪桌子，给俩人腾空地。而坐在王昊旁边的林思源，被吓得面色惨白，惊慌失措地往旁边挪。两个人如同马戏团里的猴子一样，被围在观众席里面。

解说声、口哨声、鼓掌声，此起彼伏。

说时迟那时快，还没明白发生了什么，刘勇已经狠狠地在王昊桌子上一脚踩过去。

不料王昊很灵活，用身体一挡，桌子居然纹丝不动，没有实现他礼尚往来的计划。

两人一边用各种丰富的词汇问候对方家长，一边试探性触碰对方。很可惜的是，事件还没有发酵，明清已经站起来，挡在两人中间，不由分说，就把俩人推了出去。口哨和鼓掌声这才消失。

不过，我们这一片儿区域已经很难再恢复平静，因为金牌解说声才刚刚开始。原来，这刘勇长期想要和王昊换座位，其目的一目了然，但被王昊无情拒绝。这两天，王昊、白明明和门璐三个人去省城参加一个省里的英语竞赛，刘勇趁机主动帮自己换了座位。晚上王昊进到教室，怒不可遏，就有了刚才一幕。

孟雨说完这些，我不由自主地看了看林思源，没想到她正在看我，四目相对，极其尴尬。

孟雨新同桌白石头不解地问，莫非王昊和林思源也？

这个倒不清楚。不过前段时间，我听说，王昊确实跟小林同学表白，但是好像没什么下文。是吧，林畅？

你问我？你不是搞笑吗？

别跟我扯，你最清楚，哈哈！

孟雨淫笑着。

我突然意识到，从上次主动换座位到现在，我对林思源一直不闻不问。为了与张萍儿上海相见的期望，我已经心无杂念地学习了几个月，渐渐地，好像又忘记了林思源。但是今晚出了这件事，特别是听完老孟的八卦，心里五味杂陈，不知道说什么好。

下晚自习的时候，我想看看是不是有机会能和她单独聊几句。没想到，等我抬头的时候，早已没了人影。

我一个人走在大街上，看着零零星星地下自习的学生，有些失神。忽然，后面有人拍了我一把。

转头看，竟是林思源！

她推着自行车，站在我后面，正用一种很生气的眼神看我。

我有些吃惊，说，你不是？

话还没说完，她就递给我一张字条，骑车走了。

我打开看时，上面写着：

别人说什么都可以！但你不可以！你难道不知道我离开是为什么？

我站在夜色下，开始发愣。

……

时间推进，我发现除了耳鸣，近视也越来越严重，脸上出了好多青春痘，第一次开始使用一种叫"洗面奶"的东西，然而丝毫没有用处。而且长期伏案做题不活动，吃的又多，等我拿到毕业照时，发现自己的脸肿得像个排球。

五月底的一天，突然接到一个紧张的电话，爷爷在华岭遭遇车祸，此刻正躺在山上的诊所，不清楚究竟病情如何。全家都非常紧张！因为爷爷早成为整个家族的精神支柱。漫长地等到周末请假，我和父母一起驱车赶往那里的医院。

万幸的是，他除了腿部受了轻伤，其余一切都好，我这才放下心来。

爷爷笑着说，不等你考上大学，我是不会走的！

我眼睛湿了。

接爷爷回家的路上，又一次路过杜丽家。看着那熟悉的老房子，低矮的墙和宁静祥和的小院子，我又想起来她画着的那张画，陷入深思。

……

我的高考终于来了。

……

虽然提前一年预演过，但在我还没有完全入戏前，高考居然结束了！

我在最后一门——理科综合——考试结束后的第一时间，就已经意识到，自己的成绩考上一所上海的学校应该是很容易的。从考场出来的一瞬间，我似乎已经感受到和张萍儿在上海团聚的场景。

第二天，我去学校取了标准答案，准备估分填报志愿。回到家，发现父母全都请假回家，神色紧张地坐在小板凳上等着我。这让我感

第十一章　终章

觉压力十分巨大，花了一个小时，对完标准答案，才发现跟张同飞神预测一点不差，我的英语和物理全面崩溃，总成绩出现严重短板。

我有些失望地坐在沙发上，一言不发。

父亲听完我的汇报，表情有些严肃，我以为他要发飙。等了很久，他问，那你想好报考哪里吗？

上海。

为什么？

不为什么，就是想去上海。

可是你的成绩报考复旦和交大有些悬啊！

那就去别的学校！

他不再言语，默默地出了门。

……

第二天一大早，林思源父亲也跟着进来，风风火火地说，林畅，听说你考得不太理想，不想去北京？

上海！

林思源爸停顿一会儿，说道，你是不是觉得考不上北京两所学校，心里有些气馁？你爸昨天跟我说了你的情况，我立刻就给我的同学打电话。

我心里没好气，脱口而出，您不是说是你表弟吗？

他一愣，笑着说，哦！反正你别管是谁，现在有这么个机会，北大医学部招生办我已经咨询过了，他们确认你的成绩肯定没问题。你好好考虑一下，如果觉得喜欢医生职业，这倒是个折中的办法，我立刻和你爸去操办。

我一听"操办"，就想起去年他们操办林思婷的高考的事，心里的厌烦油然而生，冷冷地说了一句，我不喜欢医学。如果你们要操办，我就不和你们商量了，自己提交志愿！

看到我爸脸色很难堪，估计要发火，我只好回到自己卧室。隐隐约约听到林思源爸叹道，上海嘛，也不是不可以，就不知道思源适不适应……

我在卧室床上躺着，听到他们俩还在客厅里嗡嗡嗡地讨论，我心里万分难过，想着，是不是就是因为去年他俩搞的事情，使我受到了果报！

一连对峙了几天，直到最后一天提交志愿卡的时候，我终于和家长妥协，填报了同济大学土木工程系。

思源爸笑嘻嘻地说，啊！老林你这边的事情定好了啊！那我赶紧回家去，给思源筹划去了！等我消息！

……

就这样，我的志愿卡终于提交给学校，如释重负，我在校门口的电话亭给萍儿打了个电话。

她此时已经到了上海，听到消息，开心地说，我在这里等你！九月，不见不散！

我心情非常愉悦，感觉一切都在自己计划当中。

从电话亭出来，刚好看到杜丽背着一个硕大的书包从二中校门口出来，走得很吃力。我连忙上去，帮她扛起来。

你这是要去哪里？

她说，考完啦，回老家呀！

我笑着说，啊？你今天就走吗？带上我一起走吧！去年不是说好的吗？

第十一章 终章

她笑笑，说，你也就那么一说，还当真去吗？那走吧！

我只好摆摆手，说，这两天肯定不行，等高考录取结束后吧。

杜丽会意地点点头，说，听说你要去上海同济大学？也不错啊！恭喜啦！

我知道，她是故意避开不谈我这次考试成绩不理想，才这样说的。

我说，英语、物理没考好，到最后真正的考试，却掉了链子。

她笑着说，没事啦，既然都考完了，这些都是过眼云烟，不要刻意去追求，免得扰心。

我说，真正能做到心如止水，像你这样心态的人，又有几个呢？

她拢了拢自己的头发，转头看着周围，说道，我听说明清要去新加坡读大学，你知道吗？

我说，刚刚在教务处，老刘说了。我知道她心气很高，这次没有考上一直念念不忘的那两所学校。一怒之下，索性不跟我们这些人玩了。

她呵呵笑起来，说，我突然想起来，照班级毕业照的时候，也没有看到明清。她也没有准备个同学录。对了，你好像也没有准备啊！

我说，我不是给你留言了吗？

她吐槽说，你写的那是什么玩意儿？人生一世、草木一秋……我是上考场，又不是上刑场。

我突然意识到，给她写同学录时，本意是想赞一下她的那种性格，没想到用词错误。有些窘迫，连忙道歉。

她也不理会，淡淡地说，无所谓。

我帮她把行李托运到长途汽车上，两个人站在车旁边，聊了很久,说到很多高中三年发生的故事……

汽车快要启动时,她突然眼睛有些湿,笑着说,林畅,本打算一个人静静地离开的。没想到竟然是你给我送行……如果这次你不去山里做客的话,拥抱一下吧——以后不知道还有没有机会见面!

我听到她说最后一句,心里也特别难受,抱着她说,我想一定有机会的!

车子开动时,我挥手跟她道别。突然意识到有重要的问题都没问。

居然忘问了,你报考了哪里?

她打开窗户,说,我以为你知道呢。我去大连科技学院!

车子消失在公路尽头……

我想起"两只小老鼠",心里有些暗笑起来,看来预言也只能当个笑话听听。大连,好美的城市,只是我们以后可能没有机会见面了。

我沿着南大街往回走。美丽的杜丽,和她宁静的村庄、明清的房子,慢慢在我记忆中消失。

……

六月底的时间是在滴答中度过的,每个人的心和秒针同频。

出录取结果那天,我爸妈比我还着急,一直守在电话旁边,生怕别的电话进来,会影响我的成绩。

突然,铃声响了,是林思源爸打来的。林思源爸激动地说,老林,林畅的录取结果出了吗?

我爸说,没有!有结果,我第一时间告诉你!思源呢?

哦,她不着急,可能还得几天。林思源爸故作神秘地说,不过,老林,你不要担心,我们思源这边去上海肯定是稳稳当当的,因为我

第十一章 终章

们后来从招办的朋友那里打听到，他们已经提前将思源的档案提走了。

我在电话一旁听着，心里很不是滋味，一方面，林思源去了上海，在我和萍儿之间，徒增烦恼，未来的故事要怎样发展？另一方面，林思源的父亲费尽心力做这些事情，在我看来，两个女儿的高考，没有一个是合理操作，难道真的不会出事吗？

很快，就出事了——我出事了：我的高考成绩虽然不是全区第一，但也是前十名，按照排名，应该很快有结果出来。可是一直等到傍晚的时候，还是没有收到学校的通知，全家都开始有些坐卧不宁。

突然，门口敲门声响起。打开门，居然是班主任老刘！

老刘看到我，神色紧张地说，你爸呢？喂，林局长，林畅的志愿出事了！填报志愿的时候，你们报的是同济大学，但是不知道怎么的，机器读取信息时读成另外一个学校啦！现在他的档案已经被那所学校取走了！

我爸瞪大眼睛，结结巴巴地问，什么？去——哪里——了？

大连科技学院！

……